竜騎士07

Illustration／ともひ

うみねこのなく頃に

07th Expansion presents. Welcome to Rokkenjima.
"WHEN THEY CRY3"

Episode 1 上

Legend of the golden witch

KODANSHA BOX

■発端

「…………また。…お酒を嗜《たしな》まれましたな？」

聴診器《ちょうしんき》を外しながら、年輩の医師は溜《た》め息を漏《も》らす。

埃《ほこり》と甘ったるい異臭の入り混じった薄暗い書斎に、年輩の男たちの姿はあった。

書斎と呼ぶにはとても広い部屋の一角には高級そうなベッドがあり、診察を受ける男と、それを診察する医師。そしてそれを見守る使用人のように見えた。

「酒は我が友だ。お前に負けぬ友人であり、そしてお前よりも付き合いが長い。」

聴診器のために胸をはだけさせていた男は、着衣の乱れを直しながら、悪びれる様子もなくそう言う。

男の衣服には、金色に輝く片翼《かたよく》の鷲《わし》の紋章が刺《し》繍《しゅう》されていた。

男の言葉に対し、聴診器を手にした医師、南條《なんじょう》が答える。

「…………金蔵《きんぞう》さん。…あんたの体が一見調子がいいのは薬が効いてるからだ。だが、そんな強い酒を飲み続けては薬の意味もなくなってしまう。…悪いことは言わん。酒は控えなさい。」

「忠告の気持ちだけはありがたくいただいておく。我が友よ。………源次《げんじ》。もう一杯頼む。心持ち薄めでな。南條の顔も立ててやれ。」

金蔵はそう言って傍《かたわ》らに立つもう一人の男に声をかける。

「………よろしいのですか。」

源次と呼ばれた老齢《ろうれい》の執事《しつじ》は、酒を求める主《あるじ》と、それを止める主治医の双方を見比べた後、無言で小さく頷《うなず》き、己の主の命令に忠実に従うのだった。

源次と呼ばれた執事の衣服にも、その主と同じく、金色に輝く片翼の鷲の紋章が刺繍されている。彼が酒棚で準備をするのを眺《なが》めながら、主治医の南條は再び深い溜め息を漏らす…。

室内を満たしているその匂《にお》い。

…心も、そして魂も溶かしてしまうような、毒のある甘い匂いは、主人の愛して止まないその毒々しい緑色の酒の匂いだったのだ。

「……南條。お前は私の長きに亘《わた》る親友だ。今日まで私を永《なが》らえさせてくれたことを、深く感謝する。」

「私は何も。……医者としての忠告など、金蔵さんはまったく聞いてくれませんからな。」

「はっはっはっは…。お前とて、指し間違えた手を待てと言っても聞かぬではないか。ならば相子《あいこ》というものだろう。」

「……お館《やかた》様《さま》。」

そう言って源次は主にグラスを差し出した。

「すまぬ。……薬は切れても死にはせんが、こいつが切れては死んでしまうでな。」

諦《あきら》めの表情を浮かべる南條を尻目《しりめ》に、金蔵は源次から差し出されたグラスを受け取る。

…いっぱいに満たされたその毒々しい色を見て酒だと連想できる者は少ないだろう。

「………南條。正直に話せ。私の命はあとどの程度持つ？」

「さぁて…。どのくらいと申し上げれば、そのお酒を控えてくれますやら。」

南條はもう一度、諦めの溜め息を漏らす。そして、結局はグラスを呷《あお》る金蔵を見ながら言う。

「………長くはありませんな。」

「…どの程度に長くないというのだ。」

「……このチェスで例えましょう。金蔵さんの詰めもなかなかですが、私のキングを追い詰めるには至《いた》りますまい。」

南條の目線の先にはサイドテーブルがあり、そこには重厚なチェスセットが置かれていた。

駒《こま》を見る限り、ゲームはだいぶ終盤に入っている。黒のルークやビショップが敵陣深く食い込んでいた。

白のキングはすでにキャスリングして追い詰めら

れており、素人目《しろうと》にもそう長い時間を掛けずに決着がつきそうに見える。

このチェスは、南條が診察に訪《おとず》れる度に数手ずつを進め合ってきたものだ。

それを指して、決着に至るより金蔵が永眠する方が早いだろうと断言する。…それは医者としてというより、長年の友人としての言葉だった。

「…………普通の患者になら、遺言《ゆいごん》を書くよう勧《すす》める頃です。」

「……遺言とは何だ、南條。私の屍《しかばね》をどのように食い散らせとハゲタカ共に指南する書き置きなのか。」

「いいや違いますぞ。……遺言は、意思を残すことだ。遺産分配のことだけを書くものじゃない。」

「ほう。……遺産分配以外に書くこととは何なのか。」

「…………心残りや、やり残し。受け継いで欲しいことや、……伝えたいこと。……何でもいいんです。」

「……ふ。………受け継いで欲しいことや、伝えたいことだと？　馬鹿馬鹿しい。この右代宮《うしろみや》金蔵、後に残したいことも伝えたいこともただのひとつもないわッ!!　裸一貫で生まれた。そして裸一貫で死ぬ！　馬鹿息子どもに残したいものなど何一つないわッ!!　もしも訪れる最期《さいご》が今日だとしても、今だとしても！　私は何も恐れることなくその死の運命を受け容《い》れようではないか!!　全てを築き上げた。富も！　名誉も！　全てだ!!　それらは私とともに築き上げられ、私とともに失われよう。後に残してやるものなど何もないわッ!!　何もないッ!!　あとは野となれ山となれ！　墓も棺も何も望まぬわ!!　それが魔女と私の契約だ！　私が死ぬ時に全てを失う！　初めからその約束だからこそ、何も残らぬのだ。何も残せぬのだ!!」

そこまでを一気にまくし立てると、金蔵は急にがっくりと肩を落とした。

…その表情は、まるで憑《つ》き物が落ちたように弱々しいものだった。

「………だが未練はある。残すものは何一つないが、残したまま逝《い》けぬものが、ひとつだけある…。」

「………それを書き記《しる》せばいい。もちろん、生きている内にこなせればそれでいい。だが万一の時、残された者がそれを引き継いでくれる。自分に万一のことがあっても、必ずその心残りが解決できるように残していく。……それが遺言というものです。」

南條がやさしく肩を叩こうとすると、急に激昂《げきこう》した金蔵が南條のその手を払いのける。

「駄目《だめ》だ駄目だ駄目だ!! 私が生きている内でなくてはならぬ、私は死ねば魂《たましい》はすぐに契約の悪魔に食らわれて消え去ってしまう！ 死後の世界も安らぎも私にはないのだ！ だから全ては私が生きている内でなければならぬ!! だから遺言状など私には必要ないッ!! そのようなものを書く暇《ひま》があったなら……、あったならッ!! …私は見たい。もう一度見たい！ ベアトリーチェの微笑《ほほえ》む顔がもう一度見たい!! あぁ、ベアトリーチェ、なぜに私をこれほどまでに拒《こば》むのか!! 今こそお前に与えられた全てを返そう、全てを失おう!! だから最後にもう一度だけお前の微笑を見せてくれ…。

ベアトリーチェ、頼む後生《ごしょう》だ、聞こえているはずだ、お前はそういう女だ！ 頼む、姿を見せてくれ!! いるんだろう⁉ 聞こえていながら姿を消し、今もこの部屋のどこかで私を嘲笑《あざわら》っているのだろう⁉ 私の前にもう一度現れてくれ、そして微笑んでくれ!! なじってくれてもいい、望むならお前の手で私の命を奪ってくれてもいい!! このままひとりで死にたくないッ!! 私は絶対に死ねないのだ!! お前の微笑みを再び一目見るまでは絶対に死ねないのだ!! あぁ、ベアトリーチェ、ベアトリーチェ!! この命はくれてやる、お前にくれてやる!! 後生だ、ベアトリーチェぇぇぇぇぇぇッ！！！」

10月4日土

Sat. 4th October 1986

再　会

■調布空港

「へー。時代ってやつは進歩してんなぁ…。たったの三十分ちょっとで着いちまうってんだから驚いちまうぜ…。」

頭を掻《か》きながら時代の進歩を驚く他ない。

かつては船だった。新島《にいじま》に着くまででも半日たっぷりは揺られなきゃならなかったんだからな。便利な時代になったもんだぜ。

しかし、あんな小さな飛行機には乗ったことがない。目の前にある飛行機は、双発《そうはつ》のプロペラ機で、せいぜい二十人乗りぐらいの大きさだろうか。

でっかいジャンボジェット機なら乗った経験はあるんだが、こんなスモールサイズは初体験だ。

…やっぱ揺れんのかなぁ。船なんかも小さい方が揺れは大きいって言うし、やっぱ飛行機もそうなんだろか。

…はー、勘弁《かんべん》願いたいぜ。

飛行場を眺《なが》めながらそんなことを考えていると、声がした。

「はっははは、大丈夫だよ、戦人くん。船に比べたら全然揺れは少ないよ。」

「おわぁッ、じょ、譲治《じょうじ》の兄貴《あにき》かよ！　へっへー、急に勘弁してくれよ、今ので寿命《じゅみょう》が三年縮んじまったぜ。つーか、揺れって何すか？　いっひっひっひ、別に俺ぁ飛行機も揺れんのかな、まさか墜《お》ちたりしねぇかなぁ〜なんて、夢にも思っちゃいないぜ〜？」

「ごめんごめん。もう小さい頃とは違うよね。あれから六年も経ってるんだし。もう戦人くんも子供じゃないか。はっははは。」

「ちぇー、兄貴はタバコも酒もＯＫってかよ。タバコは興味ねぇけど、酒は飲んでみたいよなぁ、ひっひっひ！　兄貴なんか、伯父《おじ》さんの遺伝子《いでんし》あんなら、相当飲めちゃいそうだけど？」

「僕の場合は、好きで飲むというよりは仕事で飲む方が多いからね。日本のビジネスは酒抜きでは難しいよ。」

「いっひっひー！　そ〜っすよねぇ!?　だから俺も日頃から予習復習を欠《か》かさないんすよ〜！」

「だ、駄目だよ、戦人くんはまだ未成年じゃないか！　未成年の飲酒は発育に悪影響を及《およ》ぼす可能性が…、って、う〜ん。」

「こんだけ立《た》っ端《ぱ》がありゃー俺の発育は充分っすから〜！　むしろちょぃと身長縮めた方が服が探しやすいくらい！」

俺は得意げに胸を張ってみせる。

成長期を迎えるまでは、俺の身長はクラスじゃ真ん中よりは前の方だった。それが、あれよあれよという間にでかくなり、今じゃ百八十センチは超えてる。

これも、弛《たゆ》みない筋トレと怪しげな通販の筋肉増強剤のお陰《かげ》だろうなぁ。

早々に身長が伸びきった譲治兄貴を十センチも超えて見下ろせる日が来ようとは、夢にも思わなかったぜ。

……あぁ親戚《しんせき》連中に、戦人ちゃん大きくなったわね〜って言われるんだろうなぁ。…アレ、恥ずかしくてたまんねぇから、勘弁願いたいんだけどなぁ。

しかし、俺の名前の戦人って、…なんつーか、すげぇ名前だよな。付けた親のセンスを疑《うたが》うぜ。

初対面でちゃんと読めるヤツはまずいないな。一番多いのはセントくん。

残念、そいつぁハズレだぜ。

俺の名は、右代宮戦人。読めるか？　苗字は〝うしろみや〟。こりゃまだマシだよな。問題は名前だ。……戦人で〝バトラ〟って読む。右代宮戦人《うしろみやばとら》。すげぇぜ。

名付けた親もすげぇが、受理したお役所の窓口もすげぇぜ。…そのどっちも、俺の必ず殺すリストの筆頭《ひっとう》さ。

んで、さっき話しかけてきた彼は俺の従兄《いとこ》にあたるお人だ。

名前は右《う》代《しろ》宮《みや》譲《じょう》治《じ》。俺より五つ上だから、今年で多分二十三のはずだ。人の良さそうな顔で、眼鏡を掛けている。

右代宮のいとこは男二人、女三人なので、兄貴とはいっつも一緒に遊んでた。その名残《なごり》で今も兄貴と呼んでるわけさ。

俺が着ている服にも、譲治の兄貴が着ている服にも、金色に輝く片翼の鷲の紋章が刺繍されている。こいつは、右代宮一族の印ってわけだ。

そこで、傍らにいた中年の男女が口々に俺に声を掛けてきた。

「しっかし、戦人くんは大きゅうなったなぁ。男子三日会わざれば刮目《かつもく》して見るべしとは、よう言うたもんや。」

「やっぱり血かしらねぇ。留弗夫《るどるふ》も高校くらいまでは身長、そんなになかったのよ？　成長期が遅いほうが最終的には伸びるのかもねぇ。」

「んなことないっすよ。男は中身も伴《ともな》わなくっちゃぁ！」

「そうや！　戦人くんはわかっとる！　男は中身で勝負なんや！　常に己の鍛錬《たんれん》を忘れたらあかん。そして虎視《こし》眈々《たんたん》とチャンスを待ってドカンと開花させるんや！　わしも、まさか今日《こんにち》、会社社長なんて一国一城の主になれるとは思わんかった…。そうや、あの無一文の焼け野原がわしの原点なんや…！」

こう語る恰幅《かっぷく》の良い小太りのオヤジは、譲治兄貴の父親の、秀吉《ひでよし》伯父さん。

俺の親父の姉の旦那に当たる。つまり血の繋《つな》がってない伯父ってわけだ。

とても気さくで子供にやさしく、しかもついでに小《こ》遣《づか》いのはずみもいい、最高の伯父さんってわけさ。印象的な怪しい関西弁風の方言はオリジナル？ので、本人は生粋《きっすい》の関東人だ。

何でも、ビジネスの世界では印象付けが大事とかで、他の人とは毛色の違う言葉を狙って話すことで自分をより印象付けようという演出らしいんだが。

……もっとも、本場の関西人の前では恥ずかしいので、標準語に戻すんだとか。

…よくわからんが面白い人なのは間違いない。

と、傍らの伯母《おば》さんが苦笑を浮かべて言う。

「すーぐ自分の自慢話に入っちゃうのが玉に瑕《きず》なのよねぇ。およしなさいな。戦人くん、耳にタコが出来ちゃってるんだから。ねー？」

「そんなことねぇっすよ、ひっひっひ！　でも、いいじゃないすか。語れる武勇伝《ぶゆうでん》があるってのは男としてかっこいいことだと思いますよ。俺なんか、語るような話は何もないっすからねぇ。」

「あら、そーぉ？　戦人くんなんか、そのルックスでいっぱい女の子を泣かせてそうだから、さぞかし武勇伝が多そうだと思ったんだけどぉ？」

「わたたたッ、じょじょ、冗談じゃないっすよ！　そんな妙な武勇伝、あるわけないじゃないい〜！　むしろ紹介してほしいくらいっす〜！」

「あらぁ、あるんでしょ武勇伝。…くすくす、伯母さんにも後で教えてね。譲治ったらそういう浮ついた話がぜぇんぜんないんだから。うふふ…。」

この人は、譲治兄貴の母親の、絵羽《えば》伯母さんだ。

俺の親父の姉に当たる。右代宮家の血を引いていない秀吉伯父さんの服には、金色に輝く片翼の鷲の紋章の刺繍がないが、絵羽伯母さんの服にはそれがある。

秀吉伯父さんともども、ひょうきんなお人で、昔っからよく俺をからかってくれたもんだぜ。そのせいで、小さい頃、少々苦手だったこともある。

…いや、今でも苦手であることを現在進行形で確認中だがなぁ。

まぁでも、譲治兄貴の家族は、何だかんだいっても面白くてみんな仲は良さそうだよな。

……やれやれ、ウチの家族とは大違いだぜ。

そこで、また別の方向から俺を呼ぶ女性の声がした。

「戦人くん。留弗夫さんを見なかった？」

俺は声の主《ぬし》に答える。

「え？　さっきお手洗いに行くのを見ましたけど？　まぁだ出てこないんすか？　こりゃあ、ぽっくり逝っちまったかなぁ、ナムナムナム。」

「自分のお父さんにそんな言い方はないでしょ。まぁ、あの人のお手洗いが長いのは今に始まったことじゃないしね。」

「あ～、あんにゃろは昔っからそうです。雑誌持ってトイレに入るのやめてほしいんすよね。何の雑誌持ち込んでな～にをしてんだか！　いっひっひ！」

「あら、そんな心配は全然無用よ？　私と一緒にいる以上、そんなことひとりでさせやしないもの。」

「ひっひっひ！　なぁんの話か、後でじっくり聞きたいっすねぇ～！　親父《おやじ》め、タマまで握られてグゥの音も出ないわけだ。」

「握っとかないとどういうことになるか、よーくわかってるでしょ？」

「いやいやまったく。あのクソ親父の手綱《たづな》は霧江《きりえ》さんにしか無理っすよ。実の息子の俺も、喜んで譲っちゃいますわ。」

「ええ、任せてちょうだい。そういうの、得意なのよ？」

この人は、俺の親父の奥さんに当たる人。名は、右代宮霧江。会話を少し聞けばわかるだろうが、俺の実の母親じゃない。いわゆる継母《ままはは》ってヤツさ。

俺の本当のお袋《ふくろ》は六年前に死んだ。その後に親父が再婚したのがこの霧江さんってわけだ。

俺もさすがにこの歳だ。今さら再婚の相手をお袋とは呼べない。

向こうだって、こんなデカくて血も繋がってない連れ子を息子とは呼びたくないだろう。お互いガキじゃない。喧嘩《けんか》したって得はないさ。

そんなわけで、無理に家族ごっこはしないってことにした。家族でなく、近所のお姉さんというような感じで、比較的フランクに接しあうことにしている。

無理して互いに気持ち悪い思いをするよりは、他人と割り切った方がよっぽど気楽ってもんだ。

霧江さんもその辺りは非常にさばさばした人だったので、お陰で俺たちは何とかうまくやれてるわけだ。

そうして、トイレでいない親父の悪口で盛り上がっていると、当の本人がハンカチで手を拭きながら帰ってきた。

「んん〜？　戦人ぁ。」

「何だよ親父ぃ。…いててて！　耳つねんな、耳ぃ！」

「まぁた、母さんと俺の悪口を言ってたろぉ。なぁんでお前には父親に対する尊敬の念ってやつが湧《わ》かねぇんだ〜？」

親父はそう言いながら、俺の耳をつかんだまま上下左右に俺の頭を引っ張り回しやがる。

「いてててていてててて！　痛ぇよクソ親父！　俺の耳、伸ばしたって空は飛べねぇぞ、痛ぇ〜〜!!」

「ほれほれ。お父様、失礼なこと言ってごめんなさいって言ってみろぅ。」

「冗談じゃねぇぜ、そういうのは会員制のお店でやりやがれってんだ。痛てて、だからは〜なぁせーって!!」

……このクソ親父が俺の親父だ。俺の身長もなかなかのもんだと思うが、親父も同じくらいの立っ端がある。絵羽伯母さんが、俺の身長を見て、親父の血だなと言うのも納得できるだろう。

ちなみに、親父譲りなのは身長だけじゃない。名前の酷《ひど》さもさ。

親父の名前は右代宮留弗夫。……読めるか？　留弗夫だぞ留弗夫。これで〝ルドルフ〟って読むんだぜ。

たはは…、さぞや、この名前を付けた祖父《じい》さまを恨《うら》んだだろうよ。

だからって俺にまでその妙なネーミングセンスの

伝統を受け継ぐんじゃねぇってんだ。親父の服にも右代宮家のシンボルの金色に輝く片翼の鷲の紋章が刺繍されているのは、姉の絵羽伯母さんと同じだ。

クソ親父が俺の耳をつねり上げて遊んでいると、さらにその後ろから、親父の耳を絵羽伯母さんがつねり上げる。

「こらこら留弗夫ぅ？　息子を虐待《ぎゃくたい》してるんじゃないのぉ。」

「いててて、痛ぇよ姉貴《あねき》…。」

その構図は、たとえ図体《ずうたい》が大きくても、いたずらっこな弟にお仕置きする姉という関係そのものだ。

そこに霧江さんが口を挟《はさ》む。

「絵羽姉さん、そのくらいにしてあげてください。同じ分、後で反対の耳を私が引っ張って伸ばしておきますので。」

「あら、ごめんなさいね。霧江さんの引っ張る分も残しておかなくっちゃぁ。留弗夫ぅ？　後でたっぷり霧江さんにお仕置きしてもらいなさいねぇ？」

「ったく姉貴こそ弟虐待もいいとこだぜ。秀吉兄さんもこんな姉貴を拾《ひろ》ってくれて本当にありがとうございます。兄さんの寛大さがなかったら、今でもまだ売れ残ってますよ。弟として申し訳ないです。」

「…ん〜⁉　だぁれが売れ残るってぇ？」

絵羽伯母さんが二、三歩、ステップで間合いを取ると、相変わらず惚《ほ》れ惚《ぼ》れしちまう上段後《うしろまわ》回し蹴《げ》りを、親父の鼻先ビッタリ一センチのところで止めてみせる。

美容だか何だかで太極《たいきょくけん》拳を始めて、そこから中国拳法に興味を持って、それで空手だテコンドーだカポエィラだと渡り歩き、…最近は何を習ってんだっけ？

…まぁとにかく、絵羽伯母さんが、女の武器は下半身とかいう時は、言葉通りの意味を持つってわけさ。

「留ぅ弗〜夫ぅ〜？　側頭部《そくとうぶ》直《ちょくげき》撃だと一発で昏倒《こんとう》するわよぅ？　この間、演武《えんぶ》でミスって相方《あいかた》、泡吹いちゃったんだからねぇ？」

「…はー、いやいや。足癖《あしくせ》の悪い姉貴で本当に申し訳ないです。」

親父は、まったく動じない風で、肩をすくめて秀吉伯父さんに苦笑いを送る。

「わっはっはっは、わしには兄弟がおらん。だから絵羽と留弗夫くんのじゃれ合いを見とると、胸がぽかぽかしてくるんや。兄弟や家族はホンマにええもんやなぁ。」

「あら、譲治くんに弟を作ってあげるという話はないんですか？　もう譲治くんも立派な大人になって手も離れたでしょうから、次の子がいてもいいでしょうに。」

「おいおい、霧江ぇ、生まれてくる子の苦労も考えてやれよ。よくこの性悪姉貴から生まれて、譲治くんはあんなにも真っ直ぐ育ってくれたもんさ。本当に譲治くんは偉いな。ウチのボンクラに今度、ツメの垢《あか》をわけてやってくれよ。」

親父の言葉に対し、霧江さんは続ける。

「そんなことないわよ。絵羽姉さんの教育が間違ってなかったから、譲治くんはあんなに素直ないい子になったんだから。ですよねぇ、姉さん。」

「あらあら、そんなぁ、うふふ、どうかしら…！　うちの譲治もまだまだ頼りなくって。そうそう、それよりお宅の縁寿《えんじぇ》ちゃんはどんな具合なの？　吐《は》いちゃったって聞いたけど？」

縁寿というのは親父と霧江さんの娘で、俺の腹違いの妹だ。今年で六歳になる。

「そうやそうや！　久しぶりに顔が見れると思って期待してたんやで。大丈夫なんか！」

「いつも季節の変わり目に風邪《かぜ》を引くんです。どうも弱くって…。本当は連れてきたかったんですけど、今回は私の実家に面倒《めんどう》見てもらってます。」

「それが賢明《けんめい》よぅ？　本家の毒気に当てない方が治りは早いもの。大人の都合より子供の病気の方が大事よ？」

「わしな、吐く風邪によーぅ効く薬、知っとんや！　帰ったらすぐ送るさかい、使ぅてくれや！」

「ありがとうございます、秀吉兄さん。いつもお世話になりっぱなしで…。」

…なぁんて話にいつの間にか発展しちまうと、俺ら子供の出番なんてありゃしないわけさ。

親父につねられた耳の分は絵羽伯母さんがきっちり仕返ししてくれたんで、とりあえず納得することにするか。

「まだ、天候調査中がなくならないね。」

譲治兄貴がカウンターを指差す。俺たちが乗る予定の便の、出発予定時刻の脇《わき》には相変わらず「天候調査中」の札が付いたままだった。

兄貴が言うには、小型機というものは、風などの天候の影響を強く受けるらしく、天候次第《しだい》で便の発着時間に大きく影響があることはザラらしい。……おいおい、本当に揺れないんだろうなぁ…？

こうして地上にいる分には、ただの曇天《どんてん》で風があるようには感じられない。…まぁ、飛行機が飛ぶ上空は話が違うのかもしれねぇな。

「ちょっと天気が怪しいものねぇ。」

絵羽伯母さんが待合ロビーのテレビを見ている。そこには天気予報が映し出されていて、関東地方に台風が近付きつつあることを教えてくれていた。

「また台風か。……親族会議が毎年十月ってんじゃ、これは宿命だぜ。もうちょい時期を選んでくれりゃあいいのによ。」

親父が苦々しげに言うと、絵羽伯母さんが応じる。

「同感ねぇ。私もお盆《ぼん》の時期にやってくれればっていっつも思うわよ。なら留弗夫、それ、今回の会議でお父様と兄さんに提案してみればいいじゃない。」

「…冗談。姉貴が言えよ。俺が何を言っても兄貴は聞かねぇよ。」

「嫌ぁよ。私は別に十月でも困らないもの。留弗夫が、台風が嫌だからって言うから、提案したら？

って言っただけよぅ？」

「俺は台風が来るのはいつものことだなって言っただけだろ。お盆の時期がいいって言い出したのは姉貴だぜぇ？」

「あらぁ、去年留弗夫も言ったわよぅ？　お盆の時期なら仕事のスケジュールとも合わせ易いのにぃって！」

「言ってねぇだろ、そんなことよ。」

「言ったわよぅ。私、そういうのは絶対忘れないもん！」

「いいや言ってねぇよ、言ってんのはいつも姉貴だよ！」

「ねえ留弗夫、知ってるぅ？　蹴りの寸止めって高等技術なのよぅ？」

「ちぇ、いい歳した女がはしたなく股《また》ばっか開いてんじゃねぇぜ！」

親父と絵羽伯母さんのやり取りを見ていると、まったくのガキの喧嘩にしか見えないな…。しかし、譲治の兄貴は落ち着いた様子だ。

「普段は父親や母親として振《ふ》る舞《ま》っていても、こうして親族会議で、元の兄弟に出会うと、子供の頃の自分に戻っちゃうからだろうね。」

「と、冷静に分析できる譲治兄貴の方がずっと大人に見えるぜ。……俺は将来、あんなクソ親父みたいにはなりたくないねぇ。なるなら、兄貴みてぇな知的な大人になりたいもんだぜ。」

「僕かい？　僕なんかまだまださ。社会経験が全然足りないし社交性も度胸《どきょう》も足りない。…戦人くんには、それらのいくつかがすでにあるように思うよ。だからきっと、成人したら僕なんかすぐに追い抜いちゃうさ。」

譲治兄貴は照れ隠しのように頭を掻きながら笑う。だがもちろん、それは謙遜《けんそん》だ。

兄貴は、大学に入ると同時に秀吉伯父さんの会社に見習いとして入り、学業とビジネスの帝王学を並行して学んだ。そして大学を出てすぐに伯父さんの側近として会社に入り、さらにバリバリと勉強に励《はげ》みながら、様々な社会経験を重ねている。

やがては独立して自分の城を持ちたいという、立派な夢も持っている。それに向かって努力を怠《おこた》らない兄貴は、まさに男の鑑《かがみ》だ。掛け値なしで尊敬できるぜ。

そこへ俺と来たら。兄貴とは雲泥《うんでい》の差さ。のんびりぼんやりとモラトリアム高校生活を満喫《まんきつ》中ってザマだ。将来の夢なんか全然ナシ！　楽してカッコよく荒稼《あらかせ》ぎしてウハウハしたいが、そんなうまい話、あるわけもねぇさな。

…兄貴は同じ歳の頃、すでに立派な目標を掲《かか》げ勉強中だったんだから、俺なんか足下《あしもと》にも及ばねぇわけさ。クソ親父は、お前も俺の会社で修業するか、まずは便所掃除からだけどなーとか言いやがる。

畜生《ちくしょう》、絶対にあのクソ親父の世話にはならねぇぞ。

俺は俺の人生を切り開いてやる！

………って、威勢《いせい》だけは一人前なんだが。巷《ちまた》で流行の自分探しの旅ってヤツでもやってみるかぁ？

……そんなゼニ、かじれるスネもねぇけどな。

その時、秀吉伯父さんが大きな声を上げた。伯父さんは基本的にいい人なんだが、声のボリュームってやつをコントロールできないところだけが玉に瑕だ。

見れば、遅れてやってきた楼座《ろうざ》叔母さんたちを出迎えているところだった。

「おーおーおー!!　楼座さんやないか！　真里亞《まりあ》ちゃん、久しぶりやのー!!」

その声に迎えられて、一組の母娘連れが姿を現す。

彼女らの服には、やはり右代宮家のシンボルの金色に輝く片翼の鷲の紋章が刺繍されていた。

「久しぶりー！　うー！」

「真里亞！　お久しぶりです、でしょ？　言ってごらん？」

「うー。お久しぶり、です…。」

「そうや！　よく言えたなぁ！　ご褒美《ほうび》に飴玉《あめだま》あげ

よなぁ！　……っとと、あれ？　どこにしまったんや…。」

秀吉伯父さんが戸惑《とまど》っている間に、霧江さんも挨拶《あいさつ》する。

「楼座さん、お久しぶりです。真里亞ちゃんもお久しぶり。」

「ご無沙汰してます、霧江姉さん、秀吉兄さん。……と、……あら、戦人くん⁉　大きくなったわね…！」

「いやぁ〜、はっはっはぁ…。今日は会う度《たび》に言われてて恥ずかしいっすよ…！」

「おう、楼座。遅かったな。飛行機がダイヤ通りだったらギリギリってとこだったぜ…？」

親父のその言葉に、楼座、と呼ばれた女性が答える。

「ごめんなさい。列車の接続がうまく行かなくて。何、また天候調査中なの？」

「ボヤかないボヤかない。船で六時間も揺られるくらいなら、飛行機でほんの三十数分の方がずっとマシよぅ。たとえ、一時間余計に待たされたって、全然早いんだからぁ。」

絵羽伯母さんがそう声を掛ける一方、秀吉伯父さんは娘の方、真里亞に話しかけていた。

「真里亞ちゃんも大きくなったでー‼　今、身長いくつあるんや！」

「うー！　身長いくつあるんやー！」

秀吉伯父さんの質問をオウム返しにして、真里亞は母親に聞く。

自分でも今の身長がいくつかよく覚えてないらしいな。育ち盛りの真っ只中《ま　ただなか》だろうから、身長なんて毎月変わってるだろう。もう数年もすりゃ、一気に女らしくなるんだろうよ。

「えっと…、この間の身体測定でいくつって出たっけ。これでも少しずつは伸びてるんですよ。ねー？」

「うー！」

「去年よりもずっと成長したと思いますよ。えっと、今年で九歳でしたっけ？」

霧江さんがそう聞くと、真里亞は答える。

「九歳。うー。」

「そうだね、九歳だね。真里亞ちゃんも元気そうでよかった！　よいしょ！　…んん！　もう高い高いをするにはちょっと重くなってきたかなぁ…。」

譲治の兄貴は真里亞を抱きかかえようとしながらつぶやく。

「うわ、譲治兄貴、そりゃあレディに失礼だろ。ほれ、俺がやってやるぜ、高い高い〜。」

「……うー。」

兄貴に代わって彼女を抱き上げてやろうとすると、真里亞はそれを拒絶するように身を硬くし、俺の顔をしげしげと見て訝《いぶか》しがる。…あーそうだよな。何しろ六年ぶりってことは、前に会ったのは真里亞が三歳の時だ。俺の顔を覚えてるわけもねぇな。

「真里亞ちゃん、覚えてる？　戦人くんよ。一緒に遊んでもらったの忘れちゃった？」

霧江さんがそう言ったものの、真里亞の反応は鈍《にぶ》い。

「……うー。」

「無理だろ。最後に戦人と会ったのは三つの時だぜ。三つの時の記憶なんか残ってねぇよ。」

俺以外とは毎年会ってるから面識《めんしき》もあるだろうが、俺は六年ほど右代宮の家とは縁がなかった。だから、九歳の彼女の記憶に残ってないのも無理はない。

俺だって、三つの頃の泣き虫な彼女の記憶がおぼろげに残ってるだけだしな。

「真里亞。戦人お兄ちゃんよ。留弗夫兄さんの息子さん。…わかる？」

そこで真里亞の母親の楼座が言った。

「…………兄さんの息子さんが。兄さんが息子さん。…………??　……うーーー!!」

その「うー」という声は多分、ややこしい説明が理解できなくてパンクした音なんだろう。ちょっと説明がややこしかったもんな。

「真里亞ちゃん。彼は戦人くん。僕と同じ従兄だよ。」

譲治の兄貴が優しい口調で真里亞に語りかける。

「……譲治お兄ちゃんと同じ？　戦人⁉　従兄？……うー。」

「そう。よくできたね。」

こういう辺り、兄貴は本当にうまいなぁというか、大人だなぁと思う。未婚のくせに子供のあやし方が完璧過ぎる。さぞや将来、子煩悩《こぼんのう》な父親になるだろうな。

「…戦人お兄ちゃん？」

その呼び名でよいのかという風な目つきで、真里亞が俺をじっと見ている。

「おうよ、俺が戦人だ。よろしくな、真里亞！」

「うー！　戦人！」

「こら、真里亞！　呼びつけじゃ駄目でしょ、戦人お兄ちゃんと呼びなさい…！」

「いいっすよ楼座叔母さん。細かいことは気にしないっすから。なー、真里亞ぁ！　俺とお前は名前を呼びつけ合う仲だもんなぁ⁉」

「戦人戦人ばとらー！　うーうー！」

「おうよ、真里亞真里亞まりあー！　うーうー‼」

六年のブランクを埋め合うように、しばらくの間、俺たちはくるくるとじゃれ合った。

彼女にとっては、未《いま》だ初対面のデカい兄ちゃんという域を出ないだろうが、その辺はゆっくり交流していけばいいさ。

いやしかし驚いたな。俺の中に残っていた六年前の彼女の記憶とまんま変わらない。やっぱり人間はそうそう変わるもんじゃないんだな。イメージ通りのままの無垢《むく》な彼女でいてくれて少し嬉しい。

彼女の名前は、右代宮真里亞《まりあ》。…真里亞は読めるよな？　〝マリア〟と読む。亞の字が十字架っぽいのがちょいとオシャレな感じだ。感情をあまり顔に出さないので、何を考えているのかわかりにくいが、それはあくまでも表情だけの問題だ。

内面は人懐《なつ》っこい普通の女の子と変わりない。

そして、真里亜の母親の、楼座叔母さん。

ウチの親父の妹に当たる。楼座でローザと読む。

…これじゃ丸っきり外国人だぜ。

失礼だが、ウチの親父の留弗夫と双璧《そうへき》を成すとんでもないネーミングさ…。にもかかわらず、親父と違ってひねくれなかった叔母さんは偉い。

…思えば、親兄弟の名前はみんな外国人めいたものだ。祖父さまの趣味なんだろうか。そのお陰で孫の俺らまで迷惑してるんだけどな。

その癖、祖父さまの名前は普通に日本人っぽかったりするから腹立たしいぜ。

しかし、楼座叔母さんは他の親類と比べ、ほっとするところがある。

クソ親父や絵羽伯母さんには、人をからかったりおちょくったりしようとする、妙な性分《しょうぶん》があるが、同じ血を引くにもかかわらず楼座叔母さんにはそういうところはない。親兄弟の中では一番の常識人なのだ。秀吉伯父さんと同じで、いつも子供の味方でいてくれるやさしい叔母さんだ。

……ただ、教育的には厳しいのか、秀吉伯父さんのように小遣いの気前が良かったりはしないのだけが残念だぜ。

さて。これで飛行機に乗る親族は全員揃《そろ》った。まるでそれを見届けたかのようなタイミングで、ロビーに放送があった。

「お待たせしました。新島行き二〇一便の搭乗《とうじょう》をこれより開始いたします。ご搭乗のお客様はカウンター前の、白線前に二列でお並び下さい。」

「楼座、搭乗手続きまだだろ、急げ急げ。」

親父に声を掛けられた楼座叔母さんが真里亜を呼び寄せる。

「いけない…！　真里亜、いらっしゃい！」

「うー！」

滑走路《かっそうろ》に出る前に金属検査を受ける。

国際線のような物々しさはなかったが、小型機とはいえ一応は飛行機だ。

金属探知機を持った職員にボディチェックを受ける。並んだ全員がチェックをクリアすると、職員の先導で滑走路に出た。その行列を見てみると、何だ、右代宮一族しかいないぜ。これじゃまるで、何だ貸し切りのチャーター機みたいじゃないか。

飛行機の搭乗口前で行列は停まる。先導の職員は振り返り、名簿を見ながら言った。

「それではこれよりご搭乗となります。名簿をお読み上げいたしますので、前方の座席右側から順に、右、左、次の列の右、左と詰めてお座りになってくださいい。それではお読み上げいたします。右代宮秀吉さま！」

「わしからか！　はい！　…そうだ絵羽、飴玉あるか？　さっきから探してるんだが見付からないんや。」

「右代宮絵羽さま。」

「ハンドバッグの中よ。機内に入ったら出すわ。」

離着陸の時の気圧の変化で耳が痛むのの予防に、飴玉がいいとかいう噂《うわさ》を聞いたな。それのことだろう。

「…俺の席、窓際だといいなぁ！」

「ははは、大丈夫だよ。窓際席しかないもん。」

譲治の兄貴が言うには、座席が二列しかないらしい。さっすが小型機…。………本当に揺れねぇだろうなぁ…？

「右代宮譲治さま。」

「はい。大丈夫だよ戦人くん。あんまり揺れないから。」

「右代宮戦人さま。」

「あ、兄貴、あんまりってどのくらいだよぉ!?　船から落ちても泳げるからいいが、飛行機は墜ちたらそれでおしまいなんだぜー!?　もちろん客席にはパラシュートがあるんだろ？　え、ねぇのッ⁉」

「右代宮留弗夫さま。」

「おら、戦人、感動してねぇでとっとと奥行け。」

「痛ぇよ親父！　押すなって！　パラシュートがねぇんだよ！」

「右代宮霧江さま。」

「ほら、仲良くジャレてないの。進む進む。」

「痛ぇよ霧江！　押すなって！　ボンクラが進まねぇんだよ！」

「右代宮真里亞さま。」

「うー！　進む進む！」

「右代宮楼座さま。」

「こら、真里亞！　静かにしなさい…。」

「こちらは機長の川畑《かわばた》です。本日は新東京航空二〇一便をご利用いただき、誠にありがとうございます。新島空港までは約三十分のフライトの予定です。上空の気流が乱れているとの報告が入っています。多少の揺れがあるかもしれませんので、離陸後もシートベルトは外さないようにお願いいたします。」

「あ、兄貴ぃ、シートベルト外しちゃいけない揺れって何だよ⁉　ジャンボ機なら、離陸後はシートベルト外せるぜぇ⁉　それが外しちゃいけないってどんな揺れだよ〜お⁉　くそー、騙《だま》されたぁ、何が揺れないだぁ！　パラシュートはどこだよ⁉　やっぱり俺は船がよかったあぁぁぁー‼」

俺は精一杯にわめき散らしたがもう遅い。そして、飛行機は、鮮《あざ》やかなエメラルドグリーンの海を眼下に見下ろす大空へと離陸していった。

■新島港

「………やっぱ船だよな…、……船……。」

新島の空港に到着後、俺がそうつぶやくと、真里亞は俺の飛行機内での姿を真似《まね》してはしゃいだ。

「墜ちるー！　墜ちるー！　うーうーうーうー‼」

「真里亞、もういい加減になさい！　……でも意外ねぇ。戦人くん、てっきり怖い物なしだと思ってたら。」

親父が言う。

真里亞をたしなめる楼座叔母さんの声に続いて、

「こいつ、昔から乗り物がなぜかダメでさぁ。二言目には、墜ちるだの沈むだの。なっさけない男だなぁ、お前《め》ぇは。」

「……うるへー。ありゃぁさすがに揺れすぎだろ…。小型機乗るのは初めてだったからちょぃと堪《こた》えちまっただけだぜ…。」

「あの大騒ぎでちょぃとなのぉ？　うふふふ、戦人くんとは海外旅行に一緒に行くと賑やかそうねぇ。伯母さんとエジプトとか行かない？　十四時間も飛行機に乗れるわよぅ？」

「あっははは！　いい提案ね。戦人くん、絵羽姉さんに少し鍛《きた》えてもらいなさいよ。それにしてもおっかしい！　あっはははは！」

「わっはははは、こらこら、人間誰しも得手不得手はあるもんや。そない笑ぅたら悪いで。わっはははは…！」

「と、父さんも笑うのは悪いよ。ほら、真里亞ちゃんももう笑っちゃダメ。」

「もう笑っちゃダメ？　うー！」

畜生畜生！　飛行機が苦手なのがそんなに悪いかよ。みんなが俺のことをウドの大木とか思ってるのが丸わかりだぜ…。ちぇ！

俺たちは飛行機から降りると、空港からタクシーに分乗し、港にやって来た。

ここから船で島まで向かうのだ。すぐ隣の島だから大した距離じゃない。船でのんびり三十分くらいってとこだ。

島へ向かう船が停泊している埠頭《ふとう》へ行くと、手を振っている人影が見えた。

「譲治兄さんー！　お久しぶりだぜー!!」

そう言って出迎えたのは、俺と同じ年頃ぐらいの女の子だった。おいおい、俺の記憶にこんなナイスバディのいとこは存在しないぞ。

「やぁ、朱志香《じぇしか》ちゃん、一年ぶりだね！ 背、また伸びたんじゃないかい？」

「きゃっはは、よしてくれよー、毎年言われれんのは恥ずかしいぜ！」

「……お、おいおい兄貴、ウソだろ。こいつが本当に朱志香なのかよ！」

「ってことは譲治兄さん…。このデカブツ、…戦人なのかよ⁉」

お互い、まじまじと相手を観察し合う。…俺の記憶の中にこんな姉ちゃんの姿はないが、このひでぇ言葉遣《づか》いははっきり残っていた。

「いよぉ朱志香ぁ！ 何だよお前！ ウソだろ、なぁに女みたいな格好してんだよッ！ 何だよこれ、乳《ちち》かよ、お前にも胸なんか出来たのかよ！ いっひっひ、揉《も》ませろ揉ませろ～ぃ！」

「ふざけやがれ、私ゃ花も恥じらう十八だぜ！ 髪だって伸びりゃあ出るとこだって出るぜぃ！ てめぇに揉ませる乳なんざあるもんかぃ！ 戦人こそ何だよ、バカみてーに図体だけデカくなりやがって‼ ちったぁ腕力《わんりょく》付いたのかぁ⁉」

「ざけんじゃねぇ、あれからどれだけ鍛錬積んだか思い知らせてやんぜ‼」

「うぜーぜ‼ 返り討ちだー！」

この上等なヤツは、右代宮朱志香。

……俺と同じく不幸な星の下に生まれ、妙なネーミングをされた不憫《ふびん》な仲間だ。

何しろ、朱志香で〝ジェシカ〟と読む。

彼女は俺の親父の兄の娘に当たる。その兄が右代宮家の長男坊になるので、一応、朱志香は右代宮家直系の跡取り娘ってことにもなるわけだな。朱志香も、金色に輝く片翼の鷲の紋章が刺繍された服を身につけている。

朱志香とは歳が同じということもあって、あと異性同士のいがみ合いみたいなのもあって、昔っから親類で集まる度に喧嘩しながらじゃれ合う仲だった。朱志香の方が成長が早かったこともあり、体格や腕力はいつも負けていたっけな。

　こうやって取っ組み合いの力比べになったら、大抵は朱志香のペースだったもんだ。

　だから、こうして俺の方が大柄《おおがら》になったことがはっきりわかっていても、未《いま》だ腕力では朱志香に勝てないような錯覚がしちまう。

「…………ぅお…お…！　何だよ、何、マジになってんだよ…！　痛てて…。」

「おいおいおい、全然力入れてねぇぜぇ？　朱志香お前、貧弱になっただろ。」

「う、うるせーぜ。こちとら女やってんだ。いつまでも腕力で男に勝てるわけねーだろ！」

「ま～そりゃあそうだよなぁ！　俺が腕に付けた分の肉をお前は胸に付けたんだもんなぁ～。俺の腕とお前の乳ならちょうどいい力比べになりそうじゃねえのか～⁉」

「だからお前ぇに揉ませる乳はねー‼　それよりお前こそどうなんだよ、身長同様、可愛いゾウさんもちったぁ大きくなったのかぁ～⁉」

「バカやめろイヤン、痴女《ちじょ》ぉお嫁に行けなくなるぅうぅ、股間《こかん》触んないでぇ～‼」

「ひ、人様が聞いて誤解すること言うんじゃねぇえーッ‼」

　正直なところ、こうして馬鹿騒ぎをして誤魔化《ごまか》さなきゃならないほど、女らしく成長した朱志香に驚いていた。……そりゃそうさ、六年前のガキ大将っぷりを思い出しゃあ、誰だって驚くはずさ。もっとも、それは朱志香もだろうよ。

　腕力じゃ未だ負ける気がしなかったんだろう。それがあっさりと負けちまったもんだから、向こうも俺がこの六年であまりに成長したことに驚いてるはずだ。………六年か。改めて俺は、短くない年月の空白を思い知る。

「やれやれ…、完敗だぜ。こりゃーもう、私じゃ敵《かな》わねぇなー。」

　そう頭をかく朱志香に、譲治の兄貴が囁《ささや》きかけた。

「そんなことないよ。戦人くんにもきっと弱点はあるよ。ね、真里亞ちゃん。」

「うー！　墜ちるー！　墜ちるー!!」

「ちょッ、バカよせ、真里亞ぁ～、それはナイショにしようなぁ？」

「おちるー？　何だそりゃ。」

「へっへー！　生憎《あいにく》だが、この弱点は朱志香にゃもう晒《さら》さないぜぇ？　何しろ、悪夢の空路はもう終わっちまったんだからな！　あとはのんびりチャポチャポとお船の旅さぁ。あのオンボロ漁船がこれほど恋しくなるとは思わなかったぜ。いっひっひ！」

「あーん？？？　譲治兄さん、こいつ、頭どうかしたのか？」

「すぐにわかるよ。すぐにね。」

　兄貴のにやにや笑う意味を、俺はこの時点では理解できずにいるのだった…。


「これはこれは……、はぁー！　戦人さんも大きくなりまして…！」

　今度は誰だ。割烹着《かっぽうぎ》姿の婆《ばあ》さんだった。………お、おうおう、懐かしいぜ、思い出した！

「戦人くん、覚えてるかい？　ほら、お手伝いの熊《くま》沢《さわ》さんだよ。」

「熊沢の婆ちゃんは忘れねぇぜ！　何しろ、この六年、ちっとも老《ふ》けちゃいねぇぜ～。むしろ若返ったんじゃねぇの～？」

「ほっほっほ！　最近はお肌がぴちぴちしてきちゃってぇ～！　ほぅら胸もますますに大きくなっちゃいましたんですよ？　…揉んでみますぅ？」

「ご、ご冗談んん！　俺が揉みたいのはピチピチした姉ちゃんの胸限定だぜ！」

「私とて、若い日にはそれはピチピチしておりましたよ～？　ほらほら、ぜひどうぞお揉みくださいませぇ！」

「ひょお、勘弁してくれよー！　若い姉ちゃんだ若い姉ちゃん！　熊沢の婆ちゃんじゃねぇよー！」

朱志香との悪ふざけをすっかりなぞり返されてしまった。そういや、昔っからよくからかう人だったっけなぁ！

「おいおい、よせよ熊沢さん。棺桶《かんおけ》に半分足突っ込んだ人がはしゃいじゃいけねぇぜ。」

親父がそう声を掛けると、熊沢さんは笑みを浮かべて答える。

「若い方とじゃれるのが、何よりの若返りの薬ですよ。ほっほっほ！」

「熊沢さんが迎えに来るなんて珍しいじゃない。どういう風の吹き回しかしらぁ？　用事を頼まれるといつも腰痛《ようつう》になるあなたが。くすくす。」

「ほっほっほ、絵羽さまは相変わらず手厳しゅうございます。急なお買い物がありましたもので、そのついでに皆様のお迎えをしようと思いまして。もっともお迎え待ちの老いぼれのお迎えでは景気もお悪いでしょうが。ほっほっほ…！」

さらりと嫌味《いやみ》を言う絵羽伯母さんだが、熊沢の婆ちゃんはさすがに年季《ねんき》が入ってる。さらりと涼しげに受け流してみせるぜ。

まぁ、こう言っちゃ何だが、熊沢の婆ちゃんは使用人としてはもう旬《しゅん》を過ぎているかもしれない。

元気そうには振る舞ってるが、頭痛だの腰痛だのと体はボロボロ。正直なところ、まだ勤めてるってだけでも大したもんなくらいさ。…今年でいくつだったっけ？　下手すりゃ八十にも届くはず。それでこれだけ元気に振る舞えるんだから恐れ入るぜ。

「ますますにお元気なようで。そうだ、これ。前に話してたお茶です。ほら、買ってきました。後で飲んでみてください。」

楼座叔母さんは荷物からお土産《みやげ》の入った袋を出してみせる。

昨年に会った時にしたらしい約束をちゃんと覚えていて律儀《りちぎ》にそれを買ってくるとは。…こういう辺りの律儀さは楼座叔母さんらしい。約束は忘れず、そして破らない人だ。

熊沢の婆ちゃんは一年前の約束を覚えていたばかりか、使用人である自分にまで土産を持ってきてくれたことにとても感激しているようだった。

皆が声を掛けている彼女は、熊沢チヨさん。右代宮本家にもう何年も勤めてる古参《こさん》の使用人だ。

さすがに高齢なので力仕事は得意じゃないが、台所仕事から掃除《そうじ》、洗濯と何でもこなすスーパー使用人らしい。玉に瑕なのはサボり癖があるらしいということか。力仕事や面倒な仕事は、持病がどうのこうのと屁理屈《へりくつ》を言ってよく逃げようとするらしい。

……サボり癖というよりは、熊沢の婆ちゃんの場合、のらりくらりと要領《ようりょう》がいいと言うべきなのかもしれない。

…給金を払ってる側からはたまったもんじゃないだろうが。まぁ、それをひょうひょうとやってのけても、なぜか憎めない。

きっといつも笑顔を絶やさないその明るさのせいだろう。

「やー、相変わらずお元気そうで何よりでんな！あれから背中の具合はどないでっか。」

「薬を飲んでも、ちーっともよくなりませんで。これればかりはお医者さまでもどうにもなりません。不《ふ》治《じ》の病《やまい》ちゅーもんですわ、ほっほっほ！」

秀吉伯父さんと熊沢さんが話す一方、親父が朱志香に声を掛けた。

「それにしても、朱志香ちゃんはますます美人になったなぁ。夏妃《なつひ》姉さんに似て良かったぜ。」

「そ、そうですか…？　私的には全然似てないつもりなんですけど…。つーか、親には似たくないです。尊敬してないんで。」

「こら、そんなこと言っちゃダメよ。くす、それにしても、親に似たくないって言ってる人が多いわね、うちの一族は。」

霧江さんの皮肉めかした言葉に俺ははっきり答え

る。

「あ、それ俺ー！」

「馬鹿言え、お前こそ俺に似るんじゃねぇ。お前の鼻が似ててムカつくんだよ。」

「何言ってんのよ。呆《あき》れるくらいそっくりよ、あなたもお父様にね？」

霧江さんに言わせると、親父も、その父親の金蔵お祖父さんにそっくりということになる。

「おいおい、そりゃねぇだろ…。俺のどこが親父に似てるってんだぁ？」

「傲慢《ごうまん》で偉そうなところとかそっくりよ。あんたと兄さんは特にお父様の血が強いわねぇ。ねぇ楼座？」

これは絵羽伯母さんの声だ。右代宮家の女子として楼座叔母さんがそれに続ける。

「ええまったく。蔵臼《くらうす》兄さんも留弗夫兄さんも、信じられないくらいお父様にそっくり。」

「おいおい、参ったな、何で俺だけ女どもから集中砲火なんだ。秀吉兄さん、助けてくださいよ。」

「いやいやぁ、留弗夫くんはいっつも女性にモテてるなぁ。羨《うらや》ましいでぇ！　わっはっはっは！」

「ほっほっほ！　相変わらずモテモテでお羨ましいことです。それでは皆様、お船の方へお乗り下さいませ。ささ、真里亞さん、一緒にお船に乗りましょうねぇ。」

親族同士で会話している一同に熊沢さんが声を掛けた。

「一緒にお船に乗る。うー！　みんなも一緒に乗るうー！」

真里亞もさっさと船に乗りたいようだ。

「おうよ、もう今度は怖くないぜ。波で揺れるのは慣れてるしなぁ。あのオンボロ漁船の場合、揺れて怖いってより、エンジンがぶっ壊れて漂流《ひょうりゅう》するんじゃねぇかって方が怖いぜ。」

俺がそう言うと、譲治の兄貴が答える。

「そうだ、戦人くん、言うのを忘れてた。…あの漁船はだいぶ老朽化《ろうきゅうか》してたんで数年前に引退したんだよ。今は他の船が島まで運んでくれるんだ。」

「あー、そうか。戦人は新しい船が初めてなんだなー！　快適だぜ？　すっげえ速いんだ！　何しろ、とんでもないスピードが出るんだからさ！」

「ほー…。ってことは船旅の時間がさらに短縮されたわけか。そりゃあ素晴らしい！　何しろ、飛行機よりマシとは言え、沈没の危険に晒される時間が少しでも短くなるってんだから、こりゃあ極めて素晴らしいぜ〜。」

「…うー。戦人はまた、墜ちるー、墜ちるー？」

「そりゃあ飛行機の時だけさ。もう大丈夫だぜぇ！」

俺がそう答えると、朱志香と譲治の兄貴が口々に言った。

「何しろ、船長自慢の改造高速艇らしいぜ？　だいぶいじってるらしく、プロペラは高性能のが四基も付いてて最高速度は四十ノットを超えるとか何とか自慢してたなー。いつも自慢されるんで覚えちまったぜ。」

「僕も毎年聞かされるんで覚えちゃったよ。船長は昔、外国の漁船と速度比べをして負けて以来、スピード改造に取り憑かれちゃったんだってさ。その時の相手は漁船なのに三十ノット以上も出せたんだってね。」

「その雪辱《せつじょく》の念が結実して、スカっと爽快《そうかい》な超高速改造艇の誕生となったわけさ。戦人もきっと気に入るぜー。」

…ちょ、超高速改造艇ぇ…？　……最初はいつ沈没するかもわからねぇボロ船よりはマシだろうと歓迎してたんだが……、何だか嫌な予感がしてくるぜ…。……まさか。

「おい戦人ぁ、島までは泳いで行った方がいいんじゃねぇかぁ？」

親父が冷やかす声に続いて、譲治の兄貴が言った。

「戦人くん、柵からあんまり身を乗り出しちゃダメだよ。落ちちゃうから。」

「うーうー!!　落ちるー落ちるー!!」

「ちっくしょおおぉおぉ…、さっきからみんながニヤニヤ笑ってたのはこれだったのかぁ！」

船長が個人的趣味で改造しまくったという超高速艇は、なるほど、あの六年前のオンボロ漁船とは比べ物にならなかった。

確かに素晴らしいスピードだ。しかし、それに加えて、さっきからずっと、とんでもない振動と爆音、それに波しぶきがひっきりなしに続いている。

「うおおおおおおお、揺れる揺れる揺れる揺れるー!!落ちる落ちる落ちるー!!」

「うーうーうー!!　落ちる落ちる落ちるー！」

「落ちたら海じゃねぇかよ、溺《おぼ》れちまうぞ、パラシュートだ、じゃねぇぜ、浮き輪はどこだー!!　ライフジャケットをくれぇえぇぇ!!」

「わーっはっはっはっは！　何だよ戦人、おめー、それ何の真似だよ、わーっはっはっはっは！」

「朱志香ちゃんも真里亞ちゃんもいじめちゃ悪いって。戦人くんも怖いなら甲板に出なきゃいいのに。船内ならもう少し怖くないと思うけどなぁ。」

「へっへー、そいつぁノーサンキューだぜ兄貴！　海難事故の犠牲者はいつも船内なんだ。生存者は大抵、事故時は甲板なんだぜ。だから俺はここにいる!!　でも揺れるーー!!　落ちるー!!　うおおおおおおぉおぉぉ!!」

「揺れる落ちるー!!　うーうーうー!!」

「真里亞、よしなさいったら！　……でも戦人くん、本当に苦手なのね…。船長さんに速度を落とすように言ってきてあげるわ。」

「うおおおお、楼座叔母さんありがとおおおぉ！　海の上でも安全運転、徐行運転指差し確認んんんん!!」

「くっくっく！　ダメよ楼座。青年には試練も必要なんだから。ね、戦人くん？　これくらいへっちゃらで克服《こくふく》できちゃうわよねぇ？　じゃないと伯母さんとエジプトに行けないわよぅ？」

「うおおおお、絵羽伯母さんの意地悪ぅうううぅ！　あぁダメ落ちるぅうぅ!!　ライフジャケットぉおおぉ、パラシュートぉおぉ!!　ふおおおおおおぉおおおおおおおおおぉおぉおぉ……！！！　い、いや、ひっくり返して考えるんだ！　敵の狙いは何だ!?　俺をこうして怖がらせることか!?　そいつが狙いなら甘いぜ、びびってなんかやるもんかぁああぁあああぁ!!　でもらめぇえぇ、落ちるゥウウゥウゥ！！！」

…なぁんて大騒ぎをした挙句《あげく》、楼座叔母さんが船長に言ってくれたお陰で、何とかマシな速度にまで落としてもらえたのだった…。

「…………はぁ…。これくらいなら何とか…。……さっきのは生きた心地《ここち》がしなかったぜぃ……。」

俺にとって許容できるこの速度は、どうもかなりの鈍足《どんそく》らしい。

…でもさっきのは異常だったぜ…。もう船がばっかんばっかん揺れて！　海の上を滑《すべ》るというか跳《は》ねるというか！　船ってより、トビウオに乗ってるような気分だったぜ…。

疲れきり、げっそりと柵にもたれかかる俺を、朱志香は飽きもせずゲラゲラ笑っていた。

「さっきは力比べで負けたけどよー、もっと重要な部分で負けてなかったことがわかって、私ゃ嬉しいぜ。いやしかし、ぷーくっくっくっく！」

「くそー…、好きなだけ笑えよ。いつか弱点を見つけ返して、てめーの乳、揉み潰《つぶ》してやるぜー……。」

「あっはっはっは、見つけられたら考えてやるぜー!?　わーっはっはっは！」

「うー。戦人、へろへろ。」

「あぁ、戦人、へろへろだ…。海も空もごめんだぜ、俺は陸の上で死にたいさ…。」

真里亞が俺の背中をさするような仕草《しぐさ》をしてくれたので、お返しに頭をぽんぽんと叩いてやった。……表情は相変わらずの無表情だが、気遣《きづか》いたい気持ちが伝わってくる。

「戦人くん、船長が罪滅《つみほろ》ぼしにって、ドリンクをサービスしてくれたよ。飲んで一服しないかい。落ち着くよ。」

譲治の兄貴と熊沢の婆ちゃんが、よく冷えた雫《しずく》の付いた缶ジュースを人数分、持ってきてくれた。

熊沢さんのニヤニヤ笑いを見る限り、船内では親たちが俺の大騒ぎをゲラゲラ笑い合っている真っ最中なんだろう。

くそ、恥ずかしくて親たちの誰とも顔を合わせたくねぇ…。

何か話題を切り返さないと、いつまでも俺がネタにされそうな気がしたので、何か無難《ぶなん》な話題を切り出すことにする。

「…おう朱志香。蔵臼伯父さんと夏妃伯母さんは元気なのかよ。」

「親父とお袋ぉ？　残念ながら元気だぜー。二言目には勉強しろ勉強しろってうるせーけどよ。秀吉叔父さんとか留弗夫叔父さんとか、そういうこと言わなそうだから羨ましいぜー？」

「はっはは、とんでもない。僕も受験を控《ひか》えてた頃はいっつも受験受験って言われてたよ。うるさくも思ったけど、今は感謝してるよ。」

「はー、やっぱり譲治兄貴は人間が出来てるなぁ…。ちなみにウチは絶賛放任中だからな。なぁんにも言われないぜぇ？　まー言われたって聞かねぇけどなー、ひっひっひ！」

俺がそう答えると、横から熊沢さんが言った。

「戦人さんは、まだご実家には戻られておられないのですか？」

「…まー、ちょくちょく戻るようには。まだ服とかだいぶ前の家に残してるんで。」

「……うー？　戦人、お家《うち》が二つある？」

真里亜はちょっと不思議がっている。

「ん、………んー。……まぁな。」

「どうして？　どうしてお家が二つ？　うー？　うー？」

真里亜だけがよく事情が飲み込めず、素朴《そぼく》な疑問を口にする。だが、みんな俺をちらちらと見て、知りながらも答えはしなかった。

「真里亜ぁ！　ほら、船着場《ふなつきば》が見えてきたぜ…！　ほら、あれ！　見えるか⁉」

「うー！　船着場見えた、船着場見えた！」

朱志香が気を利《き》かせてくれたつもりらしい。……やれやれ。好んで語りたいことじゃないが、変にタブー扱いされるのも気持ち悪いな。……俺はもうそんなに気にしちゃいねぇんだが。

俺は右代宮の人間だが、実はこの六年ほど、死んだ母の祖父母《そふぼ》宅に身を寄せ、母方の姓を名乗っていた。

その祖父母が相次いで亡くなったため、仕方なくクソ親父のところへ戻らざるを得なくなったわけだ。言っとくが家出とかじゃないぜ。一方的に非があるのは親父の方さ。

……霧江さんのことはそんなに気にしてない。あのクソ親父の手綱を握ってうまく乗りこなせるなんて大したもんさ。

…だが、あのクソ親父が母さんに働いた裏切りだけは、……悪ぃが、未だ心の整理がつかない。

「こほん。もうすぐ着くねぇ。」

譲治兄貴が話題を逸《そ》らそうと咳払《せきばら》いをする。

「……失礼しました。年寄りが余計なことを言ってしまったようで。お気に障《さわ》りましたら。」

「へっへー！　気にもしてないし障ってもないぜ。気にすんなよ、熊沢の婆ちゃん。」

熊沢さんもうかつなことを言ってしまったと後悔しているようだったが、これ以上、変に気を遣われたくないので、俺は茶化《ちゃか》すようにして立ち上がる。

それから缶ジュースに口を付け、島影を眺めている朱志香と真里亞のところへ行った。

「うー！　戦人、島が見えた、島が見えた！　あれあれあれ！　うーうーうー！」

「どれどれ、おぉ、見えてきたな。六年ぶりでも記憶と寸分《すんぶん》変わらない島影だぜ。」

前方には小さな島影がだいぶ近付いていてきていた。

島の名前は六軒島《ろっけんじま》。

伊豆《いず》諸島の中に含まれる、全周が十キロ程度の小さな島だ。

伊豆七島ってくらいだから島は七つだろうと誤解してる連中がいるが、そんなことはない。実際は七つ以上ある。

この六軒島も、そんな七つに入れてもらえないささやかな島のひとつだ。それでなくとも、この島のことを知る人間はほとんどいないだろう。

なぜなら、この島へは右代宮家の人間以外は立ち入らない。つまり、余所者《よそもの》や観光客にはまったく無縁《むえん》なのだ。だから旅行用パンフレットに島の名前が載ることはまったくない。

それもそのはず、六軒島は丸ごと、右代宮本家が所有している私有地だからだ。

だから六軒島には右代宮家だけが住んでいて、右代宮家の関係者しか出入りしない。船着場とお屋敷《やしき》があるだけ。島のほとんどは未開の森林のまま残されている。

ゴルフコースでも作ればいいものを、もったいない話さ。でも、浜辺《はまべ》は全てプライベートビーチだと考えれば、何とも豪勢《ごうせい》な話かもしれない。

今さらだが、はっきり言っちまうと、……まぁその、右代宮家は大富豪《だいふごう》なわけさ。

本家は莫大《ばくだい》な財産を持ってるそうだし、親父たち分家もずいぶんな資産を蓄《たくわ》えていて、それぞれが事業で成功している。

俺は六年間、祖父母の家で庶民《しょみん》の暮らしをしてたからすっかり忘れちまったが、…クソ親父の家は確かに立派だし、何から何まで嫌味な金持ち趣味剝《む》き出しだったように思うぜ。

　それを言えば、譲治の兄貴も、朱志香も真里亞も、もちろん俺も、資産家のボンボンやお嬢様ってことになるわけだ。

　もちろん俺らにはそんなつもりはない。俺には金持ちなんて自覚はねぇし、自己に厳しい譲治兄貴にもそんな甘えはない。

　朱志香は、金はいらないから都会に引っ越したいといつもぼやいてたし、真里亞はまだ子供でお金に全然興味がない。

　…それも嫌味か。火の車で首が回らねぇ連中から見れば、何とも恵《めぐ》まれた話だ。これ以上は過ぎた説明なんで控えるとしよう。

　まぁ、生まれる親を選べないのと同じさ。狙って金持ちに生まれたわけじゃねぇ。それを妬《ねた》まれるのもお門《かど》違いってもんだろ。

　何をやっても正当に評価されず、二言目にはお金持ちだからと僻《ひが》まれるのも、結構堪えるもんさ…。

そんな感傷に浸っていると、真里亜が柵から身を乗り出しながら騒ぎ出した。

「………うー。……ない。」

「どうしたんだよ、真里亜。何か落としちゃったのか？」

「うーうー！　ないない！　うーうーうーうー!!」

　真里亜がないないと騒ぎ出す。言葉だけを聞けば、何か落し物かと思うのだが、彼女はないないと連呼《れんこ》しながら洋上を指差すのだった。

「どうしたの？　何がないんだい？　僕も探してあげるよ。何？　…………？」

　そう声を掛けた譲治の兄貴も戸惑《とまど》いの表情を浮かべる。

　落し物なら床を見るだろうが、真里亜は洋上を指差している。

　洋上を指差すからには、そこに何かがあると思うべきなのだが、真里亜はないないと言う。………はて。

だが、六年前の風景を最後の記憶に持つからこそ、毎年ここに来ている兄貴より俺が先に気付くことができた。

「………あれ…。……確かさ、この辺に小さい岩の上に鳥居《とりい》みたいなのがなかったっけ。…そうだ、確かにあったぜ。島に近付いてくると最初に迎えてくれる目印みたいなもんだったからよく覚えてるぜ。」

「へー、戦人すごいじゃねぇか。六年ぶりなのに、よく覚えてるもんだぜ。」

朱志香の声に譲治の兄貴も言った。

「あったね…！　僕も思いだしたよ。鎮守《ちんじゅ》の社《やしろ》と鳥居みたいなものが、岩の上にぽつんと建ててあったよ。……そう言えばないね。去年は確かにあったと思う。」

「ない。ない。うーうーうー！」

「大方、波か何かでさらわれちまったんだろー？小さい岩だったしな、だいぶ風化で脆《もろ》くなってたんだろさ。」

「私もそうだと思ってるんだけどよ。なくなっちゃったのはこの夏のことなんだよ。何でもよぅ。」

朱志香の声に続いて熊沢さんが説明する。

「ある晩に大きな稲妻《いなずま》が落ちて、御社を砕《くだ》いてしまったんだとか…。……鎮守様に落雷があるなど、これは不吉の徴《しるし》に違いないと、漁民たちは囁いておりますねぇ。…くわばらくわばら…。」

熊沢さんはからかうように悪戯《いたずら》っぽく笑いながら、両手を揉み合わせるような仕草をする。

でも、真里亞は真《ま》に受けているようで、真剣な顔をしながら、鎮守様が祀《まつ》られていた岩があったと思われる洋上をじっと凝視《ぎょうし》しているのだった。

「………不吉の、徴。………うー。」

真里亞が押し黙ると、朱志香が言った。

「よせよ熊沢さん。真里亞はそういう冗談の通じない年頃なんだからさぁ。」

「大丈夫だよ真里亞ちゃん。偶然だよ。何も怖いことなんか起きないよ。」

譲治の兄貴が、真里亜を安心させるように肩に手を置くが、真里亜の険《けわ》しい表情は解《ほぐ》れなかった。

「…………不吉。…………不吉。」

真里亜はうわ言のようにその言葉を繰り返す。ひとつの単語を連呼するのは真里亜の昔からの癖らしい。だが、口にする単語が、文字通り不吉なので少しだけ気味が悪ぃ。

「おいおい、真里亜。そんなに何度も繰り返してたら、本当に不吉がやって来ちまうぜ？」

真里亜のもう片方の肩を叩く。すると真里亜はびくりとして振り返り、俺の顔をまじまじと見ながら言った。

「うー。………不吉、来る。」

「へぇ？　来るって、どこからさ。」

緊張を解してやろうと思って、俺はちゃかしたように応える。

…すると真里亜はすっと指を立て腕を高々と突き上げると、…天を指した。

見れば、空は相変わらずの曇天だったが、朝よりだいぶ鉛《なまり》色になっていた。

そうだ、台風が近付いてるって言ってたな。…島には一泊することになってるが、その間にうまく通り過ぎてくれないと月曜に登校できなくなっちまう。まぁ休める口実《こうじつ》としては最高だが。

「……………うー…。」

…この曇り空に不吉な何かを感じているらしい。さっきからずっと唸《うな》っている。

真里亜だって多感な年頃の女の子だ。

よく女の子が、霊感が強いとか霊媒《れいばい》体質だとか騒ぎ出すのはちょうど真里亜くらいの年頃からのはず。

…子供らしい感受性と言えないこともなかった。

「大丈夫だよ真里亜ちゃん。天気は今夜くらいには崩れるかもしれないけど、明日にはよくなって綺麗《きれい》な青空になってるよ。」

「うー。綺麗な青空………。………うー…。」

「そう、明日になれば綺麗な青空になるよ。止まない雨はないし、晴れない雲だってない。」

「うー…。………止まない雨。…晴れない雲。……………うー………。」

「確かに台風が近付いてるけどよ、すぐに過ぎちまうってぇ！　大丈夫さ真里亞。」

「…………うー。…うー!!　うーうーうー!!　うーうーうー!!」

真里亞がうーうーと騒ぎ出す。…それはまるで、自分が伝えたいことがまったく伝わらないので癇《かん》癪《しゃく》を起こしているようにも見えた。

一体、真里亞は必死になって何を警告しようとしているのか。それが理解できなくて、俺たちも漠然とした不吉さを感じるしかない…。

……人には誰しも霊感があるというが、それは加《か》齢《れい》に伴って弱くなっていくものらしい。

だとすれば、真里亞は俺たちの中で一番幼く、俺たちが加齢によって失ってしまった何かの感覚を未だ持ち続けていることになる。…その何かが、彼女に警告を与えているというのだろうか。

その時、熊沢さんが静かに口を開いた。

「………何でも…六軒島はその昔、」

「熊沢さん。その話はなしにしようぜ。」

熊沢さんが何かの話をしようとした矢先、朱志香がそれをぴしゃりと遮《さえぎ》った。

朱志香にしてはずいぶんバッサリだった。単純な好奇心からその先を促《うなが》したくなるが、話を遮った朱志香の様子から見て、一層、真里亞の不安感を煽《あお》り立てるような内容であることは想像に難しくない。

…無理に聞いても、心が晴れ晴れするような話ではは断じてあるまい。

「……ほっほっほ、それは申し訳ございませんね…。…ここの風は年寄りには堪えますんで、ちょっと失礼させていただきます…。」

おしゃべり好きにとって、しゃべるなと言われればその場にいる価値はない。

熊沢さんは、自分が出しゃばり過ぎたことにようやく気付くと、船内に戻っていくのだった。

入れ替わりで秀吉伯父さんがやって来る。

途中から来た伯父さんは、この場の複雑な空気など理解できないので、爽《さわ》やかに無神経に、場の空気を掻き乱してくれるのだった。結果的には、その無神経さのお陰で場が和《なご》むことになる。

「もう到着だそうやないか！　おおぅ、もうちょいやのう！　今日はのんびりスピードだから時間が掛かってもーたわ。誰のせいやねん！　わっはっはっはっは！」

「うっわ、秀吉伯父さん、もう勘弁してくださいよ～…たはは～！」

俺が苦笑を浮かべると、朱志香が調子に乗って続ける。

「あはは、もっと言ってやってくださいー。ったく、戦人のせいで時間掛かりすぎだぜ～！」

「………うー。」


真里亞は、誰も自分の話を聞いてくれないと思ったのかもしれない。むずかるような顔をして俯《うつむ》く。

そんな彼女に、譲治兄貴は目線を合わせるようにしゃがみながらやさしく言った。

「真里亞ちゃん。何も怖くないよ。だって、僕たちが一緒だもの。一緒だと何も怖くないんだよ。言ってごらん。」

「………うー。…一緒だと、何も怖くない…。」

「うん。一緒だと、何も怖くない。」

「…………うー。」

「そうさ、譲治の兄貴の言う通りだぜ～？　俺たちが一緒にいると、いつだって何だって絶対に怖くねぇんだ。なぁ朱志香！」

「ああ、間違いないぜ。譲治兄さんの言うことはいつも本当だよ、真里亞。」

「……うー。譲治お兄ちゃんはいつも本当。」

「うん。僕は嘘をつかないよ。だから信じて。みんなと一緒にいれば何も怖くないんだよ。」

「うー。……譲治お兄ちゃんは嘘をつかない。信じる。みんなと一緒にいれば怖くない。………うー、怖くない！」

真里亞が譲治兄貴の胸に飛び込んで、ぎゅーっとしがみ付く。

それを兄貴が撫《な》でてやると、ぱっと離れた。その表情は見違えるくらいに元通り。元の真里亞に戻っていた。

「うー。みんなと一緒だからもう怖くない。…うーうー。」

「あぁ、そうだぜ。…もう平気みたいだな。真里亞は強いな、偉いぜ！」

「……うー！　真里亞、偉い！」

「なんや、どうしたんや。真里亞ちゃん、船酔いだったんか？　ん？」

秀吉伯父さんの言葉に続けて朱志香が言った。

「ははは、まぁそんなとこです。もうじき着きますねー。」

船着場はもう、すぐそこまで迫っていた。

10月4日土

Sat. 4th October 1986

六軒島到着

船が大きくガクンと揺れる。船着場に接岸したようだった。

船の人が出てきて、舫《もや》い綱《づな》を持ちながら埠頭に飛び移る。

そこにはタキシード姿の大柄な男がいて、俺たちをにこやかな笑顔で迎えていた。

……面識はないが、金色に輝く片翼の鷲の紋章こそないものの、服装から右代宮本家の使用人だろうと察する。

「お嬢様、お帰りなさいませ。だいぶ遅かったので心配いたしておりました。」

お嬢様と呼ばれた朱志香はにっこり笑って答える。

「うん、心配ありがと！　ウドの大木が怖がっちゃってよー。それで徐行運転だったたってわけ。マジでうぜーぜ！」

「う、うるせー…、いつか逆の立場になったら覚えてろー、…ぅぅ。」

この調子じゃ、親族中に言いふらされて、今日の晩餐《ばんさん》は俺の話題で持ちきりだな。

ただでさえ六年ぶりってことで話題にされやすいってのに、さらに美味《おい》しい話題まで提供しちまうとは…！　畜生、何で右代宮本家は離島《りとう》なんかに住んでんだー！

そうこうしている内に、船の接岸は終了した。下船用の小さな橋板が掛けられる。船内からぞろぞろと親たちも上がってきた。

「皆様、長旅お疲れさまでした。奥様、お手をどうぞ。」

タキシード姿の男が絵羽伯母さんに手を伸ばすと、絵羽伯母さんは笑って答えた。

「ありがと。お久しぶりねぇ、郷田《ごうだ》さんもお元気？」

「ありがとうございます。お陰様で毎日元気にお勤《つと》めをさせていただいております。」

この人は郷田さんっていうのか、と思っていると、横から霧江さんが説明してくれる。

「戦人くんは郷田さんとは初対面じゃない？　確か六年前はお勤めじゃなかったですよね？」

「はい。ですので、戦人さまには初めてご挨拶させていただきます。初めまして、戦人さま。」

「……俺も立っ端にゃ多少の自信があったんだが、でっけぇ人だなぁ。…紛《まぎ》れもなく初対面だぜ。こんな大男、会ったら絶対忘れないさ…！　どうも初めまして。戦人っす。」

「お待ち申し上げておりました。一昨年から右代宮本家にお仕えさせていただいております、使用人の郷田と申します。どうぞよろしくお願いいたします。何かご用命がございましたら、いつでもお申し付けください。」

「郷田さん、お久しぶりです。」

「譲治さま、ご無沙汰《ぶさた》をいたしております。お手をどうぞ。」

「あんた、相変わらず大した接客のプロや…。もし職に困ったらいつでもわしに声を掛けんやでぇ。いつでも雇《やと》ったる！」

「これは身に余る光栄です。どうぞお手を、秀吉さま。」

郷田さんは、その後も全員の下船を補助して挨拶をしていた。

挨拶や仕草が洗練されていて、何と言うか、プロの身のこなしだ。見かけのゴツさの割りにとても優《ゆう》雅《が》だった。大男特有の威圧感《いあつかん》があるので怖い人かと思っていたが、想像するよりずっと礼儀正しい人だ。勤めて二年と言ってるが、その前にもどこかで同じような職だったに違いない。

全員が下船すると、舫い綱は解《と》かれ、船は船着場を離れ始める。新島の母港へ引き上げるのだろう。船長がお別れの手を振ってくれる。真里亞も律儀に手を振り返していた。

「…………ん～、何だかさっきから違和感があると思ったら、あれだな。うみねこの声を聞いてないぜ。」

俺がそうつぶやくと、朱志香が横から口を挟む。

「うみねこぉ？　鳥のか？」

この島に来るといつも、うみねこがにゃあにゃあと賑《にぎ》やかな声で迎えてくれたんだっけ。そのせいで、ここ以外でうみねこの声を聞いても、親族会議に来ているような気分になる。

六軒島は、右代宮本家が住んでいる極めて一部分以外は、手付かずで放置されているため、野鳥の天国になっているらしい。

どっかの岸壁がうみねこの巨大コロニーになってるらしく、この島はいつもはうみねこだらけなのだ。

そのうみねこの歓迎がなかったので、どこか少しだけ寂《さび》しかった。

「どうしたの、戦人くん。」

「あぁ、楼座叔母さん。…いやぁ別にぃ、うみねこの声が聞こえないんで、何か寂しいなぁ～って。」

「あら、そう言えばそうね。いっつも賑やかなのに、今日はさっぱりいないわね。」

「……うー？　どうしてうみねこいない？」

「うーん、うみねこたちも今日はよそで集まりがあるからかな？　真里亞もうみねこ見たかったの？」

「うー、見たかった。」

「何だってこうも丸っきりいねぇんだー？　朱志香がみぃんな焼き鳥にして食っちまったんかなぁ！」

「……うー⁉」

「ぶ、物騒なこと言うんじゃねぇー！　真里亞が勘違いするだろー‼」

「うーうーうー！　朱志香お姉ちゃんが焼き鳥にした、焼き鳥にしたー！　うー‼」

「してないしていない！　そんなの私がするわけねえだろ⁉」

「そうだそうだぁ～、朱志香が焼き鳥にしたんだー！　皮につくねにレバーにねぎまぁ～ん！」

「ワワに靴練《くつね》り！　レバーにねぎまぁーん‼　うー

うーうー！　あはあはは！　きゃっきゃ、きゃっきゃ！」

朱志香を囃《はや》し立てると、真里亞も面白そうに俺に追従してくれる。おぉ、こんなにもノリのいいやつだったのか！　よしよし、今日から俺の子分一号に加えてやるぜ！　笑いかけてやると、ささやかな連帯感が嬉しいのか、とても嬉しそうに笑った。そんな光景を眺めながら、譲治の兄貴が横から声を掛ける。

「違うよ、真里亞ちゃん。野鳥って天気や気圧の変化に敏感《びんかん》なんだそうだよ。今夜辺り、天気が崩れそうだしね。巣へ早めに引き上げてるのかもしれないね。」

「…………うー。焼き鳥じゃない？　朱志香お姉ちゃんが焼き鳥にしたんじゃやない？」

「違う違う!!　わ、私はそんなことしないって！　ほら戦人もウソだったたって認めろよ！」

「戦人くん。真里亞ちゃんは素直な子だから、そういう冗談でも真に受けちゃうんだよ。冗談も少し選んだ方がいいよ。」

…譲治の兄貴にしっとりやんわりとお説教される。…図体のでかさだけは兄貴を上回っても、やっぱり兄貴は兄貴だ。素直に謝るしかねぇ。

「お、おう、悪ぃ悪ぃ…。真里亞、今のは冗談だ。うみねこたちは今日は巣で大人《おとな》しくしてるってさ。」

「……戦人はウソ？　譲治お兄ちゃんは本当？」

せっかく楽しかったのに、実は騙されていた…？　無垢な瞳が俺を責めるようだ。……ちょいとさすがに悪ノリし過ぎたかもなぁ。

「あぁ、そうだそうだ。譲治兄貴が言ったのが本当だ。天気が悪いんで今日は引き上げたんだろうよ。いなくなったわけじゃないんだぜ？　ねぇ楼座叔母さん！」

「そうよ。明日以降、天気が良くなったらきっと戻ってきて、みゃーみゃーと声を聞かせてくれるわ。」

「うー。天気良くなって戻ってくるの待つ。明日まで待つ。天気良くなるまで待つ。うーうー！」

真里亜は機嫌《きげん》を直し、うみねこが空いっぱいに帰ってくる明日を楽しみにするのだった。

それにしても譲治の兄貴は小さい子の面倒を見るのがうまいぜ。…六年前のガキンチョだった俺も、兄貴にいい感じで面倒を見られてた気がするし。

……兄貴、ちょっとした才能なのかもしれないなぁ。

「譲治くんは小さい子の面倒を見るのがうまいわね。保育士さんでも勤められるんじゃない？」

「あー、譲治兄さんの天職っぽいぜ。私的には社長室でビジネスってより、そっちの方が兄さんのイメージだぜ？」

「まさか。保育士さんは立派なお仕事だよ。単なる子供好き程度に務《つと》まる仕事じゃないね。」

「本当に譲治くんは謙虚《けんきょ》ね。でも、戦人くんも子供のあやし方が上手よ？　さっきはほんの少しの間だけど、真里亜、とっても楽しそうだった。これからも今みたいに遊んであげてね。冗談は選んで、だけどね？　くす。」

楼座叔母さんがくすりと笑いながら、ウィンクするような仕草をしてくれた。

真里亜の楽しそうな仕草が嬉しかったという辺りは、なるほど母だなぁと思った。

「おおい、楼座ぁ。それにガキ共も何やってんだ、行くぞー。」

クソ親父が早く来いと手を振っている。

楼座叔母さんが「はいはい、今行きます。」と応じた。そろそろ行かないとな。同じ立ち話をするんでも、手荷物を部屋に置いてからでも遅くないはずだしな。

「それでは皆様、お泊りのゲストハウスの方へご案内させていただきます。どうぞこちらへ。」

郷田さんが全員に呼びかけ、先導を始める。熊沢さんはしんがりだった。薄暗い森の中を、九十九折《つづら》りに捻《ねじ》くれた道が続く。わずかに登りになっていた。

傾斜《けいしゃ》を少しでも感じさせないために道を捻ってあるんだろうが、俺的には潔《いさぎよ》く直線の階段か何かにしてもらった方が嬉しい。

……絶対これ、もったいぶって距離感を出すためにわざと道を捻ってあるぞ…。

やがて石造りの庭園風の階段が見えてきた。…あぁ、この辺からは記憶がある。こいつを上がると確か…。石段の向こうに、美しい洋館が見えてくる。

その佇《たたず》まいももちろん素晴らしいものだが、それ以上に……その前に広がる薔薇《ばら》の庭園の美しさに心を奪われずにはいられなかった。

「はぁ〜！　今年も相変わらず、大したもんや…。目の保養《ほよう》とはこのことやで…。」

石段を登りきり、広大な薔薇の庭園に迎えられた人たちは次々に感動を口にする。そこには、一面に色とりどりの薔薇が咲き誇《ほこ》っていた。

「今年は少し花に元気がないんじゃない？　やっぱり夏があまり暑くなかったせいかしら。」

庭園を見下ろす絵羽伯母さんに郷田さんが答える。

「そのせいもあるかと思います。去年の咲きに比べると、今年は少々見劣《おと》りするのが残念です。」

とはいっても、それでも立派な薔薇庭園だった。六年前までにも毎年、たくさんの薔薇が出迎えてくれたのを覚えている。

…六軒島を訪れた人間を最初に歓迎するこの薔薇庭園は、毎年訪れている親族であっても、感嘆を漏らさずにはいられないのだ。その上、俺の記憶にある、六年前の庭園よりパワーアップしているように見えた。

「いつ見てもすごいわね。自宅にこれだけの薔薇園があったら、さぞや素敵でしょうに。」

霧江さんの言葉に対し、クソ親父が答える。

「よせよ、誰が手入れすんだよ。薔薇は虫とか病気とか大変なんだぜ？」

「そうね。霧江姉さんは毎日、薔薇の手入れをしてて、虫が付かないようにしてるそうよ？」

「え？　楼座、そうなのかよ、そんな話は知らないぜ？」

「そうなんです。この人の場合は、薔薇の方から虫を求めて行っちゃうから、どっちかというと性質《たち》の悪い食虫植物ってところね。」

「…あー、そういう話かよ。ったく、楼座、今日はそういう話は勘弁してくれよ。もうそういうのはすっかり足を洗ったんだぜ？」

「どうかしら。留弗夫兄さんは遺伝子的レベルでだらしないですし…！」

「大丈夫よ楼座さん。あんまりおイタする薔薇なら、根元《ねもと》からチョンって切っちゃうから。」

「ほっほっほっほ…、物騒《ぶっそう》なお話ですねぇ。」

「モテる男はいつもリスクと隣り合わせなんや。わしも来世じゃもうちょい美形に生まれたいもんやで〜！」

「だから秀吉兄さん、モテてなんかないって。…霧江も物騒な話なんかやめろぃ。俺の薔薇がしおれちまったじゃねぇか。」

　クソ親父がしょうもないことを言っている一方、譲治の兄貴はにこやかに真里亞に話しかけていた。

「ほら、真里亞ちゃん来てごらん。こっちの薔薇は特に立派だよ。」

「…薔薇が立派。…うー！」

「ん〜〜、芳《かぐわ》しい匂いだぜ。俺のエレガントさにぴったりだなぁ〜。」

　キザったらしく薔薇の匂いを嗅《か》ぐような仕草をして見せたら朱志香の声が飛んできた。

「おいよせよ！　真里亞が真似してトゲで怪我するだろー！」

　…まさかなと思って振り返ると、真里亞が俺そっくりの真似をして、譲治の兄貴を大層笑わせていた。

「ほら、真里亞ちゃん、気をつけて。薔薇のトゲは痛いよ。」

「……うー？　…………譲治お兄ちゃん。この薔薇だけヘン。うー。」

「ヘン？　どうしたんだよ。」

朱志香の問いかけに対し、真里亞が一本の薔薇を指差す。すぐにその違和感はわかった。立派な薔薇たちの中で、その一本だけが萎《しお》れかけていたのだ。

特別な理由があるわけじゃない。

元気な薔薇もあれば萎れる薔薇もある。それだけのことなのだが、みんな元気なのに一本だけ元気がないというのが、真里亞にはとても気になるようだった。…多分、ある種の仲間はずれ的な感情を抱いているに違いない。

「この薔薇だけ元気がなくて、可哀想《かわいそう》…？」

「……うー。他はみんな元気なのに、これだけ可哀想。」

「まぁ、咲いたり枯《か》れたりはそれぞれだからなぁ。一足先に萎れる代わりに、その薔薇は他のどの薔薇よりも早く開花できたんだと思うぜ？」

朱志香がそう言うので、俺も真里亞をなだめるように言葉を続けた。

「そうだよな。いっぱい咲いて、その役目を終えてお休みに入ったってだけのことだと思うぜ。そんなに気に病《や》むことはねぇさ。」

「……………うー。」

真里亞の無垢な感受性は、このぽつりと萎れる薔薇に何かの感傷を感じさせるらしい。理屈ではわかっていても、寂しさが拭《ぬぐ》えないようだった。

「じゃあ真里亞ちゃん。帰るまでの間、この薔薇をお世話してあげるといいよ。」

「うー？」

譲治の兄貴は一度腰を上げると、ポケットをまさぐる。取り出したのは、機内で舐《な》めていた飴玉の包み紙だった。それをこよりのように細くすると、目印をつけるようにその薔薇にやさしく縛《しば》り付けた。

「へー、なんだか可愛くなったね！」

「これが、この薔薇の目印だよ。あとでお水とかをあげに来てごらん。薔薇さんもきっと喜ぶと思うよ。」

「……うー！　お水とかをあげに来る！」

「せっかくだから、この薔薇さんに何か名前を付けてあげるといいよ。そうすると、薔薇さんも喜ぶと思うし、真里亞ちゃんと心もきっと通い合うと思うよ。」

「名前…？　名前…。……うー…うー…。」

　真里亞は腕組をしながら、相変わらずの仏頂面だけれども、真剣に悩み始める。少なくとも、傷心からはすっかり立ち直ったように見えた。さすがは兄貴だ。

「譲治兄さんって、昔っから包容力があるよな。尊敬するぜ。」

「だな。人徳ってヤツだろ。後でツメの垢をもらってきてやるから朱志香も一緒に飲もうぜ。」

　一方、秀吉伯父さんは、絵羽伯母さんに話しかけている。

「この庭園は、お前が子供の頃にもこんなに立派だ

ったんか？」

「私が出てってからよ、こんなに立派になったのは。前の庭園の方が素朴で愛着があったんだけどねぇ。兄さんがちょっと悪趣味にいじり過ぎたのよ。前の方がずっとよかったんだから。」

「絵羽、ポジティブシンキングやで！　昔は置いといて、今のこの美しさを愛《め》でなあかん。その方が心が安らかになるでぇ。」

「別にそんな意味じゃぁ。ただ私は、昔の方が素敵《すてき》だった庭園をあなたにも見て欲しかったなぁってだけよぅ。」

「それでは皆様、よろしいでしょうか。そろそろお部屋の方にご案内いたします。」

　郷田さんがそろそろ良いかとみんなに声を掛けるが、一年ぶりの薔薇庭園にすっかり心を奪われてしまって、なかなか耳を貸そうとはしなかった。

　団体旅行じゃないから、厳しいスケジュールがあるわけじゃない。それに、親兄弟たちにとっては懐

かしき実家の敷地内なので、誰かに促される義理もないのだろう。

その辺りの事情を理解し、郷田さんは親たちが薔薇に飽きて部屋に案内してくれと言い出すまで、にこやかなまま待ち続けるのだった…。

「おや…！　おおい！　嘉音《かのん》くんやないか！　久しぶりやな、元気かぁ！」

秀吉伯父さんが唐突《とうとつ》に大声を上げた。手を振っている方を見ると、………小柄な少年がいた。郷田さんのような大柄の男を見た直後だと、その小柄さが一層際立《きわだ》って見えたのかもしれない。

少年は、手押しの猫車《ねこぐるま》に園芸の道具などを積んで運んでいるところだった。自分が呼び止められたことを知ると、猫車を置いて帽子《ぼうし》を取り、頭を下げた。

「…………………。………こんにちは。」

…多分、俺より年下だと思う。華奢《きゃしゃ》な感じで、まだ声変わり前という印象だ。雰囲気から彼も使用人であることがわかった。

彼も使用人ながら、金色に輝く片翼の鷲の紋章が刺繍された服を身につけている。これは、とくに右代宮家の当主《とうしゅ》に認められた使用人だけが身につけることができるものだった。

秀吉伯父さんの挨拶に応える形で挨拶を返してくれたが、本来は無愛想《ぶあいそう》なのかもしれない。ちょっと感情の籠《こも》らない挨拶だった。

俺らの関心が彼に移ったのに気付くと、郷田さんは少年の脇に行き紹介してくれた。

「戦人さま、ご紹介いたします。右代宮本家にお仕えしております使用人のひとりです。…嘉音さん、お客様にご挨拶を。」

「……………初めまして。使用人の…………、嘉音です。」

やはり第一印象に違《たが》わず、無愛想というか、口下手だなと感じた。郷田さんが使用人として非常に洗練されていることと比べると、どうしても年齢相応《そうおう》の未熟さを感じてしまうのだった。郷田さんが、もう少し自己紹介はできませんかと小声で促しているが、嘉音という少年は俯くだけだ。

「嘉音さん。もう少し何か挨拶することはできませんか…？」

「………いえ。…………僕たちは、……家具ですから。」

俺らに悪意があってそれ以上の挨拶を拒《こば》んでいる、というよりは、これ以上何を挨拶すればいいかわからず黙っているしかない、という風に見えた。

「あ、あー、嘉音くんは寡黙《かもく》でさ、余計なおしゃべりはしない性分なんだよ。愛想は少し悪いけど根はいい人なんだぜ。誤解しないで…！　ここに勤めて三年になるっけ？　確か郷田さんより一年長いんだよな、嘉音くん？」

別に悪い印象を持ったわけじゃないのに、朱志香が慌《あわ》ててフォローしてくれる。

…なるほど、普段から無愛想で損をしているらしい。

「そっか、よろしくな。俺は戦人！　十八だけど、君はいくつだい？」

「…………………。」

答えるべき質問かどうか、値踏《ねぶ》みするような沈黙。

…これまた先に朱志香が教えてくれた。

「えっとえっと…！　確か、私たちの二つ下だから、…十六だったよなー？」

「………はい、…そうです。」

できることなら年齢を打ち明けたくなかったという風に見えた。年齢を話したくないのは、それを理由に見下されるかもしれないからだ。…俺も同じくらいの歳の時、大人に歳を聞かれるのが嫌いだった気がする。…なるほど、十六か。

その辺が微妙な年頃かもしれねぇな。…だとしたら悪いことを聞いちまったぜ。

「へっへ〜、近い歳で嬉しいぜ！　気さくに戦人って呼んでくれよな！　俺も君のことは嘉音って呼ぶぜ！」

「………ありがとうございます。お気持ちだけで結構です、…戦人さま。」

朱志香が勝手にあわあわしてる。嘉音くんの拒絶的な返事に俺が印象を悪くしているものと思っているらしい。

まぁ女の朱志香には、この辺のむずかるような男心はわかるまいよ。俺はほんの二年だが青年時代をリードしている先輩として、そこら辺を理解してやることにする。

「嘉音さん、もう少し愛想よくはできませんか？笑顔も使用人の義務ですよ？」

郷田さんがそう言うと、嘉音くんは重苦しい口調で答える。

「…………申し訳ありません。…努力します。」

「ほっほっほ…。郷田さん、嘉音くんもいろいろ頑《がん》張《ば》ってるんですよ、ねぇ？」

熊沢さんが合いの手を入れる。無愛想な点はよく注意されることらしい。そして一向に改まらないことでもあるようだ。郷田さんは営業スマイルのままだったが、諦めの小さな溜め息を漏らす。

「……それでは、まだ仕事がありますので。………失礼します。」

これ以上、この場で沈黙を守ることは嘉音くん自身にとっても居心地の悪いものらしい。もう一度ぺこりと頭を下げると踵《きびす》を返し、猫車を押し始めるのだった。すると突然、猫車がぐらりと転んで積荷を散らしてしまった。猫車のひとつしかない車輪が小石でも噛んでバランスを崩してしまったのだろう。

「何をしてるんですか…、ささ、早く片付けて…！」

お客様の前で無様《ぶざま》な姿を見せるのは使用人の恥だとでも言わんばかりに、郷田さんが小声で急《せ》き立てる。

嘉音くんも、言われなくてもわかってるとばかりに、無言で落ちた荷を猫車に積み直す。シャベルなんかの園芸道具は軽そうだからいいが、一抱えもあるような肥料の袋を持ち上げるのには苦労しているようだった。

「大丈夫かよ、そそっかしいな。ほら。」

「お嬢様、お召《め》し物が汚れます。ここはお任せ下さい。」

朱志香が拾ったシャベルを、郷田さんは優雅な仕草で取り上げる。その背中では、肥料の袋に難儀《なんぎ》している嘉音くんの姿があった。

「……うー。お召し物が汚れる？」

「安心しろよ、俺が着てるのはそんなお上品なものじゃねぇぜ。それによ、俺はレストランで、落ちたフォークをウェイトレスに拾わせるってやつが大嫌いなんだ。」

嘉音くんは驚いた目を向ける。まさか客人に手伝ってもらえるとは思わなかったって顔だ。

「…………ぱ、戦人さま…。結構です…、僕が全てやりますので…。」

「気にすんなぁ！　こう見えても鍛《きた》え方が違うぜ！　へへん！」

嘉音くんはまだ成長期前って感じで、少々ひ弱そうな体つきだ。ちょいとこの重さは堪えるのかもしれない。気付くと譲治の兄貴も手伝っている。

「結構重いね。嘉音くんが苦労するのも無理はないよ。嘉音くん、気にしないで。」

「これぞ俺の見せ場さぁ。これでさっきの船の分はチャラだよなぁ、朱志香？」

「は！　この程度のことじゃ、さっきの大騒ぎが帳消しになるもんかよ！　あっはっはっは！　嘉音くんにも後で教えてやるよ、戦人ったら面白ぇんだぜ！」

「落ちるー落ちるー!!　うーうーうー！！！」

そんな風にしている内に、積荷は全て元通り猫車に積みあがる。

「…………お見苦しいところをお見せして、申し訳ございませんでした。」

嘉音くんが頭を下げると、郷田さんが続ける。

「ささ、もう結構ですよ。行ってください。」

もてなすべきお客にみっともないところを見せてしまったのは使用人としては恥ずべきことなのだろう。退場を急かす郷田に促され、嘉音くんは去っていった。

「郷田さんもいじめ過ぎよぅ。意地悪言わないであなたも手伝えばよかったんじゃない？」

「絵羽さま…これは至りませんで。誠に申し訳ございませんでした。」

郷田さんは笑顔を寸分歪《ゆが》ませることもなく、優雅に謝罪の言葉を口にするのだった。すると、秀吉伯父さんと親父もフォローの言葉らしきものを掛ける。

「嘉音くんもえぇところはぎょうさんあるんやで。ただ、若いんかのぅ、色々と損をしとる。もったいないわ。」

「気難しい年頃さぁ。そっとしといてやれよ。使用人は寡黙なくらいが丁度いいさ。なぁ熊沢さん。」

「ほっほっほっほ、留弗夫さまは手厳しゅうございますこと！　私ほど使用人で寡黙な者はおりませんとも、えぇ！」

その白々《しらじら》しい言葉にみんなは思わず苦笑いを漏らす。本人だって夢にもそう思ってなんかいない。だから、場を和ますために言ってくれたのだ。

なるほど、熊沢の婆ちゃんってこういうキャラだったんだな。ちょっと硬くなっていた雰囲気は、熊沢さんのカラカラとした笑いでみるみる晴らされていった。

そこで、話題を変えるように霧江さんが郷田さんに声をかけた。

「そろそろ荷物を置きたいわね。郷田さん、部屋割りはどうなってるのかしら？」

「昨年と同じになっております。さ、ご案内いたします。どうぞこちらへ。」

俺たちは、郷田さんが指し示す瀟洒《しょうしゃ》で小綺麗なゲストハウスへ向かう。ここが、一泊の間の俺たちの仮の宿になるのだ。

「……………………………。」

客人一行がゲストハウスに入っていくのを、庭園に残された嘉音は垣根《かきね》越しに見送っていた。

それから、猫車に積まれた、あの重い肥料の袋に目を落とす。

脳裏《のうり》に過《よ》ぎるのは、さっきのミスの時。体躯《たいく》の大きい戦人が、自分が満足に持ち上げられない袋を、さも軽そうに持ち上げて見せていた。その好意が、嘉音に何の感傷を与えているのか、傍目《はため》に理解することはとても難しかっただろう。

でも、そのうな垂《だ》れた後姿を見る限り、そっとせずにはいられない何かを感じさせるのだった。

…ぽつりと独り言が零《こぼ》れる。でもそれは、呟《つぶや》いた自分の耳にすら届かないほどの小さなもの。

「……………僕だって…………………。」

嘉音はうな垂れ、下唇《したくちびる》を小さく噛《か》むのだった…。

■ゲストハウス前

「薔薇の庭園は記憶にあったんだけどよぅ…。このゲストハウスっつーのは記憶にねぇなぁ。これ建てたのは最近か？」

俺は案内されたゲストハウスを眺めながらつぶやく。門柱らしきものに「渡来庵《とらいあん》」と記されているが、みんなはゲストハウスと呼んでいたので俺もそれに倣《なら》った。

薔薇の庭園を見下ろすように建つ真新しい洋館は、庭園との調和を大切にした見事なデザインだった。

「正解だよ。建ったのはつい一昨年さ。それ以降は、僕たちはこっちに泊めさせてもらってるんだよ。」

譲治の兄貴が説明してくれる。続けて朱志香が言った。

「へへ、年季の入ったボロ屋敷よりこっちの方が好評みてぇだしな。私も自分の部屋をこっちに持ちたいぜ。」

「うー！　真里亜も持ちたい！　持ちたいー！」

…俺の家も裕福な部類に入るだろうが、本家に比べたらまったくの庶民だなぁと思う。年に何度も訪れない客人のために、こんな立派なゲストハウスを建てちまうってんだから、その富豪っぷりには驚かされるさ。

「絵羽さま、秀吉さま。こちらのお部屋をお使い下さいませ。留弗夫さま、霧江さまはこちらのお部屋をお使い下さいませ。」

「やっぱりここは綺麗で上品でいいわね。洋風って本当に素敵だわぁ。」

「ほんの二、三日なら洋風もええやろが、ずっといて落ち着くのは断固和風やで！　日本人は畳《たたみ》の上が一番くつろげるんや。」

絵羽伯母さんと秀吉伯父さんの感想に続けて譲治の兄貴が説明する。

「…はは、新しい家を和風にするか洋風にするかで喧嘩してね。お父さんが和風で着工させたのを母さん、まだ根に持って、よく言い合いをするんだよ。」

そんな譲治の兄貴に、朱志香が少し不満げに呟く。

「譲治兄さんのところは両親仲が良くて羨ましいぜ。うちなんか冷め切ったもんさ。そのくせ、私の成績の話だけは連帯しやがる。」

部屋はみんなツインらしい。お陰で、家族とかいう理由でクソ親父と同じ部屋を強制されずに済むのはありがたいことさ。

親父たちだって、俺なんかがいたら、よろしくできないだろうしなー、いっひっひ。

「何、気持ち悪い顔で笑ってんのよ。どうせ下世話なこと考えてるんでしょ。」

霧江さんには俺の考えがお見通しらしい。

「いっひっひっひ〜！　下世話なぁんてと〜んでもないぃ！　どうぞごゆっくりお過ごし下さいませぇ〜！　あいててててッ！　痛ぇよクソ親父！」

またしても後ろから親父に耳をつねり上げられる。

「馬鹿なこと言ってんじゃねぇ。俺ぁ、胃がキリキリ痛み始めててとてもそんな元気は湧かねぇぜ。今回はお前が主賓《しゅひん》だろうが。せいぜい、親父や兄貴たちに可愛がられろよ。……親父の前では言葉遣いにだけ気をつけろ？　あの人、本ッ当にシャレが通じねぇからなぁ。……朱志香ちゃん、我らが当主さまのご機嫌は最近どうなんだ？」

「……んー……、去年から相変わらず、かな。……余命三ヵ月、余命三ヵ月って割には相変わらずピンピン、カリカリ、イライラしてるって話です。」

「今年も相変わらず不機嫌、ってわけね。……お守りができるのは相変わらず、源次さんだけなの？」

楼座叔母さんの声に熊沢さんが答えた。

「お館様も、源次さんにだけは心を許しておいでのようです。私たち下々では、近頃はお目通りすらなかなか叶《かな》わず…。」

「また書斎に閉じこもって、怪しげな黒魔術三昧《ざんまい》じゃねえのかな。何をやろうとてめぇの趣味だから構わねぇけど、臭いが立ち込める系は勘弁してほしいもんだぜ。…ついでにそのまま書斎から永久に出てくんなってんだ。へへへ！」

「朱志香ちゃん、年長の人にそんな言い方をするもんじゃないよ。右代宮家を復興させてくれた大恩人なんだから、もっと感謝しないと。」

「ん、…まぁ…。……ごめん。」

譲治兄貴にたしなめられては、朱志香も暴言を撤《てっ》回《かい》するしかない。右代宮家は大富豪だが、ってことはやはり世間とは完全にズレてる曲者《くせもの》ぞろいだ。その頂点に立つ右代宮家当主、つまり俺たちの祖父さまは、その中でも特に曲者で恐ろしいお人らしい。

さっき親父が、胃がキリキリして…と言ったが、それは今日ここに来ている大人たちの率直《そっちょく》な気持ちだろう。孫である俺たちがきゃっきゃと遊んでいるのが、さぞや羨ましいに違いない。

親父に聞かされた話じゃ、何でもかんでも鉄拳制《てっけんせい》裁《さい》で、娘であろうと木刀《ぼくとう》で容赦《ようしゃ》なく打ち据《す》える暴力当主だったそうだ。

そんだけの硬派《こうは》さがあったら、息子たちの名前ももう少し硬派にしたらどうだよ。お陰で孫まで迷惑してるぜ。……まぁそのおっそろしいイメージには違和感は寸分もない。

俺も何度も会った記憶はないが、非常に気難しそうな顔をした祖父さんで、いっつも鋭い眼光で周りを畏縮《いしゅく》させていたっけ。

祖父さんがいる時の張り詰めた空気は、窒息《ちっそく》しかねない辛いものだったことも思い出す。今頃になって親父の、今回はお前が主賓という言葉が重みを持って蘇《よみがえ》る。

「………六年前は俺も小学生だったが、さすがに今は高校生だ。失礼のある態度なんか取ったら、大変なことになるかもしれねぇなぁ。…怖ぇ怖ぇ。」

「確かに強面《こわもて》だけど、そんなに硬くなるほど怖い人じゃないよ。決して理不尽なことは言ってないもん。口下手《くちべた》なだけでちゃんと筋は通す人だよ。」

「譲治兄さんは昔から成績優秀で一族の鑑じゃねぇかよ。私たちとじゃ祖父さまの待遇が全然違うぜ！　私なんか木刀で引《ひ》っ叩《ぱた》かれたことあるしょー。尻だぜ尻！　それも乙女《おとめ》の生尻《ナマじり》をよー！」

「朱志香ちゃんは本家の跡取り娘だもん。お祖父さまも特に目をかけてくれてるんだよ。その厳しさは期待の気持ちの裏返しだと思わなくちゃ。」

「冗談じゃねぇぜ。…その跡取りってヤツは譲治兄さんに譲《ゆず》るよ。私が担《かつ》ぐにはちょいとしんどいぜ。」

すでに説明したと思うが、朱志香は本家の跡取り娘だ。俺たち分家筋のいとことじゃ、肩にのし掛かるプレッシャーも違うだろう。

「………うー？　朱志香お姉ちゃんが重い？　真里亞が持ったら軽くなる？」

「んー？　あっははは、サンキューな。大丈夫、真里亞ちゃんには押し付けねぇよ。……この十字架は、私が墓まで背負ってくよ。…安心しなって。」

真里亞の無邪気《むじゃき》な気遣いに感謝するが、朱志香の表情には容易には晴らせぬ将来への不安が残っているようだった。…お互い様か。受験を控えた高校生なら、誰だって将来への不安は隠せねぇさ。

「真里亞、いらっしゃい。お母さんと真里亞はこの部屋よ。」

真里亞が楼座叔母さんに呼ばれる一方、譲治の兄貴が俺に声を掛けた。

「戦人くんは僕と一緒にこっちの部屋だってさ。」

「おー？　何々、こりゃあ驚いたぁ～！　親たちの部屋より広めじゃないのよ、わ～オ！」

「どうせ、いとこ同士で集まるだろうと思ってよ。大きめの部屋にするように言っておいたんだ。」

朱志香が説明すると、部屋を覗《のぞ》きこんでいた真里亞も声を上げる。

「うー！　真里亞もこっちがいい！　お母さんと一緒よりこっちがいい！　うーうー！」

「そうか、真里亞もこっちがいいか！　よし、ここは俺と譲治兄貴の部屋だが、特別に出入りを許可してやろう！　お母さんにはナイショだぞ～？」

「うー！　ナイショ！」

その母親の楼座叔母さんがすぐ後ろにいるわけだが、真里亞は元気よく握り拳《こぶし》で天を突き、返事をするのだった。親たちは部屋に荷物を入れると、また廊下《ろうか》に集まっていた。

「おいガキども、お前らはどうする。ここでいとこ同士、おしゃべりでもしてるか？」

親父がそう声を掛けた。到着の挨拶をしに屋敷の方へ行くらしい。

…筋なら、付いていって一緒に挨拶するべきなんだが、そうなら親父はお前らも来いと一言、言って終わりだ。来ないのも勝手だぞと言ってくれてるし、どうしよう？

「どうせもうすぐお昼や。子供はそこでくつろいでたらええ。それに表で遊べるのは下手をすると今の内だけかもしれんしの。」

「うー！　真里亞も行くー！」

「真里亞はここでお留守番《るすばん》してなさい。いたずらをしないで大人しく待ってるのよ。」

「……うー。」

真里亞が留守番することになった以上、置いてきぼりってわけには行かない。

譲治の兄貴はそれをすぐに察し、いとこ代表として明快に返事をした。

「じゃあ、僕たちはお言葉に甘えて、留守番してようか。一年ぶりに積もる話もあるしね。」

「それがいいわ。戦人くんなんか六年分積もってるんだしね。」

霧江さんの言葉に俺は愛想良く答える。

「へいへい。お子ちゃまな俺は大人しくお留守番してるぜ。」

「熊沢さん、私もこっちに残るからよ！　後は大人に任せて若者は退散《たいさん》してるぜ、へへへ！」

「それがおよろしいでしょう、ほっほっほ。奥様にはそのようにお伝えいたします…。」

「それでは皆様、お屋敷の方へご案内させていただきます。どうぞこちらへ。」

「…他の子はともかく、譲治は成人してるんだから連れて行った方がいいんじゃない？」

ふと、絵羽伯母さんがそう言ったが、それに秀吉伯父さんはこう返した。

「そんなんで譲治だけ仲間外れは可哀想やで。いとこ同士の交流も大事や。ほな、行ってくるでー！」

大人たちはぞろぞろと表へ出て行く。船着場からの先導と同じで、先頭は郷田さん、しんがりは熊沢さんだ。

俺たち用に割り当てられたいとこ部屋に集まろうとすると、譲治の兄貴がちょっとごめんと言い、ぞろぞろと出て行く大人たちの後を付いていく熊沢さんに駆け寄って、何か尋《たず》ね事をしているようだった。

用事はすぐ済み、戻ってきた。

「どうしたんだよ、兄貴。」

「あー、何でもないよ。ちょっと聞きたいことがあっただけさ。」

「うー！　真里亞にも聞いて！　真里亞にも聞いてー！」

「……ん〜？　んふふふふー。何かなぁ、譲治兄さんが、私に聞かなくて熊沢さんには聞くことって何かなぁ〜？　あー、全然見当がつかねぇぜー？」

「いや、誤解だよ…！　朱志香ちゃんが何を誤解してるのか知らないけど…！」

兄貴が何だかおたおたしている。何かやましいことでもあって、それを朱志香に握られてるとでもいう感じだな。…何であれ、朱志香だけが知ってて俺は知らないなんて面白くないぜ！

「なぁ真里亞、俺たちだけ除《の》け者なんてねぇよなぁ〜？　何の話か聞きてぇよな〜⁉」

「うー！　戦人と真里亞も聞きたいー！　戦人と真里亞も聞きたぃー！」

「うーうーうーうー！！！」

真里亞と二人でうーうー唸りながら囃し立てる。

「いや、だから…大したことじゃ、あははは…、」

「嘘吐けぇ〜！　兄貴にしちゃ嘘がヘタだぜ、白状しやがれぃ！　真里亞、お前は右脇をくすぐれ、俺は左脇だ！」

「うー！　真里亞は右脇で、戦人は左脇だー！　うー！」

「ちょっと‼　二人ともやめて…‼　あははは、やめッ、あっはははははは‼」

ベッドの上を転げ回るように逃げる譲治の兄貴を俺と真里亞で追っ掛けてじゃれ合う。高校生にもなって猫の子じゃあるまいしとは思うが、やっぱりこういうじゃれ合いは懐かしい。温かみのある楽しさだった。

「はっははは、譲治兄さんが熊沢さんに聞いたのはねー？　ん〜？　まぁほらアレだぜ。兄さんも本家は一年ぶりだからよ。その間に辞《や》めた使用人とか入った使用人とか、そういうのがいたら挨拶したいーって、そういうことらしいぜぇ？」

「……うー？　挨拶する、真里亞も挨拶する！」

「何だよそれぇ、全然やましくねぇじゃねぇかよ兄貴。……う～～ん？　違うなぁ？？　真里亞、騙されるな、兄貴は何か隠してるぞ～ん？　拷問《ごうもん》再開だー!!　うをりゃああ～!!」

「や、やめてよ本当に！　あっはははははは！　真里亞ちゃんももうやめてー!!」

「あっはははは、あっはははははは！」

「きゃっきゃ、きゃっきゃ!!」

「多分、使用人は掃除とか昼飯の準備とかで忙しいんだよ。大丈夫、後でちゃんと挨拶に来るぜ。郷田の出しゃばりの出迎えより、紗音の出迎えの方が良かったーってんだろ？　へっへへ！」

「紗音？　……しゃのん。……あぁぁあああぁ…。思い出したぜ、そんな子もいたな！　今も使用人やってんのか？　元気かよ！」

■屋敷・客間

一方、屋敷の客間には右代宮家の大人たちが顔を揃えていた。絵羽、留弗夫、楼座たちの長兄である蔵臼《くらうす》の妻の夏妃《なつひ》が、客人たちを迎えている。

「そういや、夏妃姉さん。最近は頭痛の方はどうなんや。一時、だいぶしんどそうにしとったろ。」

「ああ、秀吉さん、…お陰で、最近はだいぶ調子がいいです。心配をしてくれてありがとう。」

「そうだ、これ。夏妃姉さんにお土産。」

「……いつもありがとう。楼座さんには何かをもらってばかりね。…これは、紅茶？」

「ペパーミントとレモンバームのハーブティー。頭痛によく効くって有名なお店のブレンドなの。姉さんにも効くかなって思って。」

楼座は昔から気が利く女性だった。…四兄弟の末っ子であり、上の三人と歳が大きく離れていることもあって、兄や姉たちの毒気《どっけ》を宿《やど》さずに成長できたお陰かもしれない。

その気遣いに夏妃は一瞬だけ表情を和ませるが、長年の気苦労によって凝《こ》り固まってしまったその淡白な表情を解すほどには至らなかった…。

そんな夏妃に絵羽が刺すような声を掛ける。

「そう言えばあなた、いっつも頭痛だって言ってたわねぇ。しっかりなさいな？　朱志香ちゃん、今年は受験でしょう？　人生の節目《ふしめ》じゃない。母親のあなたがそんなじゃ頼りないわよぅ？　それに夏妃姉さん、私より三つも若いんだからぁ。もうちょっとしっかりなさい？」

「………………。………………ごめんなさい。生まれつきの頭痛持ちなもので。」

絵羽は時折、言葉を選ばないが、夏妃に向けた言葉には微笑みでごまかしつつも、ちょっぴりの明白な悪意が含まれていたようだった。もちろん、それは夏妃にも届く。夏妃は苦々《にがにが》しく表情を歪めたい衝《しょう》動《どう》を必死に抑えながら、軽く聞き流しているように振る舞うのだった。

「うちの戦人くんも今年は受験でしょ？　留弗夫さんも少しは関心を持ったら？　自分の息子のために、夏妃姉さんみたいに頭痛になるくらい真剣になりなさいよ。」

「俺が何か言えば必ず反抗するヤツだぜ？　じゃあ何て言うんだ、むしろ逆で遊んでていいぞって言うのか？　あいつそういうのだけは素直に聞きやがるぜ。秀吉兄さんのところは受験、本当にうまく行ったじゃないですか。ぜひ子供操縦術の秘訣《ひけつ》を教えてくださいよ。」

「うーむ、そうやなぁ…。何のために勉強するのかっちゅうことを説《と》いたかもしれんなぁ！　個々の勉強に意味があるわけやないんや。そう、勉強っちゅうのは、わからんことを自分で調べて身につけるという行為の練習なんや！　これができんヤツは社会に出ても使い物にならん！　国語算数ができろと言ってるんやない。勉強し身につけることを学べっちゆうことやな！」

「…ご立派ですわ。うちの朱志香にもそれが理解できればいいんだけど。今のままでは、とてもじゃないけど、右代宮家の跡取《あとと》りとしては、」

「いいじゃないの、無理に跡取りにしなくても。女には女の幸せというものもあるんだしぃ。それを親が押し付けちゃ悪いわよぅ？」

「よさんか、絵羽。子供の育て方は家それぞれや。押し付けがましいのはあかんで。」

「ごめんなさい。夏妃姉さんも気を悪くしないでね。」

「…………………。」

窓から射《さ》す明かりは、曇天と言えどこんなにも温かなのに、室内の空気は澱《よど》んでいて、…夏妃ならずとも鈍い頭痛を感じさせるような気がした。

その空気を打ち払うかのように、霧江が明るく一同に提案する。

「でも、さっきの楼座さんのお土産のハーブティー、本当に素敵な香りね。さっそく頂いてみましょうよ。レオポルドのハーブティーなんて、日本じゃ確か銀座でしか買えなかったはずよ？」

「霧江姉さんはお詳《くわ》しいですね。買って来た甲斐《かい》がありました。」

霧江と楼座が席を立ち、ハーブティーを淹《い》れてこようとする。それを夏妃が制した。

「……お二人ともありがとう。それは後で頂きましょう。うちの者がすぐお茶を持ってきますので、どうぞおくつろぎください。」

「二人とも後にしろよ。ウェルカムドリンクくらいご馳走《ちそう》になろうぜ。」

留弗夫が席に戻れと、さりげなく目で合図をする。…霧江と楼座はすぐに理解し、大人しく無言で席に戻った。客人たちが挨拶に見えたのだから、すぐにお茶が振る舞われるべきなのだ。…そのお茶のタイミングが遅れて、客人たちが自分たちでお茶を入れようなどと言い出しては、ホストの顔は丸潰《まるつぶ》れだ。

夏妃は、お茶の準備が遅れている使用人たちの不《ふ》手際《てぎわ》に下唇を噛む。…絵羽はその表情を見ながら、はばかることなく、くすくすと笑うのだった。

そこでようやく、清楚《せいそ》なメイド服に身を包んだ使用人が姿を現した。使用人の紗音《しゃのん》だ。

……もちろん、自分が客間に来るまでの経緯《けいい》など、紗音が知ろうはずもない。ティーカップを積んだ配膳ワゴンを押してやって来た、という、ただそれだけで夏妃に痛みを伴う眼差しを向けられて、意味もわからず萎縮するしかなかった。

「……し、失礼いたします。お茶のご用意をさせていただきます。」

紗音は、緊張《きんちょう》した口調で一同に告げた。

「おう、紗音ちゃん、久しぶりやのぅ！　ますますべっぴんさんになりよったなぁ！」

「………いえ…あの………どうも…」

「おしゃべりは配膳《はいぜん》を済ませてからになさい。お茶が冷めます。」

「……もっ、…申し訳ございません、奥様。」

怯《おび》える小動物のように謝《あやま》る仕草が、配膳ワゴンに触れ、ティースプーンを数本落として、耳障《みみざわ》りな音を立ててしまう。その無様に夏妃がますます表情を険しくし、それがますます紗音を畏縮させていた。

「いいのよ夏妃姉さん。挨拶のひとつくらいしたって、どうってことないわよ。もう充分待たされてる分、充分、お茶も冷めてるもの。うふふふぅ。」

からかうような絵羽の言葉に、紗音は焦《あせ》りながら答える。

「そ、…それは大丈夫です…。冷めてはおりませんので…、」

「………紗音、早く配膳を済ませなさい。」

「しっ、失礼しました奥様……。」

夏妃がイラついていることは明白だった。

…お茶が遅れた不手際も、使用人の無様も全ては夏妃の日頃の指導の至らなさということに結びつき、自分の顔を潰してしまう。年に一度しかない日に、その無様を晒すことは、右代宮本家の台所を預《あず》かる身としては屈辱《くつじょく》でしかなかったに違いない。

「よせよ夏妃姉さん。紗音ちゃんだって頑張ってるのにいじめちゃ可哀想だぜ？」

留弗夫がやれやれという顔で言った。

「いじめてなんかいません…！」

夏妃も焦っている。霧江はそれを察して、話題を変えようと紗音に声を掛ける。

「いい香りね。お茶の銘柄《めいがら》を聞いてもいいかしら？」

「…………ぇっと………も、…申し訳ございません…。後ほど調べてまいります…。」

霧江は、険しくなった空気を切り替えたくて気を遣ったつもりだった。…だが、かえって紗音は醜態《しゅうたい》を晒すことになってしまい、ますますに夏妃の表情と部屋の空気を険しくさせてしまう。

もうこの頃には、絵羽は、誰の耳にも届く声でくすくすと笑っていた。

「なぁにぃ？　紗音ちゃん、自分で淹れてるものが何かもわからないのぉ？　ダメよぉ、そんな怪しげなものを来客に振る舞っちゃぁ。こんなお茶じゃ銀のスプーンでもないと飲めないわよぉ？」

「………す、…すみません……。すぐに用意を…、」

「ねぇ紗音ちゃん。銀のスプーンって何に使うか知ってるぅ？　銀じゃないとダメなのよ？　なぜかわかるぅ？」

「…………ぃぇ…、………ぁの……。」

絵羽がいたずらっぽく微笑みながら、配膳をする紗音を覗き上げる。…絵羽のその表情は、それだけを見たなら小悪魔的な愛くるしいものなのかもしれない。

しかし、口から紡《つむ》がれる言葉には、カミソリのような鋭利《えいり》さが確かに含まれていた。じっとその瞳を覗きつづける絵羽に、紗音は何とか目を合わせまいとするのが精一杯だ。紗音が答えに窮《きゅう》したのを見て取り、すぐに楼座が助け舟を出す。

「銀は毒に触れると曇るって言われてるの。…くす、紗音ちゃんもひとつお勉強ができたわね。」

毒見をしなければ飲めないお茶扱い。夏妃にとってそれは、お茶とそれを振る舞った自分を貶《けな》されたのとまったく同じことだ。留弗夫は軽薄そうに笑いながら絵羽の肩を叩く。

「はは、姉貴に銀食器なんていらねぇだろ。毒舌の姉貴がひと舐めしたら、銀の皿だって真っ黒に曇っちまうぜ。」

「わっはっはっは！　わしゃあその毒舌を毎日聞かされとるから、もう毒に耐性がついてしもぅたわ！　絵羽も、わし相手には構わんが耐性のない相手にはちぃと加減せんとな！　わっはっはっは！」

「あらあら、ひどぅい。紗音ちゃんにお茶の知識を教えてあげただけじゃない。くすくす。」

秀吉の馬鹿笑いに合わせるように、みんなも苦しげではありながらも笑いを重ねる。

夏妃だけは笑いに加わらなかったが、それでもとりあえず、客間内は談笑で盛り上がっていると誤解できる程度にはなった。

ようやくお茶の配膳を終えて戻ろうとする紗音に、霧江は助け舟にならなくてゴメンと小さく謝る。…紗音は小さく頷き返し、そそくさと出て行くのだった……。

■廊下

俯きながら、配膳ワゴンを押して廊下を歩む紗音…。その痛々しい様子に、彼女が何かのいじめを受けたことは容易に想像することができた。

「……気を落とさないで。姉さんは何も悪くない。」

そう声を掛けたのは、同じ使用人の嘉音だ。

「…………見てたのね。」

「そういうお役目だから。」

「…………………。」

「奥様も絵羽さまも地獄《じごく》へ堕《お》ちろ。……でも、それより卑劣《ひれつ》なのはあいつだ。」

嘉音が憎々しげに眼差しを向ける先は、客間とは逆の方向だった。お茶の準備が遅れたのは、厨房でちょっとしたトラブルがあったからだ。そのトラブルは紗音のせいではない。実は郷田のちょっとしたミスだった。

そもそも、賓客《ひんきゃく》が集まっているところへお茶を運ぶという派手《はで》な仕事を、あの見栄っ張りの郷田が譲るわけがない。お茶をもう一度準備するのに無駄な時間を掛けてしまった。だからポイントが稼《かせ》げないことがわかり、たまたまその場を通りかかった紗音に配膳を押し付けたのだ。

……要領がいいと言えばいいし、卑怯《ひきょう》だと言えば紛れもなく卑怯だった。

本来、蔵臼と夏妃の夫妻に雇われた郷田のほうが、右代宮家の使用人としての年季は紗音よりも短い。

紗音も、源次、嘉音と同じく、金色に輝く片翼の鷲の紋章を身につけた使用人なのだ。

「……いいの、ありがとう嘉音くん。…私、全然気にしていないし…。」

「…………………………。」

嘉音のその沈黙は、紗音の言葉が心にもないことであるのを如実《にょじつ》に語る。

「…………ありがとう。嘉音くんだけでもわかってくれたんで、ちょっと心が楽になったかな。」

「……姉さんは心に色々溜め込みすぎる。……たまには自分にやさしくしてあげて。」

「うん。……ありがとうね。」

その時、不意に人の気配がしたので、二人は慌てて振り返った。そこには、初老の男の姿があった。使用人の長である源次である。

「………………そこで何をしている。…紗音、早く厨房に戻りなさい。」

「は、はい。……失礼いたしました……。」

紗音は畏《かしこ》まり、すぐに配膳ワゴンを押して立ち去ろうとする。だが、嘉音は言葉にできない何かを瞳に宿《やど》して、無言でそれを源次に訴えている。

「…………………………………。」

「…………どうした嘉音。何かあったか…？」

「…しゃ、……紗音は何も悪くないのに、あいつら…」

「やめて嘉音くん…。……失礼しました。すぐに仕事に戻ります。嘉音くんも自分の持ち場に戻って。……お願い。」

「…………姉さんがそう言うなら。」

「…………………。…何事もないなら、そうしなさい。」

「……はい。……失礼します。」

その姿を廊下の陰から見守る割烹着姿の老婆は熊沢であった…。

……おいたわしや、紗音さん、嘉音くん…。あの二人がいじめられる理由は何もないのです。…しかし、郷田さんに嫌われているのは紛れもない事実…。郷田さんは、右代宮本家へいらっしゃられるまで、どこかの立派なホテルにお勤めだったそうです。そこで身につけられたというお仕事ぶりは、そりゃあ大したものだとは思います。ただ、郷田さんはここではもっとも年季の短い使用人。

…ご自身のそれまでの積み重ねによるプライドもあられたのでしょう。彼は、自分より長い年季を持ちながらも未熟で、人生経験も及ばない紗音さんと嘉音くんを、ことある毎《ごと》にいびられるのです…。

また、…気の毒なことに、夏妃奥様にも嫌われております…。もちろん、年季という意味では奥様の方が長くこの家におられます。ただ、……こればかりは奥様にも同情しなくてはなりません。…本当にお館様も罪作りな方でございます…。ご自身の、ちょっとした気まぐれが、奥様にこれほどまでの劣等感をお与えになるとは、どうして思い至らなかったのでしょう…。

……もちろん奥様とて内心は、あの二人に辛く当たる謂《いわ》れは何もないことを重々承知してはおります…。…しかし、それが理屈でわかっているからといって、どうにもならないのが人の心…。

あぁ、おいたわしや…。私には何もできず、こうして物陰《ものかげ》から見守ることしかできないのです……。

10月4日土

Sat. 4th October 1986

ゲストハウス

俺たちはいとこ同士四人で、色々な話に花を咲かせていた。何しろ、男女の両方が揃い、その上、成人、高校生、小学生と世代も揃ってる。それぞれが身の上話をするだけで、他の三人にとっては大いに興味深いことだった。

「なんかやっと馴染《なじ》んできたぜ。朱志香も真里亞も六年前からは想像もつかないくらい成長しちまったからよ。正直なところ、少しだけ違和感を持ってたんだが、こうして話をしている内に、中身はあの頃から何も変わってないことがわかったぜ。」

「同じ言葉を返してやるよ。戦人だって、六年ぶりだってのに全然変わってねぇぜ。図体がいくらでかくなっても、中身は相変わらずお子様だってことだな。」

「うー！　真里亞もお子様！　真里亞もお子様ー！」

「真里亞だっていつまでもお子様じゃねぇぞぅ？　お子様から可愛いお姫様に成長してくんだからなぁ～？　そうしたらまな板みてぇな胸も、すぅぐ朱志香並みになるぞ～？　そしたら揉ませてくれよー約束だぞぉぅ!!」

「うー！　揉ませる！　約束する！　うー！」

「だ、駄目だよ真里亞ちゃん！　そんな約束しちゃ、ダメダメダメ！」

「うー？　約束したから揉ませる！　真里亞、約束は守る！　絶対守る、うー!!」

「…真里亞ぁ、お前、本当に素直ないい子だなぁ…。お前と結婚する未来の旦那《だんな》さんはきっと幸せ者だぜ。」

「って、いい話にすり替えつつ、約束を保持《ほじ》してんじゃねぇぜ！　真里亞ちゃん、その約束はナシ！　ナシ！」

「うー。約束取り消し？　うー……。」

「やっぱり、戦人くんも揃って四人で集まらないと、いとこが集合した気がしなかったね。この六年は、やっぱり寂しかったよ。」

「…そうだなー。こういうふざけた話にはならなかったな。でも建設的な話はできてたと思ったぜ？　将来に対する心構えとか、受験とか就職とかよー。」

「へへーん、悪ぅござーましたね～！　俺が来たらおマヌケなドタバタばっかりでよ～！」

「でも真里亞は今年のが楽しい。うーうー！」

真里亞の率直な一言が、多分、この場にいる全員の代弁に違いなかった。

「そうだね。僕も同感、今年が一番楽しいよ。」

譲治兄貴が真里亞の頭を撫でてやると、真里亞は上機嫌の猫の子のようにころころと笑うのだった…。

「……失礼いたします。お食事のご用意ができました。」

慎《つつ》ましやかなノックの音と、同じくらい慎ましやかな若い女性の声が聞こえた。朱志香がそれに元気よく応える。

「紗音、入れよー！　戦人は覚えてるだろー⁉」

朱志香がベッドから立ち上がり、扉を開ける。そこには、俺らと近い歳に違いない使用人の女の子がいた。

「ご、ご無沙汰いたしております、戦人さま。六年ぶりでございます、紗音です。」

紗音ちゃんはおずおずとした仕草で俺の姿を認めると、深々とお辞儀《じぎ》をした。

「…はーー…！　朱志香にも驚かされたが、紗音ちゃんにも驚かされたぜ…。あんたもすっかり美人になったじゃねぇのよ～！」

「も、……勿体《もったい》無いお言葉、恐悦至極《きょうえつしごく》に存じます……。」

「しかしよ～、この島じゃよっぽど食事の栄養価が高いんじゃねぇのか～ん？　何を食ってどこを鍛えたらそんなにでかいお乳になるんだか～‼　朱志香とどっちがでけぇか、ちょいと触って確かめさせてもらうぜぇぇぇ〜⁉」

　両手をわきわきさせてヨダレを垂らしながら迫る俺！　……俺の名誉と正義のために補足しておくが、これは別に、おっぱいを揉まないと首のリンパ腺《せん》が異様に痒くなって掻き破ってしまうような奇病に冒《おか》されたからじゃないぞ？　俺的なお約束のコミュニケーションなのだ。

　こんな風に迫るシーンがあれば、十中八九、引っ叩かれたりどつかれたりするだろ？　そういうお茶目な展開を狙う戦人さまオリジナルのコミュニケーション術なわけさ！

　………ま、まぁその何だ、十中八九の残り一くらいの確率で、本当にタッチできたらラッキーだけどな…？　いひひゃひゃひゃっ、そこまではさすがに期待してねぇってぇぇ〜‼　と、俺の手は今や紗音ちゃんのお乳に接触するまで一センチくらいのところまで来たんだが、……いまだ反撃が来ない。

　何をされるのかは理解していて真っ赤になって俯いているのだが、両手は前でお行儀よく組まれたままで、拒絶してどつくとか、胸を庇《かば》おうとか、そういう行動を取ろうとはしないのだ。

　…うをををおい、それは想定外だろッ‼　たた、頼むよどついてくれよ、このままじゃマジでお触りしちまうぞぉおぉ⁉　って、タイミングだったので、朱志香が俺の後頭部に肘鉄《ひじてつ》を叩き込んでくれて本当に嬉しかったぜ…。

「ふぐぉおおぉおぉぉ、あいたたたたたぁ、朱志香ぁぁあぁッ、ありがとよっぉおぉ〜‼」

「なな、何で私が感謝されんだぁ⁉　？？？」

「いやいや済まんぜ紗音ちゃん。魅力的な胸に思わず吸着されそうになっちまった…。つーか、さすがにあの間合いまで来たら痴漢《ちかん》確定だろ。駄目だぜ、抵抗しなきゃよぅ〜！」

「………で、ですけど、………戦人さまは、…大切なお客様ですし……。」

「あのなぁ、お客様でも痴漢は痴漢！　女の子の胸は大体、十センチくらいからが防空識別圏《ぼうくうしきべつけん》だなぁ。二センチ圏まで侵入してきたらこれはもう領空侵《りょうくうしん》犯《ぱん》だぜ、スクランブル発進で即《そく》ビンタを食らわせてやれぃ！」

「………そっ、そんなことできません…！　私たちは……、…その、家具ですし…。」

　もちろん触られたくはないのだが…、客人がそれを望むなら何とか応えようという自己犠牲精神。…こんな子、トキより先に保護すべきだぞ…。

「…い、今時、こんな献身美《けんしんび》徳《とく》な子がいるとは…。軽い眩暈《めまい》すら覚えるぜ。……でも駄目だ！　ダメなんだぁあぁ!!　俺がエロい顔で迫る！　張ッ倒す!!　イヤ～ン、エッチ！　そういうお約束じゃないとオチがつかねぇんだよぉ、頼むよお願いだよ、俺を引っ叩いてくれよ！　こう、バチンっと！　バチンっとぉおぉ～!!」

「お、…………お願いは聞けません。家具ですから。……でも、…………命令ならお聞きします。…それが務めですから。」

「あはは、じゃあ僕から命令させてもらうことにするよ。次から戦人くんが胸に触ろうとしてきたら、平手打ちで反撃すること。いいね？」

　譲治の兄貴が笑いながら言った。

「……は、はい。承知いたしました。以後、そのようにさせていただきます。戦人さま、ご承知おきくださいませ…。」

　紗音ちゃんは優雅な仕草で俺にお辞儀しながらそう宣言する。表情は晴れやかだった。俺は、それでＯＫと親指を立てて応えてやる。

「六年前はお手伝いさんの連れ子がついでにお手伝いみたいな印象だったんだけど、……すっかり一人前の使用人さんだなぁ。今年で何年になるんだぁ？」

「はい。お陰様で十年ほどお仕《つか》えさせていただいております。」

　彼女は紗音。……〝シャノン〟と読む。これまた日本人離れしたすげぇ名前だ。昔は俺もガキだったので大して気にせずこの名前を鵜呑《うの》みにしていたのだが、右代宮家の人間でないにもかかわらず、このネーミングセンスは珍《めずら》しい。

…恐らく、使用人の源氏名みたいなもんだろう。…だとすると、さっき薔薇庭園で出会った嘉音くんのネーミングセンスも納得できる。

紗音ちゃんは六つの時からここに勤めているという古参の使用人だ。

容姿がすっかり変わってしまったので記憶は繋がらないが、六年前にはお互い面識がある。内気な感じの性格は今も昔も変わらないようだが、やはり歳相応の女の子らしい魅力が宿ったような気がする。特に胸だな、胸。

「戦人くん、さっき庭園で会った嘉音くんは、彼女の弟なんだよ。」

「…弟というわけでは…。でも、私のことを姉と慕《した》ってくれます。…何か失礼なことはしませんでしたか？」

「はは！　相変わらずいつも通りだぜ。もうちょっと愛想よくすればいいのによ、もったいないやつー。」

「…嘉音くんがご迷惑をお掛けしたようで、…申し訳ございません……。」

「別に迷惑なんか何も！　同じ男としてわかるさ、ありゃあ気難しい年頃だ。愛想が悪いのは当り前だぜ！」

「うー！　真里亞もよく言われる！　愛想悪いって言われるー！　嘉音と一緒！　うー！」

「くす、……真里亞さまは愛想悪くなんかありません。」

「うー？　一緒が良かった…。うー。」

「えっと、食事の準備が出来たんだっけ？」

「あ、……はい、譲治さま。失礼いたしました！　…お食事のご用意が整いましたので、皆様をお屋敷へご案内いたします。」

紗音は形式的なお辞儀をし直して勤務モードに復帰する。これ以上、下らない話に付き合わせれば、それはかえって彼女の仕事に迷惑をかけてしまうことを察した俺たちは、それ以上の脱線はせず腰を上げることにした。

「じゃ、お屋敷に行こうか。みんなもお腹が空《す》いてたところでしょ。」

「だなー。郷田さんがいる時のメシは楽しみなんだよ。あの人、どこぞの有名ホテルでシェフをやってたらしくて、かなり料理の腕があるんだぜ！」

「ほぅほぅ！　そ〜りゃ楽しみぃ!!　行こうぜ真里亞！　ガツガツ犬みたいに食い散らかすぞ!!」

「うー！　犬みたいに食い散らかす！」

「ダメダメ！　戦人くんの言うことはいちいち真に受けちゃダメだよ？　全部冗談なんだから。さ、行こ行こ。」

俺たちは紗音ちゃんに先導され、お屋敷へ向かうのだった。

再び立派な薔薇庭園に迎えられ、さらに進むと見えてくるのが、………迫力ある、右代宮本家のお屋敷である。

戦後すぐに建てられたらしいから、すでに半世紀近くを経《へ》た貫禄《かんろく》を漂わせている。見てくれは確かにゴージャスだが、古い建物だけあり、空調などの設備が今ひとつ弱いらしい。

朱志香の話によれば、特に真冬は隙間《すきま》風に悩まされるそうだ。…コタツでも出しゃあいいのにな。

玄関を入ると、老《お》いた使用人が迎えてくれた。彼はさすがに俺の記憶にも残ってる。最古参で、使用人の長《おさ》を務める源次さんだ。

「………戦人さま、お久しゅうございます。」

俺と目が合うと、落ち着きある声で挨拶してくれた。郷田さんのお辞儀を優雅だと例えるなら、そこまで洗練されていないが、無骨《ぶこつ》だけれども気持ちが伝わるお辞儀だった。

「源次さん、本当にお久しぶりっす！　お元気そうですね。」

「お陰様で健《すこ》やかに過ごさせていただいております……。……戦人さまこそ、ご立派になられました。

………お館様の若き日に、少し似てこられましたな。」

「俺が祖父さまに？　ってことは、さぞや祖父さまは若い頃モテたろうなぁ、いっひっひ！」

「………ここからは紗音に代わって私がご案内申し上げます。どうぞこちらへ。」

紗音ちゃんは深々とお辞儀をして俺たちを見送る。

ここからは源次さんの案内で食堂へ向かっていった。若者勢がこの六年で見違えるほど成長したのに比べれば、源次さんは熊沢さんと同じでまったく逆。六年前の記憶とまったく姿が変わらない。時間を止めたまま再会したかのようだった。

源次さんは非常に寡黙で真面目な人だ。祖父さまの側近というか、介護者というか、……考えようによっては女房役とまで言えたかもしれない。

実際、死んだ祖母さまよりも常に側に控えさせていたらしい。朱志香に言わせると、祖父さまはどんな肉親たちよりも信頼しているという。

しかし勤めてどのくらいになるんだろう。詳しく聞いたことはないが、この屋敷が建てられた当初からいる、みたいな話を聞いたこともある。

…ということは、半生《はんせい》を奉公《ほうこう》に捧げてるってことになる。…そりゃあ、信頼も厚いわけだぜ。食堂に向かうため、源次さんの先導で吹き抜けのホールを通り抜ける時。

……俺は六年前の記憶にないものを見つける。それは、二階に上がる階段の真正面に飾られた、とても大きな、女性の肖像画《しょうぞうが》だった。その迫力に、思わず足を止めてしまう…。

急に俺が立ち止まったので、後に続く真里亞が俺の背中に激突する。

「うー？」

「……あぁ悪ぃ。…なぁ朱志香ぁ。あんな絵、前はあったっけ？」

俺はホールに掲《かか》げられた目立つ大きな肖像画を指差す。みんなも足を止めた。

「…あぁ、…そっか。戦人が来てた頃にはアレは掛けられてなかったっけ。いつからだったかな…。」

「確か……僕の記憶が正しければ、一昨年辺りだったと思うよ。」

「………左様でございます。一昨年の四月に、お館様がかねてより画家に命じて描かせていたものをあそこに展示なされたのでございます。」

「あの祖父さまがねぇ。わざわざ描かせてか…。」

肖像画には、この洋風屋敷に相応《ふさわ》しい、優雅なドレスを着た気品を感じさせる女性が描かれていた。

………歳はわからないが、目つきにやや鋭さと意志の強さを感じさせるため、若そうな印象を受けた。よく名画にあるような中年女性の余裕ある雰囲気とは違う気がする。

この女性が普通に黒い髪だったなら、すでに亡くなって久しい祖母さまの若き日の肖像画かもしれないと思っただろう。だが、肖像画の女性は美しい黄金の髪で、日本人的でない容姿を感じさせた。

「で。……誰だい、このご婦人はよぅ。」

その素朴な質問に、真里亞が、自分は知っていると言わんばかりに威勢よく答えてくれた。

「うー！　真里亞知ってる。ベアトリーチェ！」

「ベア、……何だって？」

「……ベアトリーチェ。魔女だよ。戦人くんは昔、聞かされたことない？」

「魔女ぉ。…って、………この島の？」

…すでに話したと思うが、この六軒島は全周が十キロ程度の小さい島だ。だが右代宮家だけが住むにしては広大だ。だから住めるよう整地されているのは、船着場と屋敷の周りの敷地《しきち》だけで、後はこの島が無人島だった時代から手付かずのままになっている。

一切の明かりもなく電話もなく通行人もいない無

人の広大な森が、どれほど危険なものかを理解するには、都会的な常識を少し外す必要がある。何しろ、万が一、森の奥深くで穴にでも落ちて捻挫《ねんざ》したら、泣こうが喚《わめ》こうが誰も助けに来てくれないのだ。そのまま暗くなれば電柱の一本もない森は真の暗黒に包まれる。また、道標《みちしるべ》があるわけでもないから迷いやすく、暗い森の中は方向感覚も見失いやすいのだ。

現在でこそ、森というと憩《いこ》いのイメージを感じるが、文明の光が夜を駆逐《くちく》するまでの前時代の人類にとって、森は海同様に文化を地理的に隔離《かくり》する、地上の海同然だったのである。

海に出る漁師たちが、専門的な知識を有してなお命を脅《おびや》かされることもあるように。森に出る猟師たちにも専門的な知識が求められ、同じく命を脅かされることもあったのだ。

…そんな危険な森に、子供が遊びに行ったら大変なことになるかもしれない。

そう思った親の誰か。…祖母さまか、あるいは他でもない、祖父さまが言い出したのかもしれない。

さもなくば、はるか大昔からこの島に語り継がれているのか。………森には恐ろしい魔女がいるから立ち入ってはならない。そんな六軒島の怪談《かいだん》が生まれたのである。

それが、六軒島の魔女伝説である。だから、この島で魔女と言ったら、それは広大な未開の森の主を指す。

そういえば小さかった頃、この屋敷に泊まり、風雨が窓を叩く不気味な夜には、森の魔女が生贄《いけにえ》を求めてさまよっているというような話にだいぶ怯えたもんさ…。ベアトリーチェ…か。

………譲治兄貴に言われて記憶を探ると、確かにそんな名前だとだいぶ小さい頃に教えられた気もする。

「…なるほどなぁ。しかし、あの魔女伝説の魔女に、ベアトリーチェなんてオシャレな名前が付いてたとは、とんと忘れてたぜ。……祖父さまめ、孫たちが信じないもんだから、わざわざ絵に描かせやがったかぁ？」

「……祖父さまの妄想の中の魔女だよ。…この絵を掲げた頃から現実と幻想の区別が付かなくなり始めた。……私たちにとっては想像の中の魔女に過ぎないけど、…祖父さまにとっては、彼女はこの島に〝い〟る存在。……〝い〟る。だから、それを理解することができない私たちにもわかるよう、あの絵を描かせたって言うんだけど。………はんッ、気持ち悪いったらありゃしないぜ。」

「……………朱志香お嬢様。…お館様にとっては大切な肖像画です。……お館様の前でそのように仰《おっしゃ》られることがございませんよう、固くお願い申し上げます。」

「………わかってるぜ。頼まれても言わねぇよ。」

朱志香は忌々《いまいま》しいような目つきで肖像画を一瞥《いちべつ》すると、そっぽを向く。そこで譲治兄貴が皆に呼びかけた。

「…行こうよ。食堂にみんなを待たせてるよ。」

「うー！　お腹空いたー！」

……この島で、右代宮家が支配している部分などほんのわずかだ。残りの未開な部分を全て彼女、…魔女ベアトリーチェが支配しているというのなら。

……彼女こそがこの六軒島を真に支配する存在なのだと言える。船で来る途中、洋上の鎮守の社が落雷で失われたということを知った時に感じたある種の違和感と不吉さが少しだけ蘇る。そしてあの時、熊沢さんは六軒島について何か不吉な話をしようとして、それを朱志香に止められたことも。………この島の何を話そうとしたのかはわからない。でも、ひとつわかることがある。

…六軒島の支配者は、右代宮家じゃない。魔女、ベアトリーチェなんだ。

そう。……ここは、魔女の島なのだから。

「戦人ー！　うー、遅いー！」

見ればみんなはもう食堂へ向かっていた。俺は慌てその後を追うのだった…。

食堂の大きな観音扉《かんのんとびら》の前までやって来る。源次さんがノックする。

「……お子様方をお連れいたしました。失礼いたします…。」

扉が開けられ、中へ招かれる。

いかにも大金持ちーって感じの食堂には、来客に序列を思い知らせるのが目的としか思えない超長いテーブルが置かれ、その序列に従い、もう親たちが着席していた。

「遅ぇぞ、ガキども。早く席につけよ。」

クソ親父が着席を促す。

長いテーブルの、自分たちが座る場所だけがぽっかりと空いていて、一層、遅刻した感を煽った。一番奥正面のいわゆるお誕生席が最上位の席、祖父さまの指定席だ。そこはまだ空席だった。…もったいぶって最後に来るつもりなんだろう。

席順の序列は、お誕生席を正面奥に見ながら、左・右と序列が続き、序列の順位が低いほどお誕生席から遠のいていく。

つまり、お誕生席に一番近い第一列目の左席、序列第二位の席は親兄弟の長兄の蔵臼伯父さんの席。

……伯父さんもまだ来てないようで空席だった。

そしてその向かいの、第一列目の右席には、序列第三位で親兄弟の長女の絵羽伯母さんが座る。

第二列目の左席は序列第四位。親兄弟の三人目ということでうちのクソ親父、留弗夫が座る。その向かいの第二列目右席、序列第五位は、親兄弟の末っ子の楼座叔母さんの席。

こう来れば、次は親たちの配偶者が来るだろうと思うかもしれないが、ところがどっこい、次の第三列目左席、つまり序列第六位は朱志香の席だったりする。その向かい席は譲治兄貴。そして朱志香の隣の席は俺で、その向かいは真里亞となる。

そして俺の隣、つまり第五列目左席の序列第十位まで来てようやく、夏妃伯母さんなのである。…その向かいが秀吉伯父さんで、夏妃伯母さんの隣の第六列目、一番手前の左席が霧江さんである。

霧江さんの向かいの席にも食事の支度がされていたが空席だった。序列的に言うなら、そこは楼座叔母さんの旦那さんが座るべき席だ。……来ていないはずなのに、その席にも準備がされていた。

普通、序列は配偶者にも準ずる格を認めるものだが、右代宮家は独自の序列を持っていた。

……多分、男尊女卑《だんそんじょひ》の名残だろう。女の腹は借り物だとする考えに基《もと》づくと、直系の子供がもっとも序列が高く、孫が次。血の繋がらない配偶者たちは一番ビリって考えになるわけだ。

……気の毒な話だが、その序列によるならば祖母さまが生きていたとして、その序列は俺よりも下だということになる。若い日には父に従い、嫁《とつ》いでからは夫に従い、老いてからは子に従え。「女、三界に家なし」なんて言われた昔の名残だ。

そんなことに思い至らない昔は、親兄弟は親兄弟同士、いとこはいとこ同士とそれぞれのグループごとに座れて話が弾《はず》んでいいなんて思っていたが、この歳になって再び着席順を見直してみると、何とも複雑な気持ちにさせられる…。

本家の長男に嫁ぎ、家を切り盛りする実質上のナンバー2の夏妃伯母さんが俺の右側の席、…つまり俺より二つも序列が下だというのだから。

…伯母さんの胸中を察することは難しかった。なので俺は、伯母さんに謝るような仕草をしてから着席するのだった。

「お久しぶりですね、戦人くん。ずいぶん背が伸びましたね。」

夏妃伯母さんが挨拶したので、俺はあわてて答えた。

「え、ぁ、はい！　食ったり食べたり食事したりしてたらいつの間にかこんな身長に。」

「さすが男の子ね。身長はいくつくらいあるの？」

「百八十かな？　つーか伯母さん、そこは、食べてばっかりじゃねぇかーって突っ込んでくださいよ〜ん！」

「え？　……あぁ、くす、ごめんなさいね。」

　伯母さんは遅れて笑いに付き合ってくれたが、どこが笑うべきツボか理解できてないようだった。

　この人は夏妃《なつひ》伯母さん。親兄弟の長男の妻、つまり、うちの親父の兄の奥さんに当たる人だ。朱志香の母親と言った方がわかりやすいか。

　…こう言っちゃ悪いが、嫌いってわけでもないが、特別好きでもない伯母さんだ。あまり子供の輪に入ってこないし、いつも気難しそうな顔をして、親たちと難しい話をしているという印象しかない。

　…実際、あまり言葉を交わしたことがなく、今もどう摑《つか》みを取ろうかだいぶ迷ったのだ。…甲斐なく外してしまったがなー。

　テーブルの上には整然と食器が並べられていたが、まだ食事の配膳は始まっていなかった。基本的に、上席者が着席するまでは食事は始まらない。つまり、最上位の祖父さまが来ない限り、いつまでもお昼は始まらない。前菜《ぜんさい》すら来ないわけだ。

　つまりこの食堂の沈黙は、親たちが空腹を堪《こら》えながら祖父さまが来るのはまだかと待つものだったのである。

　ただ、俺の記憶の中の祖父さまは、こうして会食などがある時には必ず時間通りに現れたものだ。…全員が揃ってなお待たせるほど遅刻するなどということはありえない人だったはず。

「遅ぇな、祖父さま。……俺の記憶じゃ、時間に厳格な人だったと思うんだけどな。」

「あー、六年前はそうだったかもなぁ。…最近はそうでもねぇよ。というか、もう自分の世界オンリーって感じで会食にも顔を出さねぇぜ。さすがに今日くらいは足並みを揃えてくれるって思ってたんだけどな。…まー、私ゃ来ない方が気楽で嬉しいけどよー。」

「…朱志香！」

母親の夏妃伯母さんに叱られ、朱志香は舌を出しながらそっぽを向く。……仕方ねぇぜ。ホストさまがいらっしゃるのを待つとするか。時計を見ると、もうじき十二時の二十分を指そうとしていた…。

■金蔵の書斎

右代宮本家の老いた当主、右代宮金蔵。その姿は、彼の書斎にあった。時計は昼を指していたが彼は席を立とうとはしない。老眼鏡《ろうがんきょう》を掛けながら、凝った意匠《いしょう》の装丁《そうてい》がされた古めかしい本を次々に積み上げ、それらを読みふけることに没頭《ぼっとう》している。

それは楽しくて仕方がない、というよりは、一分一秒が惜しいような焦燥《しょうそう》感、あるいは危機感のようなものすら感じられた。締め切られた室内は、濃厚な埃が舞い、胡散《うさん》臭い異臭を放つ薬品の臭いを混ぜこぜにした空気で澱んでいる。

しかもそれはどことなく甘く、重く。まともな鼻を持つ人間なら、入って最初にやることは間違いなく窓を開けて換気《かんき》することだろう。その書斎の扉を、さっきから叩き続ける音が繰り返されている。その音には時折、「お父さん」という声が混じっていた。

金蔵は大きく溜め息をつくと、手にしている古書を乱暴に閉じて卓上に叩き付ける。それから大声で、扉を叩き続けている蔵臼に怒鳴った。

「やかましいッ!!　その音を止めぬか、愚か者ッ！！　叩けば扉は開かれると誰が教えた！　その馬鹿者は磔《はりつけ》にしたぞッ!!　お前もそうされたいのかッ!!」

「……お父さん。年に一度の親族会議の日ではありませんか。皆、下に集まっています。どうかお出で下さい。」

蔵臼は扉越しに父に呼びかける。…金蔵はいつも書斎に籠《こも》りきりで、家人すらも部屋に入れることを嫌った。そのため、こうして廊下から言葉をかけるしかないのである…。

「私に構うでないッ!! 皆とは何か、私をここから引き摺《ず》り出そうとする者どもなのかッ!! ならば殺してしまえ! バラバラにし薪《まき》にして魔女の炉《ろ》にくべてしまえッ!! その炉には鍋を掛けてニガヨモギを煮るがいい! 黙示録の煮汁はそれでも私をここから連れ出そうとする馬鹿者どもに飲ませてやれッ! 残りは酒に漬けるのだ! あぁ、源次はどこだ! 源次を呼べい!! 苦艾《にがよもぎ》の魔酒を用意させろ! 緑の妖精の囁《ささや》きが届かぬ!! あぁ、源次はどこだッ、源次を呼べぇぇぇぇいッ!!!」

…扉の前では、蔵臼と南條、そして源次が、出てこようとしない主を待ち続けている。

「ふ…。……すっかり嫌われてしまったようだ。もう私の声では何も届かんよ。」

蔵臼は、やれやれという風に肩をすくめて苦笑いをしてみせる。…自分の呼びかけに父が応じるとは端《はな》から思ってはいない。しかし長男の務めとして、形式的に声を掛けただけだ。

「……金蔵さん。あんたの顔を見に、息子や娘や孫たちが来てるんじゃないか…。ちょっと顔を見せてやったらどうだね…。」

南條もそう声を掛けるが、書斎の扉が開かれることはない。

「うるさい黙れッ!!! 私に意見するというか南條ッ!! 貴様など呼んではおらぬ、私は源次を呼べと言ったのだ!! さぁ急げ、すぐに呼べ! 時間は常に有限だ、使徒《しと》たちはすでにラッパを構えているぞ、なぜにそれがわからぬか愚《おろ》かな羊どもめッ!!」

金蔵が重い古書を何度も何度も卓上に叩きつける。その騒々《そうぞう》しい音が、最上級の不快を示していることは明白だった。金蔵は老眼鏡を置くと乱暴に席を立つ。そして、満場のオペラ座で歌うように、訴えるように両腕を大きく広げて怒鳴った。

「なぜだッ!? なぜにいつも私には邪魔が入るのか

ッ⁉　全てを捨てよう、全てを捧《ささ》げよう、その見返りに私はひとつしか求めないというのにッ‼　おぉベアトリーチェ、お前の微笑みをもう一度見られるならば、私は世界中から微笑を奪い取り全てをお前に捧げようッ‼　おおぉ、蝗《いなご》の軍団長たちよ、世界中から微笑を刈り取り収穫せッ、げほげほッ、ゲーホゲホゲホッ！！！　あぁ全てが汚らわしい、全てが煩《わずら》わしい‼　なぜこの貴重な一日に私は邪魔を受けねばならぬのかッ‼　ゲーホゲホゲホゲホ‼　ゴホッゴホゴホッ！！！　源次を呼べぇえぇぃ！！！　ゲーホゲホゲホ‼」

「……何を怒鳴《どな》ってるのかもさっぱりだな。もう頭がどうにかなっているのだろう。」

「蔵臼さん…。実のお父さんに、そりゃああんまりじゃないかね…。」

「親父はすでに死んでいる。……ここにいるのは、親父だったものの幻さ。いずれにせよ、本人にここを出る意思がない以上、どうにもならんね。」

「……………………金蔵さん。」

書斎からはまだ咽《むせ》る咳の声が繰り返されている…。

「私は下に戻る。……郷田の自慢のランチをこれ以上、無駄に冷ましてしまうことはない。親類たちにとって、当家での数少ない楽しみだろうからな。…ふ。」

蔵臼は踵を返す。腕時計を見て、わかりきっていたことに無駄な時間を費《つい》やしたという悪態を態度で示して見せた。

「源次さん。……親父殿がお呼びだ。相手を頼む。」

「……畏まりました。」

「南條先生。食事に行きましょう。……いつまでもここにいると、この甘い臭いで味覚までおかしくなってしまう。」

蔵臼は南條を待たず、階段を下りていった。源次は、南條にも食事へ行くようながす。…南條は階下へ消える蔵臼の背中と書斎の扉を見比べると、深い溜め息をひとつ漏らすのだった。

「……すまんが源次さん。頼みます。」

「はい、……お任せ下さい。」

「お酒はなるべく与えないように。……あれは常習性が強すぎる。」

「源次はまだかッ！！！　何者が源次を阻《はば》んでいるというのか!!　あぁ、源次はどこだッ、源次を呼べいッ！！！」

「さぁ、……ここはお任せ下さい。」

「…うむ。………すみませんな。」

南條は小さく頭を下げると、階段を下りていった…。源次はそれを見送ると、書斎の扉をノックする。

「………お館様。源次でございます。」

「源次かッ!!　何ゆえ私をこれほどに待たすのかッ!!　そこには誰もおるまいな!?」

「はい。私だけでございます。」

書斎の金蔵は席に戻ると、卓上の古風なスイッチを押す。扉が開く音ではなく、カギが外れる、ガチャンの音で〜〜〜…すると少しだけ遅れて、扉の施《せ》錠《じょう》が解かれる重い音が聞こえた。金蔵は自分の書斎を家人が荒らそうとしていると信じていた。

あるいは、換気しようと誰かが窓を開けた際に彼にとっての重要な資料などが飛び散り、それがひどく彼を不愉快にさせたのか。…今では金蔵は、自分の部屋に厳重な施錠を施《ほどこ》し、自分の許可がなければ誰も入室できないようにして、自ら作った座《ざ》敷《しき》牢《ろう》に自らを閉じ込めているのだった。

もっとも信頼されている源次は比較的入室を許されているが、それも絶対ではない。金蔵の機嫌が悪ければ入ることはできない。………それ以外の人間には、顔すら合わせようとせず、扉越しに会話をするのがせいぜい。しかも多くの場合、それは会話として成り立たなかった。

だが、それらは家人にとってさしたる問題にはならなかった。気難しくなり、自らの怪しげな研究に没頭し引き籠もってくれる老いた当主の隠《いん》居《きょ》に、わざわざ口を挟む理由もなかったからである。……書斎から出てこないのを幸いに、使用人たちに世話を任せきりにして、自分たちもまた、隔離しているつもりなのだったから。

「源次、いつものやつを頼む。私は忙しい。」

「……はい。」

源次は、書斎の一角に向かう。そこには怪しげなボトルが毒々しい色を自慢しあいながら陳列《ちんれつ》されていた。…それは実際には酒なのだが、この怪しげな室内にあっては不気味な毒物だと疑ってしまいそうになる。

書斎の中は、金蔵が集めてきた奇怪なる蔵書《ぞうしょ》が山を成していた。それらはいずれも禁じられた、あるいは呪《のろ》われた、あるいは封印された奇怪なる古書や禁書たちである。

もっともそれを古書と呼べば金蔵は猛《たけ》り狂いこう言うだろう。呪文書《グリモワール》と呼べ！　と。

怪しげに溶けて奇妙な造形となった蠟燭《ろうそく》や、黒魔術において何かの意味を持つのだろう、奇怪なオブジェクトの数々。天球儀に記された星座は、今日の夜空をよく知る者が見たなら首を傾《かし》げるようなものばかりが記されている。

無造作《むぞうさ》に開かれたまま置かれた古書に記されているイラストは、いずれも宗教的な神秘的なもの、あるいは悪魔的なグロテスクなもの、そして様々な魔法陣の奇怪な図形。

そして何より、この部屋に充満する甘い毒の臭いは、この部屋に初めて訪れる者を、視覚的にも嗅覚的にも、そして感覚的にも深く冒し、現実感を喪失《そうしつ》させるに違いない…。

そんな書斎の中で、源次はいつもの慣れた手つきで、金蔵の愛飲する酒を準備する。複雑な意匠のボトルに満たされた暗緑色の不気味な液体は、酒だと教えられなければとても口に含む気にはなるまい。

……それをグラスに少々注《そそ》ぎ、奇妙な形をしたスプーンに角砂糖を載せてその上からピッチャーの水を注ぎ込む。不思議なことに、暗緑色の液体は透明な水が注ぎ込まれると白く白濁する。…それはまるで水と化学反応を起こしたかのような奇妙な錯覚を与え、ますますに酒だという認識を遠のかせた。それに、金蔵が好む独自のフレーバーを加え、味を調える。

…レシピはない。飲んだ金蔵の一喜《き》一憂《ゆう》によってだけ出来具合を測り、数十年かけて身につけたものである。源次はそのグラスを盆に載せ、金蔵の元に向かう。金蔵はいつの間にか、窓の外を眺めていた。

「………どうぞ、お館様。」

「すまん…。」

ついさっきまで怒鳴り、叫び、絶叫していたのと同じ人物とは思えないくらい、金蔵は落ち着きを取り戻していた。その男の背中には、ただグラスを傾《かたむ》けて窓から景色を見下ろすだけで示せる貫禄と知性が宿っていた。

源次は、金蔵がいつでもグラスを置けるよう、自らが生きたサイドボードであるかのように、じっとその左後方に控えていた。すると金蔵は窓の外を見たまま、グラスだけを突き出した。中身はほんの一口分ほど残っている。それは源次の持つ盆に載せようという仕草ではなく、源次にグラスを譲ろうとするような仕草だった。

「……飲め。…我が友よ。」

「……………………もったいないお言葉です。」

「私とお前の仲に儀礼はいらぬ。……飲め。友よ。」

「……………いただきます。」

源次はうやうやしくグラスを受け取ると、舐めるようにグラスをわずかに傾ける。それから、くっと呷った。

「お前が作るのを真似ているのだが、どうにも同じ味が出ぬ。……お前が作る方が美味《うま》い。」

「………ありがとうございます。お館様のご指導の賜物《たまもの》です。」

「ふ…。」

金蔵は、無礼講にせよと言っても決してそうしない忠臣を鼻で笑う。しかしそれは小馬鹿にしたものではなく、親しい友人の治らぬ癖に笑うような軽やかなものだった。

「………互いに老いたな。歳を数えることも忘れてすでに久しい。」

「今日まで過ごすことをお許しいただけたのも、全てお館様のお陰でございます。」

金蔵は、世辞はいらぬとでも言うように薄っすらと笑う。

「………今日まで、本当によく私に仕えてくれた。……息子たちは誰もが私を変人呼ばわりした。大勢いた使用人も皆、私を恐れて辞めていった。……お前だけが、今でも私に仕えてくれる。」

「…もったいないお言葉です。」

「………私の余命もそう長くはあるまい。……息子たちは私の遺産がいつ転がり込んでくるかをうろうろ待つ禿鷹《はげたか》ばかりだ。」

「………………………。」


「蔵臼の愚か者は金を湯水のように使い、一枚の金貨を得るのに二枚の金貨を捨てておる。それで金を稼げたなどと妄言《もうげん》をッ!!　絵羽は金の亡者だ、あやつは私を鶏《にわとり》か何かだと思っておる!!　死んだらガラにしてダシまで取る気だ!!　留弗夫の間抜けは女遊びばかりッ!!　楼座はどこの馬の骨ともわからん男の赤ん坊など産みおって!!

朱志香は無能で無学だ!!　譲治には男としての器《うつわ》がない！　戦人は右代宮家の栄誉《えいよ》を自ら捨てておった愚か者だッ!!　真里亞など見るのも汚らわしいッ!!　なぜだ、なぜに右代宮の血はこうも無能なのかッ!!　私の築き上げた栄光をッ受け継《つ》ぐに相応《ふさわ》しい者はおらんのかッ!?　あぁわかっておるとも、これがベアトリーチェの呪いであることもわかっておる!!　……はッ、黄金の魔女め、それが私への復讐のつもりか。

憎みたくば憎むがよい！　逃げたければ逃げるがよい!!　逃がさぬ、逃がさぬ逃がさぬ逃がさぬわッ!!　お前は私の物だッ!!　常に私の腕の中でなくてはならん！　私の生涯の全てなのだ!!　我が鳥籠《とりかご》にて永遠に私に、私だけに囁き続けるのだ!!　ベアトリーチェ……。なぜに、…微笑み返してはくれぬ…。おおおおぉ、おおぉおおぉぉ…!!　ベアトリーチェぇぇぇぇぇぇぇぇぇ!!　おおおぉおおぉおぉおぉお……。」

それを咆哮《ほうこう》すると、金蔵は再び咽る。源次は盆とグラスを置くと、主人の背中をさする…。源次の表情には何の変化もない。………いつものことなのだ。

「………ゲホン…。ンン。…………すまぬ、我が友よ。」

「……………。」

さっきまでの錯乱のような発作が収まると、再び金蔵は落ち着きを取り戻していた。…その変わり身は、まるでひとつの体に荒ぶる金蔵と落ち着きある金蔵の異なる二人が同居しているようにすら見えた。

「ゆえに。……私は決心した。…………………このままぼやけ切った余生を怠慢《たいまん》に過ごすことなど、もはや耐えられはせん。この身に、最後に賭《と》するコインがあるならば、それを悪魔たちのルーレットに託《たく》してみたい。……魔法の力はいつも賭けるリスクで決まる。日本古来の呪術である丑《うし》の刻参《こくまい》りがそうであろう。七日間、儀式を目撃されてはならないというリスクを支払うからこそ魔力が宿る。困難なリスクが生じれば生じるほどに魔力は強く生じるのだ。神話に登場する数々の奇跡は天文学的リスクに奇跡的な低確率を得て成就《じょうじゅ》した驚愕《きょうがく》すべき魔力の結晶なのだと言える！　モーゼが海を割ったのは神の奇跡ではない、虐殺の秤《はかり》に載せられ軍勢によって紅海に追い詰められた絶体絶命のリスクが奇跡の魔力を生んだのだ！　同じことが同じ規模で繰り返されようとも、再び海が割れることはないだろう。

なぜならモーゼは、力ある者たちのルーレットの、阿僧祇《あそうぎ》、那由他《なゆた》を掛けたよりも多く存在する目の中にひとつだけ刻まれた奇跡を見事引き寄せることができたからだ。その天文学的確率に勝利できる力!!

そう、奇跡を摑み取る運気は即《すなわ》ち魔力なのだ!! 強大な魔力を得るためには絶望的なリスクを背負わねばならぬ!! 魔力持たぬ者はそれを賭けでなく自暴《じぼう》自棄《じき》と呼ぼう! しかし真に魔力ある者はその奇跡を摑み取り、神秘を成就させるのだッ!! もしも私にその魔力があるならば! 私はその奇跡を摑み取るだろう、生涯《しょうがい》を費やした願いを実現できるだろうッ!!」

金蔵は窓の外の天を仰《あお》ぐ。そして天上の何者かに訴えるように両腕を広げる。

「もしッ!! 私にその奇跡を手にする資格があったなら!! ……………おぉぉ…、ベアトリーチェ…、ベアトリーチェ…。お前の愛くるしい笑顔をもう一度だけ見せてくれ…。どれほどの月日を経ようとも、お前の面影が消えることはない…。ただお前の微笑が見たい…、それだけだ…! お前から授《さず》かったものを全て返そう! あの日からの栄光を全てお前に返そうッ! 富も名誉も黄金もいらぬ!! お前に授かった全てを返そうッ!! 私はただ、お前の微笑が見たいだけなのだッ!! 後生だ、ベアトリーチェ!! おおおぉぉぉおぉ…ぉおぉおお…ぉぉ…!!」

……世迷言《よまいごと》の如《ごと》き怒鳴り声は、いつしか絶叫になり、…そして慟哭《どうこく》になっていた。金蔵はいつしか床の上に伏し、両手で床を掻きむしっていた。

源次は掛ける言葉もなく、慟哭する主を見下ろしているしかなかった…。

■食堂

医者の南條さんとともに食堂に降りてきた蔵臼伯父さんは、こう告げた。

「やぁ、諸君。……当主様は具合が優れられないとのことだ。せっかくこうして一年ぶりの会合に集まってくれた諸君と、昼食を共にできないことを非常に残念そうにしておられた。……郷田、ランチを始めてくれ。」

「かしこまりました、それでは本日の昼食を始めさせていただきます。」

「……南條先生、そんなにお父様のお具合は悪いの？　せめて顔くらい見せてくれてもいいわよねえ？」

「絵羽さま、体調というよりは、機嫌ですな…。こればかりは、付ける薬がありませんので。」

「おいおい、機嫌って、またかよ、そりゃないぜ。こちとら、秋のクソ忙しい時期にスケジュール都合してご機嫌伺いに来てるんだ。それをよぅ、」

「ふ…、良かったじゃないか、留弗夫。ご機嫌は伺えたんだ。……それとも、不機嫌な親父殿を私に代わり、お前が説得して連れてきてくれるのかね？」

「………………まっさかぁ。」

留弗夫は肩をすくめる。

自分勝手な親父だと憤《いきどお》りもするが、顔を見ずに済むならそれはそれで…というように見えた。

「夕食までにはその機嫌、直りそうなの？　蔵臼兄さん。」

「楼座、そんなことは知らんよ。親父殿に直接聞いてみるといい。…もっとも、声を掛けない方が機嫌の直りは早いと思うがね。」

「源次さんだけだよ、祖父さまの機嫌を直せるのは。父さんは情けないぜ、自分の親の機嫌を使用人に直させるんだからよ。」

朱志香はいとこたちだけに聞こえるようぼやいたつもりだったが、しっかり蔵臼の耳にも届いてた。

「朱志香。余計なことは言わなくていい。」

叱《しか》られた朱志香はヘソを曲げた顔をしてソッポを向く。

「……機嫌が云々《うんぬん》ってことは、病状はそんな悪くないんじゃねぇの？　元気がないってんならともかく、機嫌が悪いってのは、少なくとも気はしっかりしてる証拠だぜ。」

俺がそう言うと、譲治の兄貴が答える。

「お祖父さまは特に強い気力をお持ちだからね。……でも、体が必ずしもそれに伴えるとは限らないよ。去年からずっと、余命三ヵ月って言われ続けてる。……最初の診断が正しいなら、お祖父さまは気力だけで永らえてるってことになる。……気遣ってあげないといけないよ。」

当主の席が空席のまま始まる昼食。…そこに座るべき人物はすでに老い、右代宮家を一代にして復興させた輝かしき栄光は忘れ去られつつある。

その席が空白のまま食事が始まることに、もう誰も違和感を感じないように…。

うみねこのなく頃に

07th Expansion presents. Welcome to Rokkenjima.
"WHEN THEY CRY 3"

10月4日土

Sat. 4th October 1986

食　堂

右代宮家の親族会議は年に一度。十月の最初の土日に行なわれる。世間一般的な家だったら、親族会議なんてもったいぶった名前で呼んだところで、久しぶりに親類が顔を合わせて寿司桶《すしおけ》でも囲みながら挨拶する程度だろう。

しかし、莫大な資産の一部を息子兄弟に貸し出し、事業的な成功を以《も》って一人前と見なそうという右代宮家では、それは文字通り会議であったという。

どれほどの資産を投じて、どのような事業を行ない、どれほどの収益を上げたのか。

その結果、本家より借りた資産をどれだけ返済できるのか。

あるいは、さらなる事業のためにどれだけを借りるのか。

どのようなことが教訓となり、どのようなことから失敗が学べるのか。

そういうことをかつては大真面目に会議をしていたらしい。それを指して親父は、針《はり》のむしろと呼んでいた。

相当厳しい親族会議だったらしく、罵声《ばせい》や怒声《どせい》が次々と浴《あ》びせられ、いい歳にもなって平手打ちをもらうこともざらだったらしい。

ただ、それも今では昔のこと。皆がそれぞれに事業家として成功を収めた今では、世間一般的な、年に一度の挨拶的な会合になりつつあった。

それでも、祖父さまに近況を聞かれるのは非常にストレスになることで、俺たち孫にとっては単なる会合に過ぎなくても、親たち息子にとっては今でも胃が痛む会合らしい。

その張本人が、理由はどうあれこうして欠席してくれているのだから、さぞかし今日のランチは美味だったことだろう。鬼の居《い》ぬ間《ま》にとはよく言ったものだ。

さて、六年ぶりに顔を見る、朱志香の父親についても紹介しておこう。うちの親父の左に座っているのが、親父の兄貴に当たり、朱志香の父親でもある蔵臼伯父さん。……これは読みやすいな。蔵臼で〝クラウス〟と読む。

…ここまで妙な名前が続くと、もうセンスが捻れてきて、クラウスいいじゃん、カッコイイなんて思うようになっちまうぜ…。

当然、この蔵臼伯父さんの衣服にも、右代宮家の印の金色に輝く片翼の鷲の紋章がついている。

夏妃伯母さん同様、蔵臼伯父さんともあまりおしゃべりをした記憶はない。あまり子供と話さない人で、いっつも大人たちと話している印象しかないという点では、夏妃伯母さんとまったく同じだ。うちの親父の陰口によると、ずいぶんと陰湿で乱暴な人だったらしい。

親父の言い分が真実なら、昔は長兄として威張《いば》り散らしていたそうで、絵羽伯母さんにも楼座叔母さんにも嫌われているという親兄弟みんなの嫌われ者だそうだ。

……って割には、親兄弟、みんなで楽しく談笑してるじゃねぇか。まぁ、子供の頃には仲が悪くても、大人になって互いが別々に生活をするようになると、関係が変わることもあるという。そういうことなんだろう。何しろ、それぞれが近い歳の子供を持っている。近い境遇《きょうぐう》を持つ立場として、意見交換は互いにとって有益なんだろう。

そのせいか、さっきから親父たちの輪は俺と朱志香の受験の話ばっかりだ。朱志香は左隣のうちのクソ親父に受験の話を振られないように、意識して逆の右方向を向きながら矢継ぎ早に話題を続けて隙を見せないようにしている。

あとは、蔵臼伯父さんたちとは逆側。テーブル末席の霧江さんの向かいに座っている恰幅のいい老紳士だ。この人は初対面だった。

さっき紹介を受けたが、南條というお医者の先生で、祖父さまの主治医らしい。隣の新島にでっかい診療所をお持ちだそうだが、息子にそれを譲り、今は悠々自適《ゆうゆうじてき》の老後だという。

祖父さまがこの島に屋敷を建てた当初からの付き合いだそうで、数十年の交流があるという。まさか祖父さまの怪しげな趣味のご縁かと思ったら、意外にもチェス仲間なのだそうだ。……なるほど、洋物かぶれの祖父さまらしい趣味だぜ。

親族と使用人を除いて、ただひとり六軒島に出入りできる存在とも言えるだろう。席の近い霧江さんたち女性陣との会話を聞いている限り、落ち着きのある老紳士という感じだ。

……短気な祖父さまとこれだけ長く付き合えたのだから、その大らかさはただものではないだろう。

…ただ、今日という親族会議の日に、主治医とは言え右代宮家以外の人間が同席しているというのも、少し妙な話だった。

そのことから何となく、祖父さまの容態《ようだい》がだいぶ悪く、それが親族会議の議題のひとつとなっているのではないかと想像する…。さっき譲治の兄貴も言ってる。祖父さまは去年辺りから余命が短いというような宣告をずっと受け続けてると。

…汚ぇ話だが、これだけ大富豪の祖父さまだ。死ねば遺産がどっと出て、親父たちの胃酸《いさん》も同じくらいどっと出て、さぞや胃潰瘍《いかいよう》になるだろうよ。こういうのの分け合いは多ければ多いほどトラブルになるそうだからな。

…そういう話も、親族会議には含まれるのかもしれない。…まぁ、俺たち子供にゃ関係ないことだが。

……最後に、空席ではあるが、祖父さまの紹介をしよう。

あのお誕生日席に座るべき人物は、右代宮金蔵《きんぞう》。

…ひでぇ話さ。一族にみんな妙な名前をつけやがった分際で、自分は金蔵なんてえれー無難な名前を名乗ってやがる。そこで金蔵と書いてゴールドスミスとでも呼ばせたら、素敵ー！　って絶叫しちまうんだけどな！　さっきから何度か話題に上ってるので大体わかるだろうが、非常に短気でおっかないお人だ。

…俺は孫だし、最後に会ったのは六年前の小学生の時だったので、叩かれたりした覚えはないんだが、親兄弟たちはずっと鉄拳で教育されてきたらしい。

さっきの、不機嫌な祖父さまをお前が説得に行くのかという、蔵臼伯父さんとウチの親父のやり取りを、そういう裏を知った上で聞いてみると非常に微笑ましくなっちまうわけさ。その祖父さまを語る上での重要なエピソードは、それこそ昭和以前にまで遡《さかのぼ》って右代宮家を語らなければならない。右代宮家は、明治・大正の頃までは隆盛を極めたそりゃあ立派な家柄だったそうだ。紡績《ぼうせき》工場をいくつも持ち、毎日笑い転げてるだけで金が転がり込んでくる富豪っぷりだったらしい。

ちなみに祖父さまは分家《ぶんけ》筋《すじ》で、本来なら右代宮本家とは何の関係もない人だった。当主継承権からも遠く、煌《きら》びやかな本家とは縁も遠かったらしい。

ところが大正十二年の関東大震災で、当時、小田《おだ》原《わら》に屋敷を持っていた右代宮本家はペッタンコ。東京下町に持っていた紡績工場は大火事で全焼し、右代宮家は一瞬にして主《おも》だった親族と財産を丸ごと失ったんだそうだ。それで右代宮本家の跡継ぎは誰だってことになったら、分家筋も分家筋の金蔵祖父さましか残ってなかったらしい。

本人は後にこのことを、運命がひっくり返るほどの強運だったと述懐《じゅっかい》してる。それで、平凡だった祖父さまの生活は一転。財産のほとんどを失った瀕《ひん》死《し》の右代宮家の再興を託されることになった。もっとも、いきなり託されたって何ができるわけでもない。周りの人間たちもそう多くを期待はしなかっただろう。だが、祖父さまが非凡な才能と強運を発揮し始めたのはここからだ。

祖父さまは右代宮家に残された全財産と自分の頭髪から足の爪まで丸ごと担保《たんぽ》に入れるような状態で巨額の借金をし、莫大な資本金を築くと、すぐに事業を興《おこ》した。

こんなのブレーキのない自転車で坂道を転がり落ちるような状態だ。その状態のまま、隣の自転車へ飛び乗り、さらに隣の自転車へ！　ってな大道芸もいいところ。誰だって祖父さまには商才がないと思っただろう。

だが、信じられないような強運や奇跡、偶然をいくつも積み重ねて次々にチャンスを物にし、いつの間にか進駐《しんちゅうぐん》軍に強力なコネクションを持つようになっていた。

当時の日本は、マッカーサーとＧＨＱは天上の存在ってな時代だ。祖父さまは瞬《また》く間に進駐軍の庇護《ひご》下で大事業を成功させて成り上がっていくことになる。

そして、ここまで至ればもう運じゃなく情報勝ちだったんだろう。よっぽどぶっといコネクションを進駐軍に作ったに違いない。

……祖父さまは朝鮮特需《ちょうせんとくじゅ》が起こるのを、その前から知っていた。いや、それどころか、朝鮮特需が起こることを最初から見越していて事業を食い込ませていたのだ。

歴史の教科書じゃ、朝鮮特需で日本中が大儲《もう》けしたような感じで記されているが、現実にはそうじゃない。ごく限られた大金持ちがマネーゲームに勝って濡れ手に粟《あわ》だっただけだ。ほとんどの国民は貧しいままだった。

……だからつまり、祖父さまは極めてラッキーな勝ち組の一人だったわけだ。

朝鮮特需が確か、昭和二十五年、つまり一九五〇年頃だっけ？　んで、関東大震災が大正十二年、えと、一九二三年か、ってことは。……祖父さまは瀕死の右代宮家を、わずか二十数年でかつて以上に復興させちまったわけだ。

それで、縁ある小田原に本家を復興すると思ったら、何と、伊豆諸島の小島を丸ごと購入するというとんでもないことをしちまった。

島を丸ごと買うなんて、今じゃ並大抵のことじゃできない。だが、祖父さまはうまかった。

GHQを通じて、水産資源基地を建設したいと申《しん》請《せい》。この島を事業地として取得し、その後、そいつを反故《ほご》にして自分の土地にしちまったわけだ。

戦後の食糧難対策ってことで、しかもGHQの肝《きも》煎《い》りじゃ誰も逆らえない。

当時の東京都はほとんどタダ同然のカネでこの土地を提供したそうだ。後に東京都は返せとゴネたらしいが、強引とは言えGHQが絡《から》んでる。どうせ袖《そで》の下もばっちりだったんだろうぜ。

結局、都は泣き寝入りすることになった。祖父さまは本当にうまく、そして強運に恵まれて時代の荒波を泳ぎ切り、莫大な財産と自分だけの島までをも手に入れたのだ。

もちろん、運だけでもないかもしれない。西洋かぶれで培《つちか》われた英語力。それを武器にGHQに食い込むことができたのだから。島にはすぐに屋敷が建てられた。つまりこの屋敷だ。

昔っから西洋かぶれだった祖父さまは、この無人島だった六軒島を、思う存分自分の夢を実現できるキャンバスにしたんだろう。

ずっと思い描いてきた情《じょう》緒《ちょ》溢《あふ》れる西洋屋敷に、様々な薔薇の植えられた美しい庭園。そして自分以外は誰も足跡を残すことが許されぬプライベートビーチ。……男子、ここまでできりゃあ本懐《ほんかい》だよな。

その後は莫大な資産をうまく運用し、超安定の鉄鋼《てっこう》業界の大株主となり、その配当金だけで悠々自適というわけだ。ま、そんなすげぇお人なわけさ。

こういう人物には大抵、時代を見通す先見《せんけん》の明《めい》があったとか、そういう評価が後付で付くもんなんだが、祖父さまはそれらを全て否定し、自分は単に並み外れた運気に恵まれていただけであると言い続けたそうだ…。

……まぁ、そんな名君も、自分の夢を全て実現してこんな島に引き籠もっちゃ、だんだんおかしくもなるのも仕方ないってもんさ。

昔っから西洋かぶれだったってのは誰でも知ってるが、…怪しげな黒魔術趣味は一体いつ頃からなのか、親兄弟たちもよくは知らない。

大昔からの西洋かぶれが黒魔術趣味も含んでいたのか、それとも、戦後の奇跡的お家再興の強運に、自身が神秘的な何かを感じたのかもしれない。

…いつの頃からか祖父さまは黒魔術研究をライフワークにし始め、自分の書斎を怪しげな書物や薬品、薬草、マジックアイテムで埋め尽くし始め、どんどんおかしくなっていったそうだ。人生の成功者の余《よ》生《せい》なんだから、どう過ごそうと勝手だと、周りは温かく？　見守ったそうだが…。

………絶対ぇウソだな。気持ち悪《わり》ぃから関わりたくねぇとドン引きしてただけだろうぜ。

ま、…動乱の時代はチャンスとリスクの大博打《ばくち》時代だったわけさ。

祖父さまだって今の世に生まれてみろ。何のチャンスもなく、のんびりまったりと義務教育から大学までコマを進めて、きっと平凡なサラリーマンをやってただろうぜ。

そうしたならあそこに座って、職場の上司の悪口に花でも咲かせてたかもな。いやいや、こんなお屋敷の食堂じゃなくて、飲み屋の掘りごたつだったかもしれねぇぜ。そうだったなら、さぞや気楽な親族会議だったろうによ。

さて、死に損《ぞこ》ない祖父さまの話なんかもういいだろ。それより、この素《す》ン晴《ば》らしいランチの話をしようぜ～ん⁉

「前菜の、刺身のサラダで俺はすでに確信してたね！　郷田さんは大したシェフだぜ！　しかも魚は近海で取れたやつだろ⁉　スーパーの刺身とはわけが違ったぜ！」

「おいおいよせよ戦人ぁ。育ちがバレちまうだろうが。」

親父の言葉にみんなが大笑いする。ちぇ、てめぇだって貧乏臭い一杯飲み屋が好きなくせに。

「ははははは。僕も仕事の都合で珍しいところで食事をすることもあるけど、それらと比べても、これはかなりのものだよ。郷田さんは多分、その道じゃ少しは知られた人だったんじゃないかな。」

譲治兄貴の言葉に朱志香が答える。

「よくは知らねぇんだけどよ。老舗《しにせ》ホテルで暖簾《のれん》分けだか派閥の分裂だかややこしいことがあってよ。そのトラブルで辞めざるを得なくなっちまったんだってさ。それでその時、偶然、お袋が使用人の求人を出してたわけなんだよ。」

空いた皿を下げる郷田さんが笑顔は崩さないままに、決して平坦ではなかった自分の過去を振り返っていた。

「……世の中というのは難しいものです。しかし、そのお陰でこうして今日、右代宮家で再び料理人として腕を振るう機会を賜《たまわ》ることができました。大勢の方の笑顔も嬉しいですが、お仕えすると決めた限られた方々にだけ喜んでいただくために、繊細《せんさい》なお仕事ができるのも、とても楽しいことでございます。これも全て、機会を下さった奥様のお陰です。」

郷田さんはうやうやしく夏妃伯母さんに頭を下げる。

「応募のあった中で、郷田が一番腕がよかったからです。客観的判断に基づくもので私情はありませんので感謝には及びません。」

…やれやれ。夏妃伯母さんってどうしていつもこう、淡白な言い方なのかねぇ。もうちっとこう、やさしい言い方ができたなら、与える印象も違うだろうに。廊下から配膳ワゴンと一緒に紗音ちゃんと熊沢さんがやって来た。

「……失礼いたします。」

「それでは本日のデザートに移らせていただきます。」

郷田さんたちが、美しく飾られたデザートをみんなの前に並べてくれた。

デザートは別腹《べつばら》って言うけど本当だな…。あれだけの美味いものをこれだけ食わせられて、もう充分なんて思ってたら、このデザートを見た途《と》端《たん》に、まだまだイケルぜなんて主張しだしてやがる。

俺はデザートには詳しくないんだが、とにかく美味そうだった。

白いプリンみたいなものに、真っ赤な二色のソースが添《そ》えられ、上品に薔薇の花びらまで飾られている。こういう上品なお食事だと、全員の前に配られ、それからシェフによる料理の能書きが語られる。それが終わるまでは基本的にお預け状態だ。だが、そういう堅苦しいルールとは無縁の真里亞は、綺麗でおいしそうなデザートに興奮し、目の前に置かれた途端にすぐにむしゃぶりつくのだった。

楼座叔母さんが、行儀が悪いと叱るが、譲治の兄貴がまぁまぁいいじゃないですかとフォローする。

「うー!? こっちの酸《す》っぱい！ こっちの酸っぱい！ 戦人、こっちのはハズレー！ うー！」

真里亞が二色のソースを味見して、大声をあげる。

「何だと、アタリとハズレがあるのかよ、よし俺も味見をしてやるぜ〜！ むむぅ!?」

二色のソースは甘味と酸味の二つの味になってるらしい。

俺も行儀は悪いが小指に付けて舐めてみる。おう、片方はなかなかキュッとくる酸っぱさだぜ。黄色いソースならレモンかなとも思うが、赤い色だと何の酸っぱさか見当もつかない。俺たちの後ろで配膳ワゴンを片付けている紗音ちゃんに聞いてみることにする。

「紗音ちゃん、この酸っぱいのは何のソースだい？」

「……ぇっと…………………あの………ぅ…」

紗音ちゃんが言いよどむ。配膳はしてるがよくは知らないということなんだろう。にしちゃ、やたらと窮している。……悪いこと聞いちゃったかな？

それとも、聞いてはならない材料でも使ってるんだろうか。夏妃伯母さんが頭痛でもするような仕草を見せると、向かいの席で配膳していた熊沢さんが、ほっほっほと笑い出す。

「何の材料を使っていると思いますか？　ほっほっほ、驚きますよ…。」

「え、…ぜ、全然わかんねぇぜ。というか、熊沢の婆さんがそういう笑い方すると不気味でならねぇぜ。んで、何なんだよ正体は！」

「……ナイショですよ？　お耳を拝借《はいしゃく》。」

向かいから熊沢さんが乗り出してくる。耳を貸せというので俺も乗り出す。

興味を持ち、朱志香も譲治兄貴も、もちろん真里亞も熊沢さんに耳を寄せる。

「うー。何？　何ー？　早くー！　早くー！」

「この酸っぱいのはですねぇ。……実は、お魚の鯖《さば》の絞り汁ですよぅ、ほっほっほっほ！」

「「「えぇぇーーッ、サバぁッ⁉⁉」」」

そんな馬鹿なと仰天する俺たち。納得した顔でウンウンと頷くのは真里亞だけだ。

「うー？　鯖は酸っぱいよ？　絞ったらこうなる！」

「「…ぷ、わっはっはっはっは…！」」

真里亞が鯖は酸っぱいと騒ぎ出すと大人たちは笑いを堪《こら》え切れなくなった。

楼座叔母さんだけが赤面して真里亞に、違うわよ、酸っぱいのはしめ鯖でしょ！　と小声で言う。

あーー、もう完ッ璧に思い出したぜ。熊沢さんってこういうキャラなんだよなぁ！　俺も小さかった頃、熊沢の婆ちゃんに色々と騙されてた気がするぜ！

中でも致命的なのはアレだ！　中華料理に入ってる黒いヘロヘロ！　キクラゲだよ！　あれのこと、ペンギンの肉って吹き込まれて、俺、得意げに学校で言いふらしてたんだぜー⁉

「熊沢の婆ちゃん、相変わらずだなぁ…！　真里亞が信じちゃうだろー？」

「ほっほっほ、冗談ですよ？　今から郷田さんがソースの正体を教えてくれますからねぇ？」

郷田さんは自分の自信作を怪しげに笑われてちょっとだけ不満そうだったが、咳払いをひとつしてからデザートの紹介をしてくれた。

「それでは、デザートのご説明をさせていただきます。本日は、ご来賓《らいひん》の皆様が大層お気に入りでございました薔薇の庭園にちなみまして、パンナコッタをローズガーデン風に仕上げてみました。散らしてございます薔薇の花びらは当家の庭園より先ほど採取してきたものでございます。

ソースはストロベリーとローズヒップの二種類の赤をご用意しました。ストロベリーの甘味とローズヒップの酸味を交互にお楽しみになって下さい。なお花びらは観賞用となっておりますので避《よ》けてからお召し上がり下さいませ。それではどうぞお楽しみ下さい。」

……はーー……。…なんつーか、食う前から拍手したくなるよなぁ。

薬だってそうだろ、ただ飲むより、説明書のウンチクを読んだほうがより効く気がするしな。

郷田さんの能書きで、さらにデザートがパワーアップした気がするぜ。

しかし、芸が細かいというかうまいというか。このデザートはもともと予定されていたものだろうが、俺たちが事前に薔薇庭園で足を止めていたことからヒントを得て、表の庭園の花びらをちょいと添えるだけで、ものすごいタイムリーな季節感を演出している。

甘いのと酸っぱいのの二種類の取り合わせも絶妙だ。

ただ甘いだけだったら途中で慣れて飽きてしまう。そんな時に酸っぱい方のソースを絡《から》めると、とても鮮烈《せんれつ》な味がするし、もう一度甘いソースに戻ると、口の中が酸っぱくなっているので再び甘味を楽しめるのだ。それはみんなも同じだろう。郷田さんが席の近くを通りかかる度に、味とその工夫を褒《ほ》め称《たた》えるのだった。

「いかがですか、奥様。」

「相変わらず見事です。お客様をおもてなしするに値《あたい》します。」

「恐れ入ります。……奥様、ご存知ですか？　ローズヒップには頭痛に効く効果もあるそうですよ。奥様に特にお気に入りいただけるかと思い、特別にご用意させていただきました。」

「…そう。ありがとう。」

「ほら、言ったでしょ夏妃姉さん。ローズヒップは頭痛に効くって。」

　霧江さんの言葉に、夏妃伯母さんが答える。

「みたいね。…効くといいんだけど。」

「はぁー！　郷田さん、あんたにゃ惚《ほ》れるで！　なぁ、後であんたの待遇《たいぐう》、聞かせてや！　無理ならあんたの欲しい年収、指立ててくれるだけでもええんやで！　あんたの腕がこの島だけで独占されとるのは人類の食文化に対する冒瀆《ぼうとく》や！　その腕、わしの会社で振るって、お客の皆さんを喜ばせてみる気はないかのぅ！」

「はっはっは、秀吉さん。うちの郷田を引き抜かれるのですか？　これは困った。郷田の待遇をもっとよくしないと引き抜かれてしまいそうだ。」

　蔵臼伯父さんが苦笑すると、絵羽伯母さんが続けて言った。

「くすくす、そうした方がいいわねぇ。じゃないと引き抜かれて、三食が熊沢さんの鯖料理にされちゃうわよぅ？」

「ほっほっほ、これはこれは手厳しゅうございます。すっかり根に持たれてしまいまして。」

「「わっはっはっはっはっは！！！」」

　みんなが大笑いする。朱志香によると、熊沢さんの「鯖ネタ」はある種の繰《く》り返しギャグであるらしく、親族たちにとってはもうとっくにお馴染みのネタなのだそうだ。

熊沢さんは、鯖には貴重な栄養が含まれていて、老化防止にいいとか頭が良くなるとかいろいろ効能を説いてくれていた。

…外見の老化は防止できてないようだが、中身の老化は防いでいるようだ。

あの歳でこんな冗談がまだ言える元気があるなら、その効能は本物だ。

「ほっほっほ…。それでは失礼いたします。夕食には奮《ふる》って！　たくさんの鯖料理をお召し上がりいただきますので、どうぞご期待くださいませね？」

「わっはっはっは、期待してるよ。今晩はしめ鯖でキュッとしゃれ込みたいぜ。」

「それは素敵ね。ついでに日本酒のおいしいのも出てこないかしら。」

親父と楼座叔母さんが口々に言うと、熊沢さんは待ってましたとばかりに答える。

「えぇ、ございますよぅ？　六軒島名物の鯖焼酎《じょうちゅう》なるものがございまして…。」

「わっはっはっはっはっは！！！」

熊沢さんは紗音ちゃんと一緒にお辞儀すると、配膳ワゴンを押しながら退出していった。すっかりお株を奪われてしまった郷田さんが、今晩は仔牛《こうし》のステーキですのでと大真面目に弁明しているのも可笑《おか》しかった。

■廊下

「……あの…………熊沢さん、…さっきはありがとうございました…。」

配膳ワゴンを押しながら、紗音は深々と頭を下げた。

「ほっほっほ、なぁんもお礼を言われることなんてありません。」

熊沢はとぼけるが、もちろんわかってて出した助け舟だった。さっき、戦人にデザートの詳細を聞かれた時、紗音は言いよどんでしまった。

かわし方はいくつかあるかもしれないが、いずれもスマートであるべきだ。答えに窮するとすぐに言いよどんでしまう紗音は、ただそれだけの短所のためにいつも損をしていた。

郷田のように、ミスがあってもうまく立ち回れる狡猾《こうかつ》さがわずかにでも紗音にあったなら、もう少し気楽に日々を送れたろうに。

…そつなく仕事をこなせる分、その短所は非常に気の毒だった。

もっとも、ミスを言い繕《つくろ》ってごまかすことを思いつかない紗音の素直さは、わかる人間にはわかる。

…だからこそ、熊沢もさらりと助け舟を出してくれるのだ。

「さっき源次さんが、午後のシフトに変更があると仰ってましたよ。確か紗音さんは、夕方までお休みがもらえたと思いました。ほっほっほ、うらやましい。」

「え、…ぁ、すみません、シフト表を確認していませんでした。」

「そうそう。オーブンでこれからちょっと鯖を焼こうと思ってるんですよ。できたら、お休みの前にちょっと手伝ってくれると嬉しいですねぇ。」

「あ、はい…！　喜んでお手伝いさせていただきます。」

紗音にとって熊沢は、使用人としての母親のようなものだった。

■屋敷内

昼食が済むと、食堂は片付けがあるので俺たちは追い出された。その代わり、客間でお茶が振る舞われることになる。

楼座叔母さんが夏妃伯母さんに買って来たハーブティーを淹れてくれるらしい。

真里亞もそのハーブティーを飲みたいと主張したが、子供は表で遊んでこいとうちのクソ親父に言われて却下《きゃっか》された。

「戦人くん、みんなで表に散歩に行かないかい？」

譲治の兄貴がそう提案する。

「薔薇でも見に行ったらええ。空はまだ明るいが、天気予報は降ると繰り返しちょる。」

「うー！　真里亞は海がいい、海がいい!!」

「あら、素敵じゃない。砂浜で遊ぶなんて、普段はなかなかできないものねぇ。」

絵羽伯母さんがそう言うと、朱志香も応じる。

「そっか。よし、じゃあみんなで浜辺でも行こうぜ！」

「うー！　行こう行こう！」

「真里亞、服を濡らさないようにするのよ。靴《くつ》もよ。」

「うー！　濡らさないい！」

「くす、素直で可愛いぃ。戦人くん、真里亞ちゃんの面倒、ちゃんと見てあげてね。」

「おうよ、任せろ！」

「ほ〜ぅ、お前も霧江に頼まれると素直で可愛いじゃねぇかぁ。…たまには俺の言うことも素直に聞いてみろよ。」

「ヘッ！　まっぴらゴメンだぜぃ！　行こうぜみんな、ほらほら！」

子供たちは客間を飛び出していった。

入れ替わりに配膳ワゴンを押した源次がやって来て、ハーブティーを準備してくれた。

客間は気高い香りに満たされ、喉《のど》を潤《うるお》す前からとても楽しませてくれた…。

「はっはっはっは…。留弗夫のところは家族仲がいいじゃないか。良いことだ。」

「よせよ、兄貴のところにゃ負けるぜ。」

「そうよぉ。朱志香ちゃん、本当に可愛らしく育ったじゃない。これも夏妃姉さんの教育の賜物ねぇ？」

「………どうも。」

夏妃はそっけなく答える。

…そこで会話が途切れたので、客間は沈黙してしまった。

それに耐えられないのか、秀吉が大袈裟《おおげさ》に身振りしながら話題を再び切り出す。

「しっかし、成長は早いもんやで。…いつまでも子供だと思っとったが、図体は見る見るでかくなり、いつの間にか大人の仲間入りや。戦人くんなんか見違えたで！」

「体は大きくなりましたけど、まだ子供です。うちの主人も未だに子供ですけれど。」

「…子供と大人の境《さかい》ってどこなのかしらね。私、未だに大人になったたって自覚が持てない。」

「ふ、楼座、情けないじゃないか。一児の母の言うことではない。」

「そうね。私たちももう子供じゃない。大人同士よ。だから感情的にならず、知的な会話をしたいわねぇ。」

絵羽がちくりとする嫌味を込めて微笑むと、場の空気が少しだけ硬くなる。

…せっかくのハーブティーの香りが飛んでしまった気がした。

「知的な会話なら昔からいつも心掛けているじゃないか。……お前の嫌味は、時に的を外している。昔から変わらない。」

「…兄さん、昔からいつも、ですって？　あらあら。その言葉を綺麗に包装して、何十年か前のこの部屋に届けてあげたいわね。ねぇ楼座ぁ？」

「……………。」

楼座は曖昧な顔で笑う。…肯定《こうてい》しても否定《ひてい》しても兄の蔵臼か姉の絵羽の不快を買う。末っ子ゆえに養《やしな》わざるを得なかった処世術《しょせいじゅつ》だった。

「よせよ姉貴。ガキどもがいない間に本題に入ろうじゃねぇか。それこそ知的な話を。」

　留弗夫が一同の顔を見渡すと、ある者は小さく溜め息を吐き、ある者は小さな観念を浮かべる。……避けずにはいられない、本当の議題だった。

「去年の時点で余命三ヵ月だったんだ。ってことはすでにマイナス九ヵ月ってことじゃねぇか。いつお迎えが慌ててすっ飛んで来るかもわからねぇ状態ってことだぜ？」

　留弗夫の言葉に夏妃が答えた。

「……当主様は今でも健在でおられます。このような不《ふ》穏当《おんとう》な話を日も明るい内からなさろうとするなど、留弗夫さんの正気を疑わざるを得ません。」

「だがな夏妃さん。…こういうしょっぱい話は、いざことがあってからじゃあ遅いんや。今が元気だからこそ、余裕ある内にしとくもんなんやで。これも財産のエチケットみたいなもんや。」

「諸君の関心は親父殿のようじゃないか。…南條先生。あなたから説明して下さいませんか。彼らもそ

れをお望みらしい。」

「…………コホン。」

窓辺で薔薇庭園を眺めていた南條は、自分が呼ばれたことに気付くと咳払いをひとつした。

「……南條先生。…お父様の具合はどんな感じなんですか？」

「まず初めに…。私が去年申し上げました余命三ヵ月という言葉が独り歩きをしているようですので、その訂正《ていせい》からいたします。」

「言われずともわかるわ。余命というのはあくまでも見込みであって約束ではない、と仰られるのよねえ？」

「…左様《さよう》です。ですから、皆さんから度々お尋ねを受けますが、いつ亡くなるのか、ということは決して断言できないことなのです。人の命は体と心に支えられております。…体が弱れば危うくもなりますが、それを補《おぎな》う心の強さがあれば、小康《しょうこう》状態を維《い》持《じ》することもあるのです。」

「体はともかく、お心はまだしっかりしていて意気軒昂《けんこう》でいらっしゃられる、ということですね。」

「………霧江、すまんがしばらく黙っててくれ。」

「……ごめんなさい。」

「左様です。金蔵さんの体はすっかり病魔に蝕《むしば》まれております。ましてや、あのような強いお酒を嗜まれ続けてはとてもとても…。」

「崖っぷちなのも酒のせい。永らえてるのも酒のせいか。酒豪《しゅごう》の親父らしいな。」

「それで先生、もちろん見込みで結構なんですけども…。……お父様、来年の今日まではさすがにどうかしら…？」

「当主様に対してあまりに無礼《ぶれい》な質問です。」

夏妃が憮然《ぶぜん》とした表情を隠すこともなく絵羽に突きつける。

それに対し絵羽は不敵な表情を返すが、それに気付いた秀吉がすぐに取り繕《つくろ》うように苦笑いする。

「あぁ、夏妃さん、堪忍《かんにん》な！　絵羽、お前も少し言葉を選ばんか。」

「ごめんなさい。お父様の容態が気になって仕方なかったもので。くす。」

「………そうですか。それは気付きませんでした。」

「南條先生、聞かせてやってください。父親の寿命を気遣う娘の麗《うるわ》しい家族愛じゃないですか。」

蔵臼が嫌味をこめた笑いを向けると、絵羽もにっこりと、まったく同質の笑いを返す。

「…来年までお元気か、という質問ですが。……医者の私としてはとても難しい。この小康状態がまだしばらくは続くようにも思いますし、何らかの発作《ほっさ》が来ればその時にはどうしようもないかもしれません。……何しろ、六軒島は孤島です。すぐに救急車が飛んで来れるわけではありません。本来ならば、本土の然《しか》るべき大病院に入院していただきたいところなのですが…。」

「親父殿は高尚な研究を中断されたくないと仰《おお》せだ。

……去年、無理に連れ出そうとしたのが仇《あだ》になったらしい。外へ出れば病院に閉じ込められてしまうのではないかとひどくお疑いになられていてな。すっかりこのザマなのだよ。」

蔵臼の言葉に対し、楼座が問いかける。

「南條先生の診察は受けておられるの？」

「親父殿は南條先生には心を許しておられる。…機嫌が良ければ診察も受けられるようだがね。」

「……容態を見はするが、薬を勧めようとも入院を勧めようとも、聞き入れてくれん。……本当に見るだけですがな。」

南條は控えめな口調で言った。

「お医者嫌いの方もおるもんや…。しかし困ったもんだのお！」

南條が大きく溜め息をつく。

医者の診察はその後の治療の指針《ししん》とするためのものだ。診察は受けても、その後に従わなければ何の意味もない…。


「つまりおさらいすると。相変わらず余命は三ヵ月。瀕死のまま、あとどれだけ永らえるか見当も付かねえってことだ。」

「………留弗夫さん。言葉を少し慎《つつし》まれてはいかがですか？」

「あぁ、すまんね。昔からこういう口の利き方なんだ。勘弁してくれ。」

「南條先生のご意見はわかった。……蔵臼兄さんから見てどうなの？」

「……ふ。実を言うと、南條先生とは異《こと》なる意見でね。とても余命三ヵ月の重病人とは思えないというのが本心だ。怒鳴り声は相変わらず健在で、いつぶん殴られるかと冷や冷やしっぱなしだよ。……長男にだけ親父の世話を押し付けるのは実にフェアではないね。」

「はっはは。兄貴、来世では俺より後に生まれろよ。……さて、話を戻そうぜ。そんなわけで、公正中立なお医者の先生の見解じゃ、いつお隠れになっちまってもおかしくない状態だ。兄貴にゃ悪いが、ここは専門家の意見を採用させてもらうぜ？　となりゃ、決して親父の財産を話し合うことは時期尚早《じきしょうそう》ではないってことさ。」

「お父様の個人資産は恐らく数百億にも届くでしょうねぇ？　でもそれは、綺麗な現金で揃ってるわけじゃないわ。お誕生会のケーキみたいに、綺麗にナイフが入ってカットできるほど単純じゃないでしょぉ。」

「…姉貴の例えは面白ぇな。そうさ、ケーキの上には苺《いちご》やらチョコの家やらが載ってて、綺麗に等分するのが難しいことだってあるだろ。それを加味《かみ》して、どういう風にナイフを入れるのか、先に相談しておくのは大切なことだと思うぜ…？」

「それを、当主様が存命の内から、さも他界なされたかのように声高《こわだか》に議論される皆さんの気が知れません。」

「あらぁ、必要な話よぅ？　だって遺産相続は、その時点で直《ただ》ちに行なわれなきゃならないものよ？


ましてや栄光ある右代宮家の財産は莫大。事前に入念な相談が必要なことはおわかりでしょうが。当家の資産は、あなたのご実家とは大違いなんだからぁ。」

「……失礼なっ。私の実家は関係ありません。」

夏妃が憤慨《ふんがい》しながらも低い声で言い返すと、沈み込んでいた場の空気はさらに険悪さを増していく…。

「よさんか絵羽…。夏妃さん、堪忍な！　口が悪いのは許したってな。」

秀吉が取りつくろうように、両者に愛想笑いを向けるが、それはかえって絵羽と夏妃の険悪さを引き立たせるだけだった…。

「…………これ以上は、お邪魔なようですな。失礼させていただきましょう。」

南條は席を立ち、客間を出て行く。

……部外者ならば当然の気遣いだろうが、この場を退出できることを羨む眼差しがその背中を見送っていた。

退出し、その足音が遠ざかって消えた頃、蔵臼は足を組み直した。

「つまり、お前たちの言い分はこうかね。……親父殿の余命は短い。遺産分配について早急かつ具体的な協議に入りたい。……何を焦っているのかね。確かにお前たちの言う通り、右代宮家の財産を算定し分配するのは簡単なことではないだろう。なればじっくりと算定すべきじゃないのかね？　お前たちは今晩の内にもケーキを切り分けたいと焦っているように見える。そうだろう、楼座。何を焦ることがあるのかね？」

「…………焦ってるわけじゃない。…でも、兄弟の間での取り決めは必要。それはいつでもいいことだけれども、お父様の具合が悪くなっていて、その日が近付いているというなら、先に話だけしておいても…、それは性急とは言わないと思うし…。」

楼座はそう言って、絵羽と留弗夫の方をちらりと見る。

…歳がもっとも開いた末妹の彼女にとっては、長兄の詰問《きつもん》は辛いものだった。

「……ほぅ、楼座。それはお前の本心かね？　兄弟で一番素直で綺麗な心を持っていたお前がそんなことを言い出すとは思えんね。そこの二人に吹き込まれたんじゃないのかね…？」

「……………。」

「よせよ兄貴。楼座だって兄弟だぜ。親父の遺産に公平な権利がある。関心を持つのは当然じゃねぇか。…親父だっていつかは必ず死ぬし、それは遠い未来の話でもない。……むしろ兄貴が悠長《ゆうちょう》すぎるくらいさ。まるで遺産分配から話を逸らしたくて仕方がないように見えるぜ。」

「……それはどういう意味ですか。主人にやましいところがあると仰りたいのですか。」

「ま、まぁまぁ夏妃さん。話は聞いておくんなはれ…。」

「兄さん、今は大変強気だそうじゃない？　そうよねぇ、去年以降、空前の好景気で円は上がる一方。

一ドルが百円に至るのだって夢物語じゃなさそうよう？　それに、与党は来年頃に総合保養地域整備法を成立させようって言うじゃない。今や日本中のリゾート開発会社が、どれだけ軍資金を集められるかって奔走《ほんそう》しているところよ。」

「……詳しいじゃないか、絵羽。これから日本には空前の好景気が訪れる。親父殿が右代宮家を再興した時と同じ、朝鮮特需の再来さ。

……日本国民は死に物狂いで働き高度経済成長を実現して世界で一番豊かな国民となり、我が世の春を謳歌《おうか》するようになった。国民の消費は増大し、それを回収できる施設が泡銭《あぶくぜに》を手にする時代になったのだよ。今や国民のニーズは三種の電化製品ではない。スキー場、ゴルフ場、総合プール。リゾートホテルにテーマパーク！

数年前に開業したデルゼニーランドには行ったかね？　素晴らしい遊園地じゃないか！　あそこでは大人も童心に返り家族で楽しむことができるんだ。かつての家族を顧《かえり》みずに滅私奉公《めっしぼうこう》することだけが美徳だった時代はもはや終わろうとしている。我々は、世界で一番豊かな国民として、ようやくそれを享受《きょうじゅ》できるようになったのだよ。」

「蔵臼兄さんの読みは大したもんや。…わしも数年前に聞いた時はそんなアホなと思ったわ。……でもな、G5のプラザ合意聞いてから変わったんや。円は見る見る強くなり、地価はこれから天井知《てんじょう》らずに上がるやろ。日本が世界経済の中心になる日も遠くはない。……兄さんは時代を見る目のあるお人や。それだけは間違いないで。」

「秀吉兄さんに同じだ。兄貴は十年越しで時代を読めてるよ。その嗅覚《きゅうかく》は親父譲りだろうな。大したもんだぜ。……だが、親父と違って、ちょいと見通しのタイミングを読み違っちまったところはあるよな？」

「兄さんは、必ず日本が好景気を迎えると信じて、あちこちにリゾート計画を起こし、そのほとんどで失敗し続けたわ。…兄さんの読みどおりの時代は確かに訪れつつあるけど、その時期を読むことには失敗したわねぇ。

……早過ぎたのよ。そして焦って清算して、結局は傷口を広げたわぁ。…本当に嗅覚がアテになって、好景気が訪れることを読めていたなら清算するわけない。これって、兄さんが自分で自分の才能を信じてない証拠じゃないのぅ？」

「……失礼な！　主人を侮辱《ぶじょく》するつもりですか。」

絵羽の言葉に対し、夏妃が眉間にシワを寄せてソファーから立ち上がる。しかし、絵羽はまったく気にせず、余裕ある微笑みで蔵臼を凝視していた。

…蔵臼もまた余裕を崩さず、夏妃に座れと告げる。

「よさないか夏妃。昔からこういう言い方しかできないやつだ。…少し落ち着きなさい。また頭痛に障る。」

「兄さんに才能がない証拠は、私たちのすぐ近くにもあるわよ。…………だって兄さん、この島をリゾート化するって張り切ってたじゃなぁい？　素敵なリゾートホテルも建てて、庭園も綺麗に整備してぇ。私は素人だからわかりかねるけど、相当のお金を使ったんでしょ？」

「だから何だと言うのですか！　主人の事業はあなたとは関係ありません！」

「いいや、そいつは違うぜ夏妃さん。六軒島は兄貴の物じゃない。親父の物だ。もちろん建てたホテルは兄貴の物だぜ？　何なら俺たちは今夜の宿泊料を払ってやってもいいさ。なぁ楼座。」

「…………それは、まぁ。…持ち合わせで足りるなら。」

「リゾート化できればこの島の資産価値は上がる。支出がかさんだことは事実だが、未来に大きな収穫《しゅうかく》を期待できる。そうなれば、結果的にお前たちにとっても有益なはずじゃないか。」

「それはわかるわよ。この島の価値が上がれば、それを遺産分配する時の私たちの獲《と》り分も増えるもの。もちろん、島や屋敷を四分の一ずつ切り取れとは言わないわ。それを算定したお金で解決してくれればいいだけの話よ。」

「そこまでわかっているなら、私の事業に何の不満があるんだね。」

「不満じゃねぇさ、不安なのさ。第一、兄貴。あのホテル、いつになったら開業するんだ？　このままじゃ俺たちの手垢《てあか》だらけになっちまうぜ？」

「そうよぉ。大切な商売道具でしょう？　確かに開業するまでずっと鍵《かぎ》を掛けておくわけにもいかないわよね？　少しは使って風通しをよくしないと建物は傷《いた》んじゃうもの。でも、私たちが年に一度泊まるだけのゲストハウスっていうんじゃ、ちょっと豪勢過ぎやしないかしらぁ。ねぇ、楼座ぁ？」

「…………………そうね。あんなに素敵なら、オープンしたらさぞや人気が出るでしょうね。」

「あぁ…、………あなたが前に言ってたホテルって、ゲストハウスのことだったのね…。」

「立派なもんだろ。楼座の言う通り、オープンできたら人気が出るだろうよ。」

彼らが案内された宿泊所であるゲストハウスは、そのために建てられたものではない。…本来はリゾートホテルとして建てられたものなのだ。

だが、二年前に完成しているが、その後、開業の目処《めど》はまったく立っていなかった…。

「兄さんのいつもの事業と同じよ。着目や企画はご立派。そしていつも途中で立ち行かなくなって、何も回収できずに終わる。」

「この島を、ただ住むだけにしか使わないのはもったいないってぇ兄貴の着眼は立派さ。そしてリゾート化して、マリンスポーツやらフィッシングやらハネムーンやらを誘致《ゆうち》して盛り上げようってのはなかなかいい絵だったと思うぜ。俺だって長男だったなら、この島を何かに有効利用できないかと頭をひねったに違いないさ。」

「でも、もう出来上がってから二年も経つのよ？　二年経って未だに開業の目処はつかないの？　任せてる管理会社はどこぉ？」

「……失礼な！　それは主人の手落ちではありません！　主人の仕事を請け負《う》う会社間でトラブルが生じているだけで、うちはあくまでも被害者です！」

「しかしなぁ…。蔵臼兄さんが任せてる例のトコ…、あまりえぇ噂は聞かんでぇ？」

「はっきり言ってあげなさいよ。……不払い、横領、トラブルで計画が空中分解しちゃったって話、私たちの耳に届かないとでも思ってるぅ？　裏も取れてるんだから。」

「何の裏だか存じませんが事実無根です！　観光業への新規参入には方々への根回しが必要になります。相手が信用に足りるかを諮ることも大事です。それに手間取っているだけに過ぎません！」

「……ホテルの完成が早すぎて勇《いさ》み足になったことは認めよう。だが維持費がかかってるわけじゃない。やがて大きな意味を持つ布石だ。」

「嘘つけよ、兄貴。清算したくても売れないだけだろ。観光ルートの確立してない何もない離島に、やたら豪華なホテルなんて、買い手がつくわけもねぇさ。それに、事業に集めた融資《ゆうし》はどうなってんだよ。」

「維持費はかからんでも、返せん借金は膨《ふく》らむ一方や。……すまんが蔵臼兄さん。この島の開発計画の話、ちょいと調べさせてもろぅたんや。…正直、こっちもえぇ話は聞かへんのや。」

「秀吉さん。確かに今の財政状況だけを見たらそういう印象を持たれるかもしれない。だが、これは先行投資なのだよ。その読みを誤り、これまでに多くの負債を生んでしまったことは認めざるを得ない。だが、ようやく時代が私に追いついた。これまでに失った分はすぐに取り戻せる。いや、それどころかこれまでの投資だってやがては私の元に戻ってくる。そう、例えるなら放った稚魚《ちぎょ》が鮭《さけ》となり、肥えて帰ってくるようにね。」

「それは認めるで。これからリゾート業界は空前の好景気を迎えるやろ…。これまでの負債を埋められるほどかはわからんが…。………だがな、蔵臼兄さん。これまで、さんざん負け続けた兄さんが、どこから軍資金を調達したって言うんや。それも半端ない軍資金や。あれだけの穴を埋められる軍資金やで？」

「……秀吉さんは何を仰りたいのですか。」

「あぁ、夏妃さん、ホンマ怒らんといてな！　わしらも調べたんや。…これまで負け戦続きの蔵臼兄さんに、最近の強気な莫大投資を支えられるほどの融資を誰ができたんか、調べたんや。」

秀吉の言葉を留弗夫が継いだ。

「…結果。いねぇんだよ、そんな後ろ盾《だて》は。弱り目と逆に張るのがマネールーレットの鉄則だ。

兄貴はこの界隈《かいわい》じゃ、ちょいと知られた弱り目さ。確かに時代は好景気を迎えようとしているが、これまでの兄貴の失敗とを天秤《てんびん》に掛けて、その上で融資に値すると思う連中がいるのか、って言ったら、誰もいなかったのさ。」

「ならねぇ…？　そのお金をぉ、どこから調達したの？　ってことになるのよ。」

「………ほぅ。興味深い話じゃないか。それで？」

「あ、あなたッ！　このような暴言をいつまで放置されるつもりですか!!」

「座れよ夏妃さん。………単刀直入に言おう。兄貴は親父の個人資産を自分の事業に流用してる。これはほぼ間違いねぇ。これが俺たちの誤解だってんなら、どうかぜひそれを解いてもらいたいもんさ。」

「留弗夫、流用なんてもんじゃないわよぅ。これは横領よ？　刑事告発できる立派な犯罪なんだから。」

「ぶ、無礼極《きわ》まりないッ!!　仮にも右代宮本家跡継ぎの右代宮蔵臼に向かって信じられない暴言ですッ!!」

「暴言じゃないわよ、図星《ずぼし》でしょう？　何とか事業を成功させてこれまでの損失を埋めたいんだけど、その穴は広がっていく一方！　博打の穴をさらに大きく張った博打で埋めたいだけよ。その軍資金がすぐ近くにあったなら手をつけるのは道理！　はっきり言うわ、兄さんがしているのは横領よ。お父様に対する裏切りよ？　然るべき決着が付いた後には司法に委《ゆだ》ねることになるでしょうねぇ？　そんな輩《やから》に右代宮本家跡継ぎを名乗らせるとお思い？」

「い、言うに事欠いて…、と、当主様への裏切りとは聞き捨て難いッ!!　この栄光ある右代宮家の敷居《しきい》を跨《また》ぐ資格は、もはや貴女《あなた》にはありませんッ!!　即刻、ここを出て行きなさいッ!!　さぁ!!　ほらッ!!」

すでに怒りの限界に達していた夏妃は、激高しながら絵羽を怒鳴りつける。

そして絵羽と廊下を交互に指差しながら出て行けと示した。

絵羽は扇子《せんす》を取り出すと、それで扇《あお》ぐような仕草をしながら、悪意を持った眼差《まなざ》しで静かに聞き直す。なのに、口元は三日月のように弧を描いて笑みを浮かべたままだった。

…その不気味な沈黙に、楼座はごくりと唾を飲む。

「ねぇ、…夏妃姉さん？　誰に向かってそんな口をお利きなの？」

「無礼極まりない主人の妹に対してですッ!!　これ以上は私も本家の台所を預かる者として聞き捨てなりませんッ!!」

「台所を預かるぅ？　ふふふ、ははは、あっはっはっはっはっは!!　黙るがいい、この下女《げじょ》がッ！」

絵羽は扇子をバチンと畳《たた》むと威勢よく立ち上がる。

その直前までの優雅かつ小馬鹿にしたような振舞いからは想像もできないくらいに攻撃的だった。

「馬鹿馬鹿しい、お前が下がりなさいッ!!　この右代宮絵羽に！　当主様の左肩を許されている右代宮家序列第三位のこの絵羽に下がれとッ!?　身の程を知りなさいッ!!　そしてお前のそのみすぼらしい姿を鏡に映してみるがいい!!　お前の服のどこに翼が？　どこに片翼の鷲が許されているのか？　貴様など右代宮家の跡継ぎを残すためだけの借り腹じゃないの!!　身の程を弁《わきま》えるがいい、この端女《はしため》があッ!!」

絵羽は醜《みにく》く顔を歪めながら、夏妃の心に言葉で爪を突きたてて、ぎゅぅっと、捻りこむ。

「…………………………………ッッ！！！」

……夏妃には言い返したい言葉が百はあった。でも、怒りと悲しみで喉を潰され、それらのひとつも口にたどり着かせることができなかった。

…行き場を失った怒りは、一粒の熱い涙となってぼろりと零れ落ちる…。

「なぁにぃ？　何か言い返したいなら、どうぞ言い返しなさいよ。ほぅら。」

絵羽は挑発の眼差しを向ける。

……だが、夏妃は握り拳を震わせたままわなわなと震えることしかできない…。

その火薬の臭いすらする緊迫《きんぱく》を、蔵臼は静かに破った。

「夏妃。席を外しなさい。頭を冷やすといい。」

「なッ、…‼」

夫が自分の肩を持たなかったことを夏妃は憤慨《ふんがい》し、その矛先《ほこさき》を向け直す。

「あッ、…あなたはさっきから何を言われているのかわかってるんですか⁉　この人たちは、言うに事欠いて、あなたのことを、お父様への裏切り者呼ばわりしているんです‼　私たちが右代宮家の栄光を守り、お父様からそれを受け継ぐため日々高潔であろうとする全ての努力を蔑《ないがし》ろにして踏み躙《にじ》る、何という聞き捨《ず》て難《がた》い暴言ッ‼　あなたもあなたです、どうして言い返さないんですか！　あなたが言い返さないから私が言い返しているのに、さっきからあなたは私に任せっきりで…ッ‼　その私に頭を冷やして来いなんて言うんですか⁉　いっつも私ばかり‼　私はいつも真剣にこの家のことを考えているのにッ、それをあなたは…ッ‼　うううぅうううぅ、うううううううう！！！」

夏妃はもはや涙も隠せない。そのまま客間を飛び出していった。

後には痛々しい空気だけが残り、客間を満たしていた…。

足音が遠ざかり静寂が戻ると、蔵臼は小さく肩をすくめるような仕草をして見せた。

「……妻が失礼した。昔から感情を抑えるのが下手でね。私も苦労している。」

「あんなのに切り盛りされてたんじゃ、兄さんも気苦労が絶えないわねぇ？　くすくすくす…！」

「ぅぅぅぅ。ぅぅぅぅぅぅぅぅぅぅぅぅぅぅッ！！！」

廊下の片隅で涙ぐむ夏妃に、熊沢がおずおずと声を掛ける。

「……お、……奥様……、」

「何でもありません…！　下がりなさい…‼」

夏妃は自分の寝室に飛び込むと、…ベッドに伏して号泣した。

その胸を掻きむしるような泣き声は廊下の熊沢の耳にも届くのだった…。


……おいたわしや奥様…。

奥様と絵羽さまは犬猿《けんえん》の仲。

…このお二人の関係を説明するのは、女の私にはとてもしんどくございます…。

右代宮家は血を特に重んじられますが、嫁いで家を出れば、本来は序列から除籍《じょせき》されます。

……ですから絵羽さまも本来は、秀吉さまとのご成婚《せいこん》の際に除籍されるはずだったのです。

ところが、…これは誰のせいでもありません。ましてや奥様のせいであろうはずもありません。神さまの気まぐれとしか言いようがありません。

…蔵臼さまと夏妃さまにはなかなか子宝《こだから》が授からなかったのです。

何しろ男尊女卑の右代宮家でございます。妻は跡継ぎを残すための道具。……その妻が唯一の役割を果たせないのなら、もはや人間扱いなどされません。

当時の奥様が、お館様からどれほど責め苛《さいな》まれていたか、思い出すのも苦しゅうございます…。

そんな中、絵羽さまに秀吉さまとのご結婚の話が持ち上がりました。

……絵羽さまは狡猾でした。…奥様がいつまでも身籠《みごも》られないことに付け入ってお館様に取り入ったのです。

入り婿《むこ》を取って自分が跡継ぎを産むと吹き込み、ご自分の籍を右代宮家に留《とど》まらせるよう認めさせたのでございます。

右代宮家に嫁ぎ外様《とざま》扱いの奥様と、入り婿を取る形で血族として残った絵羽さまは、右代宮家の序列の中では雲泥《うんでい》の差。

しかも絵羽さまは先に、それも男児をご出産されております…。

どれほど奥様の立場が絵羽さまの前で弱いものであったか、お察しいただけますでしょうか…。

…奥様にとっては、もし自分がすぐに懐妊《かいにん》することができたなら、絵羽さまの入り婿などお館様に認めさせずに済み、今日の絵羽さまの増長《ぞうちょう》を許さずに済んだだろうという悔しい気持ちがあるに違いありません…。

しかし…、それは奥様のせいであろうはずもない……。全ては気まぐれな神さまと、朱志香さんをお届けすることが遅れたコウノトリのせいなのでございます……。

だからといって、奥様にはそうと割り切れるはずもない…。

……ただただ、妻としての責務《せきむ》を全うできなかったことに、女として悔し涙を零すしかできないでしょう…。

あぁ、おいたわしや…。

私には何もできず、こうして物陰から見守ることしかできないのです……。

10月4日土

Sat. 4th October 1986

肖像画の碑文

譲治兄貴たちともども居間を離れた俺は、玄関を出る前に再びホールを横切る。すると再び、あの魔女の肖像画が目に入った。

だが、目に入ったという言葉は妥当《だとう》ではないかもしれない。……むしろ、目が吸い込まれた、という方が相応しいだろう。

怜悧《れいり》な魅力を持つその女性の瞳には、見る者を釘《くぎ》付けにする魔力が確かに宿っていた。

「………魔女、ベアトリーチェか。……本当かねぇ。」

「うー？　戦人信じてない…？」

さっき、この絵は何かと聞き、最初にベアトリーチェであると答えたのは真里亞だった。

だから、戦人がそれを疑うのは、真里亞にとって自分を信じてないように感じられたのだろう。

…もちろん、戦人はそんな意味で言ったのではないのだが。

真里亞は肖像画に駆け寄ると、その下にあるプレートをパシパシと叩く。そこに肖像画のタイトルが記されているのだろう。

真里亞は自分は嘘をついていないということを証明したくて、意固地になってそこを叩き続けていた。

「あー、悪ぃ悪ぃ、別に真里亞が言ったのを疑ったわけじゃないぜ。」

「うー！　戦人納得！　うー！」

真里亞の頭を撫でながら謝ってやると、彼女は納得してくれたようで、胸を張る仕草をしながら、誇らしげにうーうーと唸っていた。

「…………何々。『我が最愛の魔女ベアトリーチェ』。………懐かしき故郷を貫く…って、………何だこの怪しげな長い碑文《ひぶん》はよ？」

プレートには肖像画のタイトルが記されていたが、それだけを刻むにはあまりに大きい。

そしてタイトルの下には、碑文のようなものが長々と記されていた。

その文言《もんごん》を斜め読みした時、物騒《ぶっそう》な単語がいくつも並び出してぎょっとする。

「すげーだろ、ソレ。祖父さまが書かせたものだよ。…意味深だろ？」

朱志香と真里亞も俺の後ろから覗きこんでくる。

「うー！　真里亞知ってる！　黄金の隠し場所ー！」

「……おいおい、右代宮家の隠し黄金の話か？　そりゃまた懐かしい話だな…。……ってゆーか兄貴、…これマジなのか？」

「これを書かせたお祖父さまは、この絵とこの碑文に関しては何も語ってくれないんだ。………でも親類たちの間では、お祖父さまの黄金の隠し場所を記したもので、この謎を解いた者に家督《かとく》と黄金の全てを譲るという意味ではないかと、もっぱら囁かれてるよ。」

「うー！　真里亞聞いた真里亞聞いた！　黄金いっぱいいっぱい！」

「…さてなぁ。十トンの金塊なんてねぇ。私ゃちょいと眉唾《まゆつば》だけどな。」

「しかしよ、こんな碑文を読んじまうと、マジかなって気になっちまぅなぁ。」

………さっき、祖父さまの生い立ちについては説明したと思うが、右代宮家の黄金伝説についても説明しておこう。

祖父さまは関東大震災で潰れかかった右代宮家を継ぎ、戦後の荒波をうまく乗り切り莫大な富を手にした。

…そこまでは誰もが知る一般的な話だ。だが、ここから妙な話が始まる。…一部に、祖父さまの黒魔術趣味が絡んでくるせいで信憑《しんぴょう》性は極めて低いのだが……。

……まぁ疑ったり馬鹿にしたりするのは、全ての説明を終えてからでもいいだろう。

戦後、祖父さまは時代を先読みした大博打に勝ち、莫大な富を築くのだが、……その祖父さまが、最初の資本金をどう築いたか、ということである奇妙な伝説があるのだ。

　祖父さまは分家筋から来た人間で、政界にも財界にもコネクションはなく、後に進駐軍に太いコネクションを築くにしても、一番の最初は誰の信頼も得ていない無名の人物だったはずだ。

　カネは信用で集めるものでもある。信用のできない人物にカネを貸す者はありえない。

……その信用がゼロの祖父さまは、如何《いか》にして最初の莫大な資金を手に入れたのか。

……このことを尋ねられた祖父さまはこう答えたという。

　私はある日、黄金の魔女ベアトリーチェに出会ったのだ、と。

　祖父さまは偉大なる魔術師で、錬金術《れんきん》、悪魔《あくま》召喚《しょうかん》の術を研究し続けていて云々かんぬん。

……そして、悪魔を呼び出す儀式の果てに召喚したのが、黄金の魔女ベアトリーチェなのだという。

　そして祖父さまは己《おのれ》の魂と引き換えに、ベアトリーチェに富と名誉を授けるよう契約したというのだ。魔女は、祖父さまに十トンの黄金を与えたという。祖父さまはその黄金を担保に莫大な資金を用意し、さらにそれを元手に何倍にも増やし、右代宮家を復興させたというのだ…。

　この辺の話は、親たちが子供の頃からすでに聞かされている相当古い話らしい。

　だから、親たちも小さい頃には、祖父さまが魔女より得たという黄金がこの島のどこかに隠してあるのではないかと信じて、色々と探検をしたりしたらしい。

　だが、無人の森に入って迷子になったりして危なかったため、祖母さま辺りが、森には魔女が住んでいるから危ない、近寄ってはいけない、というような話を吹き込んだんだとか…。

「……そんな話があったなぁ。俺たちも小さい頃、親からその話を聞かされて、宝探しと称して島中あちこちうろうろして、……森で迷ってわんわん泣いて、使用人さんに見つけてもらって親に滅茶苦茶怒られたんじゃなかったっけ。…なーつかしぃぜ。」

「バカだったよなぁ。だってよぅ、祖父さまはその資本金で儲けた挙句《あげく》にこの島を買うんだぜ？　この島に来る前から黄金を持ってたってことになるじゃねぇか。この島にあるわけがないぜ。」

苦笑いしながら朱志香が畳もうとした話を、譲治の兄貴がもう一度広げる。

「……そうとも限らないよ。その黄金が、元からこの島に隠されていて、それを確実に自分のものにするために、この島を丸々買い取ったとかね。何しろ十トンもあるんだもん。安全な場所に移すより、隠し場所そのものを確保する方が現実的だよ。」

「この碑文を書かせたのは二年前。それも祖父さま自身ってなると、……なるほど、黄金伝説も信憑性が増してくるじゃねぇか。祖父さまが右代宮家復興の資本金にしたという魔女に授けられた黄金が十トン。……そいつがどこかに今も眠っていて、祖父さまはこの謎を解けたヤツに全部を譲ろうって、そういうつもりなのかもしれねぇ。

……はぁ、祖父さまらしいセンスというか、何と言うか……。いっひっひ！　マジなら何とも景気のいい話だぜ。」

プレートに刻まれた碑文には謎めいた、詩のような唄のようなものが記されている。

その文章は祖父さまの黒魔術趣味全開で非常に物騒な、実に悪趣味な内容だが、確かにこの謎を解けば黄金の隠し場所に至れるような、そんな風にも読み取れる内容だ。

「そういうつもりなのかどうか、お祖父さまの胸中《きょうちゅう》は想像もつかないけどね。……ひとつ言えるのは、この胡散臭い碑文を、お祖父さまは一族全員に告示するかのようにここに掲示したこと。そして、黄金の存在はほのめかしながらも、未だにその隠し場所について一切触れないこと。………そこから、親たちが想像を膨らませて、お祖父さまの知恵比べに違いないって言い出した…。」

「…欲の皮が突っ張ってる、うちの親父辺りだろうぜ、こんな世迷言を真に受けてるなんてよ。祖父さまの黒魔術趣味は馬鹿にしてるくせに、この隠し黄金の話だけは信じてやがる。調子のいい話さ。」

「……確かに現実的な話じゃないよね。当時、無名で何のコネクションもなかったお祖父さまに、無償で莫大な金塊を融資する人物なんているわけがない。……それがいたからこそ、お祖父さまはそのスポンサーを魔女と呼んだ、というのなら考えられない話じゃないけど。」

「でもよぅ、十トンだぜ、十トン。一体、現金に直したらいくらくらいになるんだ？　っていうか、とんでもない量になるはずだぜ⁉」

想像を遥かに超える数字に、思わず俺は卒直な疑問を口にしてしまう。

「………とんでもない量だよ。人類が有史以来、採掘した黄金はせいぜい十万トンって言われてる。人類の歴史が手にした黄金の、一万分の一を個人が手にしているっていうのは、とてつもないことだよ。…それが一ヵ所にあり、しかもそれをお祖父さまにポンと貸し出せるような『魔女』。……只者じゃないね。」

「私はよぅ、その十トンって数字ももはや嘘くさいと思ってるぜ？　第一よ、祖父さま以外に見たヤツはいないんだろ？　仮に気前のいい魔女が実在して黄金を貸したとしても、それは十は十でも十キログラムぐらいの間違いじゃねぇのか？　十キログラムでも相当いい金額になるはずだぜ？」

「うー。…十キログラムの黄金っていくら？」

話についていけず、すっかり煙《けむ》に巻かれていた真里亞が、ようやく質問できる場所を得て俺たちに問い掛ける。

その質問は俺もしたいと思ってたところだ。

黄金が十キロだの十トンだのと言われても、すげぇ量だとは思うが、どのくらいすごいのか価値がわからない。

譲治の兄貴が腕組みをしながら金相場を思い出している。

「………さぁ。金も相場の影響を受けるから何とも言えないし、純度や鋳造《ちゅうぞう》先の信用によっても変わってくる。換金に手数料も掛かるし。ただ、希少金属であることは間違いなくて、このまま採掘が進めば人類はあと半世紀ほどで全てを掘り尽くしてしまうんじゃないかって憶測もある。…………でたらめに言って……一キロ当たり、二百万円程度の価値はあるんじゃないかと思うね。」

「ひゅうッ…。………私よ、十キロってのは今、適当に言った控えめな数字なんだけどよ…。…それでも、二千万円の価値があるってことになるじゃねぇかよ！」

「うー？　真里亞、体重二十八キロ。」

「………ということは、真里亞ちゃんと同じ重さの黄金なら、その価値は五千万円を超えるって計算になるね。」

「そりゃたまげるなぁ…。十トンならいくらだ？十キロで二千万が一千倍だから、……えっと。………はー！　二百億円か⁉　こりゃあたまらねぇや！」

二百億円がどれほどの価値を持つか、……俺たちはそれぞれが持つ金銭感覚で測るしかない。

何しろ、生涯賃金が二億円なんて言うくらいだ。

…社会人になって死に物狂いで働いて会社のために人生を捧げきって、老境に差し掛かってようやく解放され、その退職金までを全て含めて二億円だ。

…つまり、この額は人間の人生の金額、いや、命の値段と言い切っていい。そんな、命が百必要な莫大な金額。

……二十歳から就労して六十歳まで四十年働くとして……四千年分の労働賃金に匹敵。縄文時代からずっと毎日働き続けてようやく得られる額ってことじゃねぇか。

「…うー。二百億円って、すごい…?」

「あぁ、すげぇよ。真里亞の大好きなショートケーキだったら、多分、一生懸かっても食いきれないくらい買えるぜ。」

朱志香が真里亞にもわかるように説明してやる。

「……でも、二百億円という現金ならいざ知れず、それと同等の金塊が一所《ひとところ》にあるなんて、とても現実的とは思えないね。さっきも言った通り、黄金は非常に重くて、財産をまとめておくにはちょっと便利とは思えないよ。ものすごい額面《がくめん》の有価証券とかものすごく価値のある宝石とか、そういうものなら考えられなくもないけれど。…戦時中の混乱期に、自分の資産を持ち運べるよう、全て宝石などに変えた人たちがいたのは有名な話だからね。……でも、黄金で資産を備蓄《びちく》したというのはなかなか聞かない。」

「確かに重いけどよ、国際的に一番信用されてて価値も安定してるし、意味はあるんじゃないのかなぁ。証券とかだったら、国が滅びちまったら紙切れになっちまうわけだし。」

「そういう考え方もあるね。…でも、十キロのインゴット一つでも体感重量は相当のものだよ。聞いたことない? 五十キロの人間は背負えても、五十キロの俵は担げないって。それだけの莫大な重量の金塊を、個人が所有するリスクと手間は計り知れないね。」

「ってことはつまり、二百億円の札束がうなってるって話ならともかく、二百億円分の黄金が山積みになってるってのは、ちょぃと現実味がないわけだな。」

「そういうことになるね。…黄金伝説なんて響きはとても面白いんだけど、そもそも十トンの黄金という時点で少々無理があるねぇ…。」

「そうやって理詰《りづ》めで考えると、見る見る嘘くさくなっていくぜ。はは、夢のない話さ。」

「でも、そこは何しろあのお祖父さまだからね。親切な大金持ちからの融資を大袈裟に吹聴して、魔女から授かった十トンの黄金、なんて例え方をしたのかもしれないよ。十トンという数字も象徴的な感じがするしね。」

「つまり、借りたカネのありがたさは十トンの黄金に匹敵する価値があった、ってなことだな。」

「へへへへ、祖父さまに、大金持ちの有閑《ゆうかん》マダムが気前よく恵んでくれて。そのご婦人を魔女と呼んだ、ってことじゃねぇのかー？」

なるほど、朱志香の例えは悪くない。

…社会信用がゼロだった祖父さまに、気前よく莫大なカネを貸し付けてくれたら、それは魔女と呼んでもいいほどのお人だ。

……しかも後に祖父さまはそのカネを元に莫大な富を築き上げる。…人を見る目も並外れて優れてるとすれば、これも魔女と呼んで差し支《つか》えないだろう。

それに、それだけの莫大な融資をしたのだから、その使い方には熱心な指導もしただろう。

案外、進駐軍に食い込んで朝鮮特需で稼げ…なんていうこともその魔女が祖父さまに吹き込んだのかも。その部分も含めて、魔女に富と名誉を授けられた、という言い方をするなら、そういうこともありなのかもしれない。

「なるほどな。…………ってことはつまり、この魔女さまは、右代宮家復興のための資金を恵んでくださった、復興の大恩人ってわけだ。…となりゃ、祖父さまが感謝の気持ちを込めて、こんだけデカイ絵を描かせて掲げさせたってのも、なるほど、おかしい話じゃないのかもな。」

「ひょっとするとよ、当の本人は見るからに魔女っぽい婆さんだったかもしれないぜ？　それを祖父さまが美化して、こんな美人に描いてくれたってのは考えられる話さ。はっはははは、案外、当の本人に会ってみたら、こんなに美人じゃないかもしれねぇな！」

「はっはっは、ありえるね。ベアトリーチェって名前は如何にも洋風だけど、僕たち一族の名前がみんな洋風であることを考えると、このベアトリーチェって名前も、日本人名を無理やり洋風にアレンジしたものなのかもしれないよ。」

「なるほどなるほど。この美人は絵の中にしかいないってわけだな。それじゃあの立派そうな乳は揉めそうにないぜ〜、いっひっひ！　ハナっから魔女なんておかしいんだよな。そんなのが地球上のどこにいるってんだ。」

魔女の森に怯えた六年前の自分と決別したくて、俺が小馬鹿にしたようにへらへら笑うと、真里亞が俺の袖《そで》を引っ張った。

…その力加減はちょっぴりの不快さを込めていた。

「ん？　何だよ真里亞。」

「うー！　うーッ!!　ベアトリーチェはいーるー！」

真里亞はじっと俺を睨《にら》む。

…いつも仏頂面《ぶっちょうづら》だが、彼女なりに怒っているのが瞳の色でわかった。

「魔女いる！　魔女はいる！　うーうーうー！！！」

「何だよ、そりゃいるだろうよ、テレビをつけりゃアニメとかによぅ。」

「いるー!!　魔女はいるー!!　うーうーうー！！！」

真里亞は叫びながら不機嫌そうにばたばたと手を激しく振った。真里亞が何でこんなにも突っかかってくるのかわからなくて焦る。

すると朱志香が俺の肩を叩いて小声で教えてくれた。

「…バカだな、子供の夢、打ち砕いてんじゃねぇぜ。真里亞は魔女とかベアトリーチェとかが確かに存在するって信じてんだよ。」

「確か真里亞ちゃんは学校の文集に、将来なりたいものは『魔女』って書いたんだっけ？」

譲治の兄貴の言葉に、真里亞は真剣に頷く。真里亞の目の端に涙がちょっぴり滲《にじ》んでいた。

……なるほど、将来、魔女になりたいと願う少女にとっては、ベアトリーチェという存在は、確かに魔女がこの世に存在するという証《あかし》でもあり、そして憧《あこが》れる崇拝《すうはい》の対象でもあるに違いない。

「いるー！　いるー！　魔女はいるー!!　なのに戦人が信じない！　うーうーうー！！！」

「うん、いるよ、魔女は。お兄ちゃんは信じるよ。」

譲治の兄貴が跪《ひざまず》いて真里亞の頭を抱く。…その様子を見ながら朱志香が俺の脇を小突く。

…つまりこれはあれか。

サンタクロースを信じてる子供の前で、サンタなんていいるわけねーぜと、クリスマスイブに爆弾発言しちまったようなもんだと。

…信じてる夢を砕いちまうのは俺のセンスなわけもない。

「………あー、悪かったぜ。別に真里亞の夢にケチをつけたわけじゃねぇんだ、謝るよ。ベアトリーチェはいるよな。今もこの島の森の中に住んでいて、夜な夜なこの屋敷で何をやってるのか覗き見しに来るんだろ。……だから森には入っちゃいけない。夜はいつまでも暗い森を眺めていてはいけない。……森の魔女、ベアトリーチェに見付かってしまうかもしれないから。………祖母さまがそう言ってたんだもんな。」

「…うー……。本当に？　…本当に戦人は信じる？」

「あぁ、信じるぜ。ケチをつけて悪かったよ。…ほら、仲直りしようぜ？」

俺が手を出すと、真里亞はそれを小さい手で握り、仲直りをしてくれた。

真里亞もそれ以上はぐずらずにいてくれたので、譲治の兄貴も朱志香もほっとする。

と、そこで、紗音ちゃんの声がした。

「……あら。皆様、ここにいらっしゃられたんですか。てっきり海岸へ行かれたとばかり…。」

バスケットを持った紗音ちゃんは、俺たちが肖像画の前にたむろっているのを見つけて驚いたようだった。

「紗音か。いやさ、戦人はベアトリーチェの肖像画を初めて見るからさ。まぁ見とれてたってわけだぜ。」

「そうですね、見とれちゃいますね。…ベアトリーチェさまって本当にお綺麗です。さぞやお館様を虜《とりこ》になさったろうと思います。」

紗音ちゃんの言葉を受けて譲治の兄貴が言った。

「あはははは。パトロン説の他にも、お祖父さまの初恋の人だという説もあるんだ。…どちらにせよ、彼女に出会ってから数十年を経ているだろうにもかかわらず、今なお心の中に大きく居座り続けているんだから、…それは今なお虜にしているということなんだろうね。」

「やれやれ。これじゃあ、祖母さまはさぞや嫉妬したろうぜー？」

「私はよく知らねぇけど、やっぱりそういうのはあったらしいぜ。祖母さまは金髪の浮気相手がいると信じてたらしいな。」

「……うー？　いい匂い！　紗音からいい匂い！」

真里亞が鼻をクンクンさせながら、紗音ちゃんが持つバスケットに関心を寄せる。

言われて見れば、バニラエッセンスと香ばしい香りのハーモニーが。

「あ、申し訳ございません。熊沢さんから、これを皆さんにお届けするように言付かりました。」

「何だろう？　……あは、素敵だね！　クッキーだ。」

「うー！　クッキー食べたい！　クッキー食べたい！　うー！」

「ええ、お召し上がりいただけますよ。…でも、その…、」

果たして肖像画前のこんなところでクッキーを振る舞ってもいいものか、と紗音ちゃんが俺たちに判断を求めるような目線を投げかけてくる。

…まぁ普通に考えればお行儀はよくないよな。

「真里亞、ここじゃなくてよそで食べようぜ？　クッキーをお弁当にピクニックに行こう。」

朱志香がそう提案すると、真里亞は大はしゃぎで答える。

「うー！　ピクニック行こうピクニック行こう!!　クッキー食べれるなら行こう！」

「そうだな、ちょっと表の空気を吸いに行くか。魔女様の御前《ごぜん》でつまみ食いもねぇもんだぜ。」

「そうだ、元々私たちは浜辺に行こうって言ってたんじゃねぇか。行こうぜ行こうぜ。」

「紗音ちゃん。申し訳ないんだけど、腰を下ろせる敷物と水筒にお茶を入れてきてもらうのをお願いしてもいいかな。」

「はい…！　かしこまりました。」

紗音ちゃんは指示を受けると、優雅にお辞儀をしてから引き返す。

俺たちは先に浜辺へ行くことになった。

みんなでぞろぞろと玄関へ向かう。

…そんな俺たちの背中を、あの魔女が見下ろしているような気がして、もう一度だけ振り返る。

「…うー。……戦人、まだ信じてない…？」

「いやぁ、信じるぜ。……その方が夢があるしな！　黄金の魔女ベアトリーチェが祖父さまに十トンの黄金を授けた！　それでその黄金がどこかに眠っているかもしれない。しかもそいつを、祖父さまは怪しげな碑文に書き残し、見つけられるもんなら見つけてみろと俺たちを挑発してるってんじゃねぇか。こういうロマンはあった方がいいってもんさ。」

「二百億円の黄金かー！　へへ、私たち四人で山分けしたってとんでもない金額になるな！」

「一人頭五十億円か。…すごいね！　それだけあったらどんな事業でも興せそうだよ。いや、そもそも働かずに生涯を優雅に過ごせるだろうね。」

「うーうー！　五十億円よりクッキー、クッキー!!」

「わっはっはっは、真里亞にはカネよりクッキーだな。しかし五十億円かぁ、夢のある話さ！」

■客間

「馬鹿馬鹿しい。……まさかお前たちは、親父殿の黄金伝説を本当に信じているのかね？」

蔵臼は、兄弟たちに向かって言った。

「…………兄貴、魔女が黄金を与えた云々はさすがに信じねぇさ。だが黄金の話だけは間違いじゃない。」

「お父様が出自不明の金塊を持っていたことは複数の筋から確認されているわ。死んだマルソーの会長は生前、お父様に某所で積み上げられた金塊を実際に見せられたという。お父様はそれを指して、十トン分あるとはっきり明言したわ。」

「老いぼれの戯言《ざれごと》じゃないか。親父殿と一緒に、存在しない黄金の存在をでっち上げただけだ。取るにも足らない。」

「存在せん黄金にあないな軍資金は集まらへんで…！　会長さんは生前、その真摯《しんし》なお人柄であれだけ大勢の財界人から尊敬を集めたお人や。詐欺《さぎ》の片棒なんか担がへん…！」

「兄貴。マルソーの会長は確かに見たんだ。十トンの黄金をはっきりとその目で。しかも親父はそのインゴットの一つを任意で抜き取らせ、会長に持ち帰らせて鑑定させた。……それは十キログラムのインゴットで、鑑定結果は純度フォーナイン。インゴット表面には、右代宮家の家紋である片翼の鷲が刻印されていたという。」

「右代宮の黄金伝説はまたたく間に財界のフィクサ

ーたちの間に広がったわ。鋳造元不明の黄金は換金率が悪い。ボロ儲けのチャンスだと思った彼らはそれを担保に認め、結果、お父様は莫大な融資を受けることができた…。」

「馬鹿馬鹿しいにもほどがあるじゃないか。…お前たちはいくつになるんだ。まだそんな子供の頃のお伽噺《とぎばなし》を真に受けているのかね？　第一、その十トンの黄金の証拠はどこにあるんだ？　親父殿と親交の深かったごく一部の人間の虚言だけじゃないか。」

「……もちろん口伝《くでん》だけさ。でもよ、兄貴。親父が調達した莫大なカネはそれに見合う担保が必要だった。仮に黄金がデマでも、それに匹敵する価値あるお宝を親父が見せたのは紛れもない事実じゃねぇのかぃ？」

「徒手空拳の親父殿が作った黄金幻想さ。ありもしない黄金をあるかのように振る舞い、スポンサーたちを騙したんだ。一世一代の大博打だったのだろう。……運よく、その資産の運用に成功できた。もし朝鮮特需が訪れなかったら右代宮家の再興はならず、親父殿は世紀のペテン師として追われていただろう。」

「じゃあ蔵臼兄さんは、黄金など最初から存在せず、…全てお父さんのでっち上げだ、言うんか。」

「もちろんさ。だから、充分な成功を収めた後には黄金幻想など面倒なだけだった。だから親父殿は魔女だの黒魔術だのと、わけのわからないことを後に言い出して信憑性を薄めたのさ。つまり、黄金幻想がでっち上げであることを明かしたのだよ。魔女に黄金を授かった等と言えば、もはや誰も黄金の存在を信じたりはしまい？　あるいは、お前たちのために言い出したのかもしれないな。なのに、ありもしない黄金を遺産分配に含めて議論しようという馬鹿な息子たちが現れる。……楼座、まさかお前まで、こんなでっち上げを信じてるって言うんじゃないだろうな…？」

「………………私は、お父様が本当に黄金を持っていたかどうかを確かめることはできない。……でも、お父様の四人の子供の一人として、正当な分を主張したいだけよ。」

「ほぅ…。楼座も言うようになったじゃないか。なるほど、お前たちはこう言いたいわけかね。私が黄金を独り占めしようとしている、と…。」

「兄さんが莫大な軍資金を調達したのは事実。それが、お父様の個人資産の横領では断じてありえないと言うなら。……つまりはそういうことよぅ？」

「……兄貴はすでに十トンの金塊を見つけてるんじゃないかって。俺たちはそう見てるのさ。」

「馬鹿馬鹿しい。そんなものは元より存在しない。」

「じゃあ説明なさいよぅ。お父様の財産の横領、お父様の隠し黄金。そのどちらでもないなら、どうやってあれだけの軍資金を調達できたって言うの？」

「私にも政界財界に友人が多くいてね。彼らから協力を得ただけに過ぎんよ。……それについて、お前たちに説明する義務はない。わかっているだろう？」

話せぬ方面の筋もある。」

「……兄貴がそうだと言い張るんならそれでいいさ。

でもよ兄貴。親父は長くない。来年の今日まで生きてるなんて、誰にも保証できねぇんだぜ？　親父が死ねばその時点で遺産相続だ。俺たちは全員の立場から中立な弁護士と会計士を立てて親父の財務状況を調査させるぜ。」

「その時、お父様の資産に兄さんが不当な干渉をしていることが発覚したなら…。……おわかりねぇ？」

「絵羽、何の話だかさっぱりわからんね。妻でなくても憤慨したい気持ちだ。」

「…お父さんの黄金は、もちろんお父さんの財産や！　表に出せんカネやっちゅうのもわかっとる。しかし、四人に公平な権利があるはずや。」

「つまり、兄貴が黄金を独り占めしていないかどうか、兄貴についても財務状況を調査させてもらうぜ、ってことなのさ。」

「いい機会じゃない。兄さんの言うところの、友人知人にバックアップしてもらったというところを証明なさいよ。そうすれば兄さんは潔白《けっぱく》。私たちは下らない疑いを持ってしまったことを潔く謝れるわぁ。ねぇ楼座？」

「……そうね。蔵臼兄さんこそ話をはぐらかしてるわ。やましいところがないというなら証明してくれればいいだけの話なのに、兄さんはまるで取り合おうとしてくれない。」

「だがまぁ、兄貴の立場にも配慮《はいりょ》するさ。親父の名代《みょうだい》ということで、俺たちよりひとつ多く責任を背負ってるところもあるだろ。今まで散々気楽に過ごしてきた俺たちが、それを察しないでぶーぶー言うのは、こりゃフェアな話じゃないぜ。」

「…………ほぅ。さっきから貶されたり持ち上げられたりと忙しい。本題に入りたまえ。」

「つまりな、……お父さんの財産をアレコレ調べて、重箱の隅《すみ》を突っつくんは、無粋《ぶすい》やないかって話なんや。蔵臼兄さんの言う通り、うまく説明できんカネの動きもあるやろ。そこを理解した上で、わしらは兄さんに相談を持ってきたんや。…お互いにとって悪ぅない相談や。」

「相談？　ほぅ。」

「……遺産分配時に、今日まで親父の面倒を見てきてくれた兄貴のご苦労を最大限に汲み取り、分配に寛大な理解を示そうってことさ。」

「間違えないでよぅ？　別に私たちの権利を放棄するって言ってるわけじゃないのよぅ？　ただ、その権利を主張する際に、兄さんの立場に立った寛大な理解があってもいいじゃないかしら、ということなのよ。」

「つまり、条件を飲んでくれたら、わしらは遺産分配時にお父さんの財産状況調査を蔵臼兄さんに一任してもいい、っちゅうこっちゃ。」

絵羽以下の兄弟たちは皆、蔵臼が父親の財産をかすめ取っていると疑っている。

そのような状況下で、父親の財産状況を蔵臼自身に報告させようというのは、非常な矛盾《むじゅん》で、大きな譲歩《じょうほ》だった。

彼らが主張するように、蔵臼の財産横領が事実なら、蔵臼はそれを隠蔽《いんぺい》できる。

そうでなくても、遺産分配を自分に有利なように主導することも可能なのだから。

蔵臼も、この話があまりにうますぎることには怪訝《けげん》に感じざるを得なかった。

これほどの譲歩に対する見返りが何か、気にならないはずもない…。

「……ほぅ。信用ゼロの私に長兄としての信頼を返してくれるというのか。その見返りは何だね。」

「同じ兄弟としての公平な権利さ。……俺たちの兄貴は親父の財産を掠《かす》め取るようなヤツじゃない。だがしかし、兄貴に融資するパトロンも存在しない。だ…となりゃつまりこういうことなら兄弟は納得するわけさ。」

「……兄さんは、十トンの黄金を見つけ、それを担保に軍資金を作った。…そう、お父様がかつてそうしたようにね？」

「そういうことなら、お父さんの財務状況におかしな点は一切あらへん。蔵臼兄さんはずっとお父さんの世話をしてきた孝行息子や。そないなお人を信用せんわけにはいかへん。」

「………回りくどくて判りづらいな。もっとはっきり具体的に言いたまえ。」

「条件の一つ目。まず、兄貴は親父の黄金を見つけていたことを認めること。」

「…ありもしない黄金を、私が持っていると認めろと？」

留弗夫の言葉を否定する蔵臼に、構わず絵羽が続けて言う。

「条件二。その黄金について、兄弟の取り分を認めこれを支払うこと。」

「馬鹿な。ありもしない二百億の黄金について、一人頭五十億、合計百五十億を支払えというのか。……馬鹿馬鹿しい！」

「最後まで聞きなはれ！　そない大金、出てこんのはわかっとる。出来へん取引はするつもりないで！　もちろん黄金の取り分についても、蔵臼兄さんの今日までのご苦労を充分に労《ねぎら》って換算するつもりや。」

「条件三。黄金の分配は右代宮本家当主跡継ぎの肩書きに五十パーセント。残りを兄弟の正当な取り分として分割。もちろん、蔵臼兄さんもこれには含めるわよ。」

「二百億の内、百二十五億を兄貴に。二十五億を絵羽姉さんに。二十五億を俺に。二十五億を楼座に。」

「…………ありがたくて涙が出る分配じゃないか。存在しない黄金のために、お前たちに七十五億支払えというのかね。」

「何よぅ。兄さんの取り分は私たちの五倍じゃない。私なら躍り上がっちゃう好条件よぅ？　うふふふふ…。」

「条件の四。分配金は親父の死亡時に遺産分配に含めて清算する。ただし、手付金として俺たちの取り分の十パーセントを即納してもらう。支払いは来年三月までだ。」

「……どや、蔵臼兄さん。お父さんの財産を巡る信頼を回復する絶好のチャンスやないか！　さすがに七十五億の大金はお父さんが亡くなってからやないと無理やろ。だが、手付けの七億半は何とかできんこともないんとちゃうか？」

「半年で七億ってのはちょいとしんどい話だが、政界財界に友人が多いってのが自慢の兄貴なら、何とかできるだろ。」

「本当なら今すぐ七十五億を一括で払ってもらいたいところよぅ。でも兄さんの立場に配慮して、とりあえず一割を納める誠意を見せてくれたら、残りの九割は遺産分配時に持ち越してくれていいってことなの。…ね？　一割程度の誠意なら、兄さんにだって示せるんじゃない？」

「…………親父殿の財産状況調査を私に一任する権利を、七億五千万で売りつけようというのかね。……ふ、ふっふっふ。上等じゃないか。お前たちも成長したものだ。この私に取引を持ちかけられるようになるとは。」

「これらを兄さんが飲むなら、私たち兄弟はお父様の財産状況調査を兄さんに一任する。ただし、その調査結果は抗弁《こうべん》の対象となる。…当然よねぇ？　七十五億分、私たちの取り分が減るように調整されちゃったら悲しいもの。」

「原則的に文句は言わねぇつもりだ。兄貴が綺麗にやってくれたならそれでいい。…よっぽど露骨《ろこつ》なことをしなけりゃ、俺たちは事を荒立てるつもりなんかねぇんだぜ。俺たちだって早く遺産は欲しい。いつまでもぐだぐだして取りっぱぐれたくねぇんだ。」

「……抗弁された場合の再調査は、誰がするのかね？」

「…………兄さんでいいわ。多分これが、兄弟が合議する最初で最後の機会だもの。…そんなことにはならないと信じてる。」

「ふふふ、くっくっくっく！　楼座もたまには言うわねぇ。」

蔵臼が長兄としてまったく信用されていないことは、今さら説明の必要がないほどに明白だった。

暴君だった長兄は、常に権利を詐取《さしゅ》し続け、兄弟たちの取り分を侵《おか》し続けてきたのだ。

…それに対し、大人になった絵羽、留弗夫、楼座の三人が連帯し、初めて兄に刃向《はむ》かったということ…。

「申し訳ないが、条件はまだ続くんや。条件五。この取り決めはお父さんの遺言状に優先する。………後になって、この取り決めが反故《ほご》になるような遺言が出てきちゃかなわんちゅうこっちゃな。」

「…………入念じゃないか。…なら質問だが、仮に本当に黄金が見付かった場合、どうするのかね？」

「それに対する支払いを兄貴が済ませてる以上、俺たちは〝本当に〟黄金が出てこようがどうでもいいことさ。…俺たちの取り分は先払いってな感じになるわけだからな。」

「くすくす、夢があっていいじゃない。この島をリゾート化するつもりなんでしょう？　その工事の途中で、ひょっこり黄金が見付かるかもしれないじゃなぁい。」

絵羽がころころと笑う。

蔵臼はそれを見ても、眉一つ歪めずにやり過ごしていた。

「……『条件その六』を付けて貰おう。私以外の兄弟が黄金を発見した場合、速やかに私に引き渡すこと。」

「えぇぇえ、もちろん保証するわよぅ？　くすくすくす！」

詭弁《きべん》だ。

存在しない黄金にカネを払わせた彼らが、仮に本当に黄金を見つけたとして、蔵臼に取り分を保証するわけなどない。

この取引は初めから蔵臼に対して脅迫的なのだ。

事実がどうかは別にして、蔵臼が父親の財産を横領している可能性は極めて高い。

やがて訪れる金蔵の死去に際して、遺産分配となれば、必ずや不明朗な事実が判明するだろう。

それは蔵臼にとって致命傷《ちめいしょう》となりかねない事態だ。

その弱点を彼らは摑みきり、譲歩するふりをしながら兄を脅迫して莫大なカネを搾《しぼ》り出そうとしているのだ。

……だが、絵羽たちは失念《しつねん》していた。

彼らが三人で連帯しなければ勝てないと思わしめた長兄の、悪知恵に限って回転の速い頭を忘れていたのだ。

勝利を確信して笑みを絶やさない絵羽に、蔵臼はリラックスを示して見せると小気味よく笑いながら言った。

「はっはっは。とても良い話じゃないか。……私も、お前たちとの関係が疎遠《そえん》になっていたことには非常に心を痛めていた。この条件を飲むことによって、兄弟間の関係が再び友好なものにできるなら、それはとても嬉しいことだよ。喜んで話に乗らせてもらおうじゃないか。……喜べ楼座。取引は成立だ。」

「………………。」

楼座の表情は曇る。

……兄がこういう言い方をする時、話は決して好転しないからだ。

…それは絵羽も敏感に感じ取っていた。

だから、蔵臼が素直に取引に乗ってくれたにもかかわらず、その不安感を拭えずにいた。

「…いやに素直ね。兄さんらしくもないわ。」

「それはひどいじゃないか。私に下心があるというのかね？　あるわけもないさ。お前たちと同じだ。」

〝お前たちと同じだ〟。

その部分だけが強調されたような気がした。

留弗夫の顔色も曇る。

〝お前たちと同じ程度に、考えがあるさ〟。…そう聞こえたからだ。

だから焦る。このまとまりかかった話を決着させようと結論を急いだ。

「……ならいいんだ。…じゃあ兄貴。ここにサインをもらえるか。今の話を書き出した俺たちの誓約書《せいやくしょ》だ。人数分ある。同じ内容に全員がサインする。」

留弗夫は懐《ふところ》から、取引の詳細が記された四人分の誓約書を取り出す。

「蔵臼兄さんの提案した、条件その六ももちろん今から追記するで。安心したってな。」

「兄貴、ペン使うか？」

留弗夫が懐から万年筆を取り出し蔵臼に差し出す。

蔵臼はそれを受け取る仕草をしたが、ふっと薄く笑うと、受け取らずに手を引っ込め、言った。

「………実は、この取り決めを確かに履行《りこう》するために一点だけ修正を提案したい。」

蔵臼がその一言を口にした時。

…兄弟たちは皆、背中を何か忌々《いまいま》しいものがぞわりと上って来るのを同時に感じた。

「……ダ、ダメよぅ。もう決まった話よ？　黙ってサインを。」

「絵羽、何を焦っているんだね？　もちろんサインはする。お前たちに黄金の分け前、七十五億円分を約束する。親父殿の遺産分配の時、綺麗さっぱり清算することも約束する。……だが、一点だけどうしても譲歩してもらいたい部分があるのだよ。」

「…………何の話だよ。どの点が気に入らねぇってんだ…？」

「分け前の一割、七億五千万円を即納する点だよ。お前たちの指摘通り、私の財政状況は決して裕福ではない。数々の先行投資によって、未来に必ず回収できると保証されながらも、今のこの時点では火の車であることは認めなければならない。つまり、今すぐに動かせる金はまったくないということだ。

……私は無能で商才の嗅覚も鈍い。お前たちの言うところの、弱り目の私には七億半も半年で動かせる力はないということだよ。」

「そ、そんなはずはないでしょう。いい加減なことを言ってこの場をごまかす気？」

「遺産分配時に全て一括で清算する。一割を即納する条件を削除《さくじょ》したまえ。…それが私にサインさせるための唯一の条件だ。」

「……蔵臼兄さん、この一割はな、あくまでも兄さんの誠意を測る数字なんやで？　本当なら取引の余地もない話や。そこを百歩譲った上で、とりあえず一割の誠意でこの場は丸く収めちゃるっちゅう大サービスなんやで。そう説明した上で、そこを断るっちゅうんは、互いの信頼関係にちょいと影を落とすんとちゃいますか…？」

　秀吉は謙遜するような表情を浮かべて揉み手をするが、その瞳は決して落ち着いたものではなかった。

　……蔵臼は、その瞳の中の影をすでに見抜いていた。

「………ふ。お前たちは何を焦っているのかね？　…それとも、何に怯えているのかね？　………楼座、私にだけは教えてくれんかね。…他の兄弟たちには内緒でこっそりと。」

「…………………べ、別に私は……、」

「よせよ兄貴。俺たちは兄貴がサインするかしないかしか聞いてない。妙な勘繰《かんぐ》りも交渉もなしだ。」

「……ほぅ？　私には交渉の余地もないと。…立場が弱いのは私の方で、公平な関係ではないと、そう言いたいのかね…？」

　留弗夫の背筋にぞっとしたものが這《は》い上がってくる…。

　子供の頃から、決して超えることの出来なかった兄の壁の高さとその長き影に、自分が飲み込まれつつあることに気付き始める…。

「取引は公平な関係であるべきじゃないのかね？　この取引は私にとっては、弟や妹たちと長いこと失ってきた信頼を取り戻し、兄弟愛を深め合うもの。それは私にとって、緊急に解決したかった心のしこりだ。それが今日解決出来てとても嬉しいと思う。………だが、お前たちも、この取引を急ぎ締結《ていけつ》することがとても嬉しいんじゃないのかね…？」

　蔵臼がぎょろりと兄弟たちを見回す。

　…弟たちは動物的本能で目を背《そむ》けた。

　秀吉だけが背けるのに遅れる。…だから蔵臼の眼差しに捕まった。

「秀吉さん。あなたの会社、非常に好調子だそうじゃないですか。トントン拍子で上場を果たし、業績も株価も右肩上がり。実にお羨ましいことです。」

「……う、うちの人の話は関係ないでしょ。」

「だが、株主たちに対する還元《かんげん》を怠《おこた》ったのが悪かった。そして上場した時に足回りを固め切らなかったのもまずかった。……気付いた時には性質《たち》の悪い連中に、自社株をだいぶ買い集められていたらしいじゃないですか。」

「………な、……何でそんな話、知っとるんや…。」

「秀吉さんと同じですよ。私に融資する人間などいないと裏を取れる程度に、私も秀吉さんの裏を取れるのです。ははは、そんな不思議がることはないじゃないですか。」

蔵臼がにやりと笑う。

…対照的に秀吉の顔は見る見る青ざめていく……。

秀吉の会社は、ゼロからスタートした外食チェーン運営会社だった。秀吉の経営努力により次々と業績を上げ事業を拡大、ついに念願の株式上場を果たした。

株式制度の最大の利点は、株券を販売することにより巨額の融資を得られることにある。その額は、本来の営業利益よりもはるかに大きい。

その為、会社をより大きく成長させるため大きな軍資金を集めるには非常に有効な手段であった。

だが、株主たちは会社に融資をするのと引き換えに、一定の権利を有する。

それは、自分たちが融資した会社が、融資した以上の利益を上げられるよう監視し、指導する権利である。

……その権利は株主総会で保障され、時には彼らによって無能な経営陣が更迭《こうてつ》されることすらある。

経営を監視することによって、自分たちの融資した額が無駄にならないようにする「権利」なのである。

だが、その権利を強権的に行使すれば、会社の経営陣を全て追い出し、会社を乗っ取ることもできる。

…株主総会には、経営陣の罷免《ひめん》と新しい経営陣を指名する権限もあるからだ。この権利は株主たちの多数決で決まる。

そして多くの株を持つ者が、その数分、多く投票できるのだ。

つまり、過半数の株を持つ者、もしくは勢力は、自分たちの自由に経営陣を追い出し、好きな者を社長にできるのである。望めば、自らが社長に就《つ》くことすら可能なのだ。

多くの会社は、悪意ある者に株が買い占められて自分たちの立場が脅かされないよう、株券を自社の社員などの身内に多く購入させるなどして、敵対勢力が過半数を押さえることがないよう、何らかの防御策を取っている。

しかし、秀吉の会社は上場から日が浅く、その辺りの防御策を固める時間が足りなかった。

いや、秀吉自身、会社経営に集中し、上場の恐ろしさをよく理解していなかったこともあるかもしれない。

それを、彼が経営に没頭する良心的な良い経営者と見るか、足下をさらわれた愚かな経営者と見るかは難しいのだが…。

…その甘さを、見逃さない連中がいたということである。彼らは秀吉の会社の株を次々に買い集め、無視できぬ勢力を一気に築き上げた。

そして株主たちに怪文書を送りつけ多数派工作を仕掛けてきた。

曰《いわ》く、「現経営陣は無駄な投資を繰り返し株主への還元を怠っている。現経営陣を退陣させ、投資の無駄を省《はぶ》き株主への還元の多い会社へと生まれ変わらせよう」と。

会社の経営実態を正しく知らしめることはとても難しい。

…秀吉が寝る間も惜しみ常に会社のためを思って出してきた成果を、悪意で曲解させ、株主たちの信頼を失わせたのである。彼ら勢力は過半数に近い株を押さえ始めていた。

…この時点で秀吉も気付き、株の買い戻しを始めたが、会社が買収工作を受けていることを理解している株主たちは、秀吉の買い戻し、もしくは総会での白紙委任状への判子《はんこ》に対し皆がそれぞれ法外な金額を要求。金額交渉の余地のない秀吉を苛《さいな》み続けていた。

互いの勢力が欲しがる物は価値が上がるのは資本主義の必定。

そして、多数決に勝った者が全てを支配するのも民主主義の必定。

つまり最後には、より多くの株を買い集めることができたものが勝つ。

…つまり、より多くのカネを集めたものが勝つ。

秀吉は大量の金を手に入れなければ、自分が育て上げてきたもの全てを失いかねない瀬戸際《せとぎわ》にいたのである…。

ダカラ、現金ガスグニ大量ニ、喉カラ手ガ出ルホドニ欲シカッタ…！

いつ死ぬかもわからない金蔵の遺産相続など待てないのだ。

「留弗夫の方も、最近は大変だそうじゃないかね。海外は怖いとよく言うが、本当にそうらしいな。アメリカの裁判は極めて感情的に決まる。彼らは外国人に寛大《かんだい》な判決など出しはしない。……先方と和解した方が結局は安上がりになると弁護士に忠告を受けたんじゃないのかね？」

蔵臼の言葉を耳にした霧江が、夫に怪訝そうな顔を向ける。

「…………何の話…？」

「……まぁ、仕事上のトラブルさ。大したことじゃない。カネでケリのつく話さ…。」

霧江は、留弗夫の浮かべる微妙な表情の意味をすぐに察する。

……夫は、自分の知らないところで大きなトラブルに巻き込まれ、ひとり苦悩していたのだ。

「その通りさ。世の中なんだってカネでケリが付く。失った兄弟の絆《きずな》だって買い戻せるようにな！　アメリカは権利侵害などにはうるさい国だ。だがカネさえあれば何でも和解できる。資本主義万歳だよ。……もっとも、和解金は数百万ドルにも及びそうだとの噂もあるがね？」

留弗夫はある種の隙間産業で莫大な財を築いていた。

…だが、隙間は隙間。決して日向《ひなた》の仕事ではない。

米国の巨大企業は留弗夫の会社を権利侵害で告訴《こくそ》しようとしていた。

様々な条件から、裁判での勝ち目は非常に薄いと考えられ、留弗夫は全面的な降伏《こうふく》を迫られていたのである。

…だが、それでもカネで解決する道がある。そのカネさえ支払えれば、痛手ではあっても、まだまだ持ち直せるのだ。

…しかし、払えなければ全てを失う。

ダカラ、現金ガスグニ大量ニ、喉カラ手ガ出ルホドニ欲シカッタ…！

「………楼座は清く正しい妹だ。危険なマネーゲーム等には手を出さない。…だが、お人好しな性分が災いしたんじゃないかね…？　連帯保証人は、気安く引き受けるものではないと思うがね。」

「ん、…えっと、…そ、それは蔵臼兄さんとは関係ないッ!!」

楼座が珍しく感情を露《あらわ》にして叫ぶ。…それは知られていないはずのことだったからだ。

蔵臼はその様子を見ながらくぐもった笑いを漏らす…。

……何のことはない。

彼らは全員が全員、現金ガスグニ大量ニ、喉カラ手ガ出ルホドニ欲シカッタ…！

つまり、立場は逆転したのだ。

なぜなら、彼らが脅迫している蔵臼にだけ急ぐ大金が必要ない。

それに対して脅迫する三人は、何としても急ぎ大金が欲しい。

つまり、この取引は引き延ばすほどに蔵臼に有利なのだ。

蔵臼は非常に狡猾だったのだ。彼らのアキレス腱《けん》は初めから知っていた。それでも確実ではなかった。だからそれらを最後の最後まで伏し、彼らの出方を完全に見極めた上で反撃に転じたのである。

「私もできることなら、可愛い弟や妹たちの危機に金を工面してやりたいと思っているよ。…だが残念なことに持ち合わせがなくてね。……七億半もの大金が工面できるスポンサーに心当たりがあるなら、先にそちらを当たってもらいたいのだよ。」

勝ち誇った蔵臼の言葉はあまりに白々しい。

弟たちは、歯ぎしりしながらそれを聞き流すしかなかった。

……そんな都合のいいスポンサーに心当たりがあったなら、こんな真似はしないのだ。

万策《ばんさく》が尽きたからこそ、このような大勝負に出ているのだ。

「……もしお前たちが、どうしてもこの兄を頼りたいというなら。私の口利きでスポンサーを探してやってもよいのだがね。………おっと、私にはそんなものはいないと言っていたか。それではどうにもならんねぇ。……ふっふふふふふふ！」

勝ち誇る蔵臼の低い笑い声が客間をじわじわ満たしていく。

さっきまで長兄を追い詰めていた弟、妹たちは、歯ぎしりしながら表情を歪ませることしかできない…。

「……冗談じゃないわ…。兄さんに借りなんか作れるもんですか…。冗談じゃない、…冗談じゃない……！」

「…………え、絵羽……、」

「…………………く、……蔵臼兄さんを頼ったら、どう助けてくれるの…。」

「言ったではないか。私にできるのは他のスポンサーを探すだけだよ。もちろん、利息を融通してもらえるようには最大限、交渉するがね。ふふふふふ、くっくくくくくく!!」

「……畜生……、足下見やがってぇ…………。」

「……あなた。落ち着いて。」

「落ち着いてるぜ、霧江、俺は極めて冷静だぜ……。……………クソッタレが…!」

霧江は夫の手を握る。その仕草がかえって哀れに感じて、留弗夫はその手を振り払った。

…それを見て蔵臼はさも愉快《ゆかい》なことのように笑う。

「こんな時、本当に親父殿の隠し黄金が見付かればいいんだがねぇ。そうすればすぐに二十五億ずつをこの場で切り分けてやれるのだが。残念残念、残念至極《しごく》！　非常に極めて実にどうしようもなく残念だ！　…………今宵《こよい》は兄弟みんなで酒を酌《く》み交わしながら、親父殿の隠し黄金を、……ベアトリーチェの碑文の謎を、みんなで解き明かしてみようじゃないかね。仲良し兄弟が四人揃えば、きっと解けない謎はないはずさ。…はっはははははははははははははははははははははははっ!!」

■金蔵の書斎

「……………ふ。面白いことをする。それでその、突きつけた条件というのは何か。」

金蔵の声に、嘉音が答える。

「……はい。蔵臼さまは黄金の発見を問わずにその分け前として、絵羽さま、留弗夫さま、楼座さまに、計七十五億円を支払うこと。ただしその一割を三月までに支払うこと。」

「ふ、はっはっはっはっはっは…。蔵臼の間抜けめ。弟たちに足をさらわれるとはな。実に愉快ではないか。……しかし、詰めが甘いようだな？」

「………はい。蔵臼さまはそれを、絵羽さま以下お三人が緊急に大金を用立てする必要があるためと看《かん》破《ぱ》されました。」

「ふ。その程度のことは看破できるのか。中途半端に無能な男め。………今はどうしている？」

「……話は一度中断されました。今は、ベアトリーチェさまの碑文の話をされています。」

「私の黄金がどこに隠されているのか、その謎を解こうと、か？」

「…………はい。」

金蔵は老眼鏡を置くと、ふっと鼻で笑う。

「………奇跡の成就が先か、愚か者どもが黄金を暴くのが先か。…実に見物ではないか。……愚か者どもが我が謎を解き明かしたなら、その時は私の全ての敗北だ。我が屍を骨の一欠片《かけら》までしゃぶり尽くすがいい。愚か者どもの貪欲《どんよく》さが偉大なる魔法に奇跡を宿らせるのだ。……だがもし!! 奇跡の成就が先だったなら…、先だったなら！ ベアトリーチェは再び蘇る!! 私が半生をかけて追い求めたあの微笑が蘇るのだ…！

おおぉベアトリーチェ!! 奇跡を賭す聖なる夜がやって来るぞ、悪魔たちとのゲームが始まるぞ…！ 私はきっと打ち勝つ、絶対に生き残る!! 他のやつらの命はくれてやる！ 富も名誉も財産も黄金も何もいらぬ！ ただお前の微笑みがもう一度見たいだけなのだッ!! ゲホンゲホンゴホン!!」

金蔵は咽こんでしまい苦しそうにする。

嘉音は主人の背中をさすろうと近付くが、金蔵は来なくて良いと制した。

「…………なぜ、私が黄金の隠し場所をわざわざ人目に触れるように晒したかわかるか？」

「……いえ。」

「魔法の力はリスクで決まるからだ。ベアトリーチェの黄金を暴こうとする人間が多ければ多いほど。その危険が高まれば高まるほどに、それでもなお成就できた時、魔法の力は偉大なる奇跡を起こせるのだ。

……魔法とはつまりゲームなのだよ。優れている者が勝者になるのではない。勝者には魔法が与えられ優れるのだ。わかるか？　生命の奇跡が数億分の一という神々《こうごう》しい確率に勝利するからこそ与《あた》えられるようにな。…………お前には少し難しいか。」

「………申し訳ございません。」

「よい。……つまりはこういうことだ。ベアトリーチェの碑文の謎を解いた者には、私が築き上げてきた全てを与えよう。富、名誉、黄金、そして右代宮家の家督、私が築き上げてきた全てだ！　その謎に挑む資格があるのは、何も私の息子たちだけとは限らぬ。たとえお前であっても、その謎を解けたなら全てを得る資格があるのだ。」

「……はい。ですが、……僕にはあのような難しい謎はわかりかねます。」

「無論だ。難解に作った。…だが、お前も挑め。それが我が魔法の奇跡を呼ぶ糧《かて》となる。誰もが挑み、誰にも至れなかったなら、その時はその時。だが、奇跡が集い魔法の力が生まれたなら、その時こそ！　ベアトリーチェが蘇るのだ。だからお前も挑め。誰もが挑め。そして我が魔法に力を捧げるのだ!!　わかるな!?」

「………はい。…努力します。」

金蔵はしばらくの間、興奮した様子で頭を抱えながらぶつぶつと独り言を繰り返していた。

嘉音は、主から次の指示が与えられるまで、その場に直立不動でじっと待機していた。

…やがて金蔵もそれに気付く。

「もうよい、下がれ。……酒棚に菓子《かし》の袋があろう。駄賃《だちん》に持って行くがよい。」

「……結構です。僕は、………家具ですから。」

「………ふむ。……家具は菓子など食わぬか。…道理だな。ならばもう下がれ。」

「はい。……失礼いたします。」

嘉音はお辞儀をしてから書斎を出る。

扉が閉じられると、ゴトリという重々しい施錠音が響くのだった。

しかしそれは嘉音が施錠した音ではない。扉がオートロックのためである。

金蔵が許可した者しか入れず、一度退出すれば再び入ることはできない。

……肉親の誰も信用できず、自らを書斎に閉じ込め外界と隔離する金蔵が施した、拒絶の仕掛けだった。

……彼はもはや、血を分けた息子たちではなく、自らを家具と呼ぶ使用人たちにしか心を許せなくなっていたのである…。

■肖像画前

ベアトリーチェの肖像画の前には、二人の男がいた。

「…………………南條さま、いかがなさいましたか。」

「…あぁ、源次さん。いや何、居場所がなくなりましてな。」

南條は苦笑いしながら客間の扉の方を振り返る。

…その仕草で、南條の言いたいことは源次に伝わったようだった。

源次も一族の状況は大体わかっている。

…客間で現在、仕える主に対して不敬な話題が交わされているであろうことには、眉をひそめたい気持ちもあったに違いない。

だがそれを、その淡白な表情から測るのはとても難しかった。

「………しかし、…私にはわかりませんな。…どうして金蔵さんは、こんな挑発的なものを書かれたのでしょう。」

南條はベアトリーチェの肖像画を見る。

……いや、目線は肖像画の下の、碑文のプレートに向けられていた。

「…………私には、お館様のお考えはわかりかねます。ですが、深いお考えがあってのこととお察しします。」

「……金蔵さんのチェスは、昔からずいぶんと遠大《えんだい》な読みで布石《ふせき》を打たれるものでした。いや、時には理解できない一手さえ。……私如《ごと》き凡庸《ぼんよう》では、何を目論《もくろ》まれているのか、皆目見当も付きませんな…。」

「私は、これをお館様の何かの遺言状ではないかと考えています。………それを理解できた者に、財産や家督を譲られようということなのでしょう。」

「……つまり、私のような余所者《よそもの》に解かれてしまう前に、兄弟四人で協力し合って謎を解け、ということではないか、ということですな。金蔵さんは息子さんたちのことを口悪く罵《ののし》ってはいますが、何とか兄弟の仲を取り戻して欲しいと願われているのかもしれません。」

「……………………。」

南條の言うようにこの碑文が、兄弟仲を取り戻させるのが目的だったなら、どれほど微笑ましいことか。

…しかし南條も源次も、それだけは絶対にありえないだろうと理解していた。

もっとも長く金蔵と縁を持ち、肉親たちよりも心を許されている二人であっても、金蔵の真意は測りかねているのだった…。

「……お館様は、一族の者でなくとも謎に挑む資格があると常々《つねづね》仰っています。……南條先生はいかがですか。」

「いやいや……、この老いぼれには少々難解が過ぎますな。……実は以前、この碑文を手帳に記しましてな。夜な夜な、寝る前に挑んでみたのですが、……はっはっは、実に難しい。お迎えが来るまでの間、ゆっくり楽しむことができそうです。源次さんこそ、いかがですかな？」

「………私めはお館様にお仕えする家具に過ぎません。黄金も財産も、私には不要なもの。」

「やれやれ、本当に謙虚な方です。…だからこそ、金蔵さんもあなたには心を許されるのでしょう。」

「ならば光栄なことです…。」

南條は軽く笑って応えると、再び碑文を見る。

「……懐かしき、故郷を貫く鮎《あゆ》の川。黄金郷を目指す者よ、これを下りて鍵を探せ…。」

我が最愛の魔女ベアトリーチェの肖像画の碑文に記されたものは以下のとおりである。

懐かしき、故郷を貫く鮎の川。
黄金郷を目指す者よ、これを下りて鍵を探せ。
川を下れば、やがて里あり。
その里にて二人が口にし岸を探れ。
そこに黄金郷への鍵が眠る。
鍵を手にせし者は、以下に従いて黄金郷へ旅立つべし。

第一の晩に、鍵の選びし六人を生贄に捧げよ。
第二の晩に、残されし者は寄り添う二人を引き裂け。
第三の晩に、残されし者は誉れ高き我が名を讃えよ。
第四の晩に、頭を抉《えぐ》りて殺せ。
第五の晩に、胸を抉りて殺せ。
第六の晩に、腹を抉りて殺せ。
第七の晩に、膝を抉りて殺せ。
第八の晩に、足を抉りて殺せ。
第九の晩に、魔女は蘇り、誰も生き残れはしない。
第十の晩に、旅は終わり、黄金の郷に至るだろう。

魔女は賢者を讃え、四つの宝を授けるだろう。

一つは、黄金郷の全ての黄金。
一つは、全ての死者の魂を蘇らせ。
一つは、失った愛すらも蘇らせる。
一つは、魔女を永遠に眠りにつかせよう。

安らかに眠れ、我が最愛の魔女ベアトリーチェ。

10 月 4 日 土

Sat. 4th October 1986

砂　浜

「第十の晩に、旅は終わり、黄金の郷に至るだろう、か。しかし真里亞はマメだな、ちゃんとメモしてるとは偉いぜ。」

「うー！　真里亞は忘れっぽいからちゃんと書く！　ママに言われたからちゃんと書く！」

真里亞がいつも持ち歩いてる手提《てさ》げの中には手帳が入っており、そこには例のベアトリーチェの碑文が書き写されていた。

そのため、俺たちいとこ同士四人と紗音ちゃんは、こうして海岸に出ても碑文の謎解きに挑戦できるのだった。

朱志香たちにとっては、すでに何度も挑戦し、すでに飽きてしまっている謎解きだ。

だが俺には初めてだからな、わくわくしちまってやめられたもんじゃない。

男のロマンをくすぐりまくりだぜ！

「まず一行目。懐かしき、故郷を貫く鮎の川、か。朱志香、祖父さまの故郷ってどこだっけ？」

「戦前の右代宮家は小田原の辺りに屋敷を構えてたって聞いたぜ。んで、となりゃ、小田原に流れてる鮎の泳ぐ川に関心が行くわけだろ？」

「まずはその川が起点になるからなぁ。んで、黄金郷を目指す者はそいつを下って鍵を探せとあるわけだ。小田原にある川って何だ？　鮎が泳ぐ川だぜ？」

「小田原で鮎って言ったら、早川《はやかわ》だろうね。渓流《けいりゅう》釣りで有名だよ。」

「うー。真里亞、魚嫌いー。」

「いっひっひ、真里亞ももう少し大きくなったらわかるぜぇ～！　鮎の塩焼きをベロベロベロ～ってなぁ！　ンまいぜぇ～！　さっきメシ食ったばっかりだってのに、もう腹が減ってきちまうぜ。」

「……あの、クッキーでもお持ちしましょうか？」

「え？　あ、紗音ちゃん、悪い悪い、そんなつもりで言ったんじゃないぜ、気にすんな！」

紗音ちゃんは、午後の仕事はしばらくないということで律儀に俺たちに付き合ってくれていた。

使用人という立場上、俺たちに付き合った方がかえって気を遣って疲れちまうんじゃないかと思ったが、彼女の場合はそうでもないらしい。

…むしろ、歳の近い人間たちと一緒に会話に加われるのが楽しいようだった。

聞けば彼女は住み込みで働いているという。となれば、歳の近いのは朱志香だけだ。なるほど、そりゃあ味気ないよな。

「さて、小田原で鮎の川って言えば早川だってことはわかった。となりゃ下るしかねぇよな！　早川を下ると何があるんだろうなぁ？」

「えっと、………下流に出て、海に出ると思います。」

「そうさ、河口部《かこうぶ》に出る！　そして碑文の三行目には、川を下れば、やがて里ありとあるな。ちなみにそういう河口部は大抵、大昔から輸送の要衝《ようしょう》になってて大きな都市があるもんさ。ここが次のチェックポイントだなぁ。」

「ふむふむ。なかなかいい筋だね。戦人くんの想像通り、そこは大昔にとても栄えた古都《こと》だよ。小田原城があるところだね。」

「あ、修学旅行で小田原城に行った気がします。素敵なお城でしたよ。」

「あー、私も小田原城だったぜ。洋館に住んでて何だが、やっぱり日本人は和風の方が落ち着くよな！」

「うー。真里亞、お城退屈ー。遊園地がいい。うー！」

「そうかそうか、よしよし！　黄金を見つけたら、この戦人さまが気前よく遊園地を一日借り切って遊ばせてやるぜ～！　………しかし、小田原城とはなぁ。小田原城の隠し黄金…。おほ⁉　こりゃあ何だかいかにもって感じだよな⁉」

「はっははは！　まぁ、二年前の私たちもそこまでは行き着いたぜ。小田原で鮎の泳ぐ川を下った里。そこが多分、小田原城辺りだろうってところまでは私たちも行き着いたさ。問題は次の行だろ。さて、戦人の珍推理はどこまで行けるか見物だぜ。」

朱志香がニヤニヤと笑う。その程度で謎が解けるなら、とっくの昔に私が見つけてるぜと言わんばかりだ。

…くそー、きっと俺が見つけて独り占めしてやる！

「四行目。…その里にて二人が口にし岸を探れ。……………二人ってのが何のことかわからねぇが、とにかく岸だな。………岸って何だよ⁉ うーんうーん、…岸って名前が付く地名でもあるのかなぁ？」

「えっと、……曾我岸《そがきし》という地名が小田原にあるんだそうですよ。」

「え⁉ おお、詳しいな！ ってことは何だよぉ〜、紗音ちゃんも黄金を狙って、謎解きに挑戦してるんだなぁ〜？ となりゃ俺たちゃライバルだぜ！」

「べ、別に黄金なんて興味は…。ただその、以前に譲治さまから教えてもらっただけで…。」

「二年前の私たちも同じ推理に行き着いたってわけさ。わざわざ地図を広げて調べたんだぜ！」

「小田原城の、北に五キロくらいだったかな。そこには確かに曾我岸という地名があるよ。……でも、そこからがわからないんだ。次の五行目にはその土地のどこに鍵があるかは記してない。真里亞ちゃん、読んでくれるかい？」

「…うー。……そこにオウゴンキョウへの、…カギが、ネムる。うー！ 読めた！」

「曾我岸ったって、広いだろうし、かつてそこに右代宮家の家があったわけでもない。その広大な土地のどこかに鍵が隠されててノーヒントってんじゃ、こいつぁお手上げってわけだぜ。」

「確かになぁ。…鍵が手に入らないことにはその先の行に進めないぜ。譲治兄貴、曾我岸ってのはどんなとこなんだ？」

「さぁねぇ…。行ったことはないからわからないけど、地図によると山の中みたいだよ。確か、浅間山《あさまやま》の山麓《さんろく》みたいだったね。」

「……うーん。何だかぱっとしねぇなぁ。宝の在《あ》り処《か》を隠した謎ってのは、もっとビッタリとはまるモンじゃねぇのかよ。どうも曾我岸ってのがそもそも間違いって気がするぜ。」

「私は曾我岸を疑ってるぜ？　私たちが知らないだけで、例えば祖父さまの子供時代を過ごした家とかがあるかもしれないだろ。一行目に、懐かしき故郷を～って行があるくらいだもんな。…紗音は祖父さまによく酒とか注がされてたろ。昔話とか聞かされたことないのか？」

「……お館様は昔の話はほとんどされません。…ただ、右代宮家が滅びかけた関東大震災について、非常に他人事のように話されることがありましたので、関東地方よりずっと遠方にお住まいだったかもしれません。」

「右代宮本家は小田原に住んでたかもしれないけど、分家はその限りじゃなかったろうね。お祖父さまはよく自分のことを、分家も分家、跡継ぎにもっとも縁遠かった、と言われるくらいだからね。」

「ってことはつまり！　懐かしき故郷ってのが、すでに小田原じゃない可能性もあるってことだなぁ…。」

「祖父さまの故郷なんて聞いたこともないぜ。聞いても、素直に教えちゃくれねぇだろうしよー。」

「懐かしき故郷というのが、右代宮家のルーツを指さないのであれば、小田原説は初めから間違ってることになっちゃうね。もちろん、曾我岸の疑いが晴れたわけじゃないけれども。例えば、幼少のころを小田原で過ごし、その後、遠方へ引っ越した可能性もあるだろうし。」

「うー…。さっきから何の話かわかんない。うー。」

真里亞がすっかり置いてきぼりにされていて、退屈だと頬を膨らませている。

「あー、つまりだな。黄金スゴロクの最初のスタート地点が決まらないことには、何も始まらないってことだぜ。…………いや待てよ？　最初の五行で見付かるのは鍵だろ？　鍵なんてなくても、扉はブチ壊して入ることだってできるはずだぜ。とりあえず最初の五行をすっ飛ばして、その先の推理に入ってもいいんじゃねぇか〜？」

「ほー…。その発想はなかったぜ。まぁいいや、どうせ暇潰しなんだ。続きを聞かせろよー、戦人の推理！」

「……でも、その先からは急に物騒になるんですよね…。」

紗音ちゃんがちょっぴり眉をひそめる。

どんなことが書かれていたっけと真里亞の手帳を見ると、…なるほど、納得する。

「第一の晩に、鍵の選びし六人を生贄に捧げよ、…か。いきなり物騒になるな。」

「第二の晩には寄り添う二人を引き裂けと来たもんだ。恋仲を破談させるのか、文字通り引き裂くという意味なのか、わかりかねるけど、どっちにせよ気持ちの悪い話だぜ。」

「その第二の晩の解釈を別にしても、第一の晩に六人。第四の晩から第八の晩までで五人、少なく見積もっても十一人が生贄にされなきゃならない。」

「うー。ベアトリーチェが蘇るための生贄ー！」

「…なるほど魔女復活のための生贄か…。そういう解釈にもなるな。その結果、第九の晩に魔女が蘇って……。…最後は極めつけだな。」

「…………第九の晩に、魔女は蘇り、誰も生き残れはしない。……結局はみんな死んでしまいます。」

「それでようやく次の第十の晩にゴールってことになってんな。みんな死んじまうのに、黄金郷へ至るだろうって言われても困ったもんだぜ。」

「…鍵を手に旅に出た当人も、生き残れないに含めるのかどうかは解釈のわかれるところだね。」

「しかしよ、最後のところには面白ぇことが書いてあるぜ？　ゴールした後、魔女からもらえる四つの宝の行だよ。一つは全ての黄金。問題は次だ。全ての死者の魂を蘇らせるとあるぜ？　みんな死んじまった、っていうのと掛けてるような気がしねぇか？」

「……それを言われれば、次の、失った愛すらも蘇らせる、という部分は、第二の晩の、寄り添う二人を引き裂け、に掛けているようにも見えますね。」

「そうだね。そして四つ目も第九の晩に掛けてある。第九の晩に蘇った魔女を、四つ目の宝が再び眠りにつかせている。」

「…好意的に解釈すりゃあ、殺したり別れさせたりと忙しいが、最後には全部チャラになるわけだな。目覚めた魔女も再び眠るし、手元にはたっぷりの黄金だけが残るって寸法だぜ。」

「殺したり蘇らせたり、別れさせたりくっつかせたりと、魔女さまはお忙しいこったなぁ。」

「ついでに、起きたり眠ったりな。はははは。」

「やれやれ、せっかくの隠し黄金の話も、魔女の話が絡んじまうと急に胡散臭くなっちまうぜ。」

「違いないな、あっはははははは！」

朱志香と二人して笑う。魔女なんて馬鹿馬鹿しいという意味でだ。

…もちろん、そういう意味で笑えば、魔女の存在を信じる真里亞は機嫌を悪くする。

「うー！　魔女はすごいーー！　魔法で何でもできる！　殺すことも。生き返らせることも。愛を与えることも、奪うことも。空も飛べるし、姿を透明にできるし、黄金もパンも生み出せる！　うー！　うー‼　うーうーうー‼」

「ぁ、いけね…。悪い悪い…、冗談だよ！」

朱志香がぺろりと舌を出して謝るが、真里亞は納得してくれなかった。

俺の手から自分の手帳を取り返すと他のページを開きながら、魔女の存在を訴える。

それらのページには色とりどりに描かれた魔女のイラストがあり、魔女に対して持つ真里亞のファンタジックなイメージをよく表現していた。

それは鉤鼻《かぎばな》の老婆が箒《ほうき》で空を飛び…、というような定番の禍々《まがまが》しいものではなく、夢見がちな女の子なら、誰もが少女時代に思い描くような、美しいドレスで着飾って、不思議な力で何でもできる、夢のような存在として描かれている。

空を踊るように駆け、虹《にじ》を渡り、いくら注《つ》げども尽きない魔法の紅茶ポットやティーカップセットたちと踊り明かす。

杖《つえ》を振るえば、空の星は飴玉となって降り注ぎ、道端にはお菓子を実らせる花々が芽吹《めぶ》いていた。

……真里亞にとって魔女は、彼女を虜にする魔法の夢を具現化できる唯一の存在。

成長すればするほどに知る、無味乾燥な現実に潤いを持たせてくれる最後の存在。

だからこそ、真里亞は魔女を信じた。

それを穢《けが》されたくなかった。

だからこそ、魔女の存在を肯定する碑文も、穢されたくなかった。

魔女ベアトリーチェは、真里亞の夢そのものだから…。

「真里亞ちゃんにとっては、これは黄金の隠し場所を示すものじゃなくて、魔女を蘇らせるための、魔法なんだって。」

つまり、魔女と真里亞を結ぶ、唯一の架け橋。

真里亞はすっかりヘソを曲げてしまって、譲治の兄貴に抱きついていた。

俺と朱志香は頭を掻きながら謝る。

…さっき肖像画の前でヘソを曲げられた時はすんなり機嫌を直してくれたが、二度目はダメなのかもしれない。

真里亞はもう、簡単に機嫌を直そうとはしてくれなかった。

どうしたものか俯く俺と朱志香に代わり、紗音ちゃんがおずおずと口を開いた。

「あの、………真里亞さま、ご存知ですか…？　私たち使用人たちの間では、ベアトリーチェさまの怪談が語り継がれているんですよ。」

「……うー？」

「あ、あぁ、そうだったっけ！　紗音、聞かせてやれよ。私は知らないんだけど、使用人の間じゃかなり有名な話らしいぜ？」

「何の話だ？　怪談？」

「うん。僕たちが生まれる前からある話らしいね。母さんにも話を聞かされたことがあるよ。」

「……はい。この島にお屋敷が建てられてからずっと語り継がれている話です。……当時の使用人たちは、お屋敷には昼と夜で違う主がいると囁きあっていたそうです。」

紗音が語るその話は、学校の七不思議にも通じそうな、典型的な怪談話だった。

魔女の森があり、そこに住まう魔女がいるならば、…それが屋敷の中にやって来ないわけもない。

いつの頃からか使用人たちの間に、自然と芽生《めば》えた怪談だった。

「ちゃんと閉めたはずの窓や扉や鍵が、もう一度見回りに来たら開いていたとか。消したはずの灯《あか》りが点《つ》いていたり、点けたはずの灯りが消えていたり。置いたはずの物がなくなっていたり、置いた覚えのない物が置かれていたり。……そういうことがある度に、古い使用人たちは魔女が姿を消してお屋敷に訪れて、悪戯《いたずら》をしていったのだろうと囁きあったそうです。」

「うー！　ほらいる！　ベアトリーチェはいるー!!」

「あぁ、いるよな。私も昔よく、登校の時に限って鞄《かばん》が見付からなかったりしたもんだぜ…。」

真里亞はこれこそ魔女が実在する証拠であるとでも言わんばかりに、うーうーと胸を張る。

口に出せばまた真里亞の機嫌を損ねてしまうだろ

うから、口にはしないが。

…まぁ、どこにでもよくあるような話だった。地方によっては、それを小人《こびと》の仕業だと言うだろうし、妖《よう》精《せい》の仕業だと言うだろう。この島ではそれが魔女と言われたというだけの話。確かに、風情《ふぜい》ある狭くない屋敷の中を夜回りすれば、不気味でないはずはない。

ひと気のない島だ。隙間風の入る屋敷だそうだから、雷雨の夜の見回りはさぞかし薄気味悪いに違いないだろう。

「他にも、鬼火《おにび》や輝く蝶々が舞っているのを見たという使用人も。……嘉音くんもそれらしいものを、以前、夜の見回りの時に見たことがあると言ってました。あと、最近ではお屋敷の中で深夜に、不思議な足音をよく聞くと使用人の間で話題です。私たちは、肖像画の中のベアトリーチェさまが姿を消してお屋敷の中を散歩しているんだろうと囁き合ってるんですよ。…ずいぶん前ですが、私もそうかもしれない足音を、夜の見回りの時に聞いたことがあります。」

「……ひゅう。そりゃ怖ぇな…。」

「あ、…でも、怯えることはないんですよ？　ベアトリーチェさまはお館様とは異なる、もう一人のお屋敷の主です。だから変に怯えたりしないで、敬意を持っていれば、決して悪いことはしないのだそうです。」

「ただし、敬意を持たないと恐ろしいんだったね？」

「…はい。私が勤めを始める直前に、階段を転がり落ちて腰に大怪我《けが》をして辞めた方は、ベアトリーチェさまのことを悪く言っていたそうです。だから使用人たちは、ベアトリーチェさまのお怒りに触れたのだろうと噂しあったそうです…。」

「うー…。戦人と朱志香、きっとお怒りに触れる…。うー…。」

「わわ、悪かったぜ！　お怒りに触れちゃたまらねぇ！　謝るよ真里亞。もちろん魔女さまにも謝るぜ。ベアトリーチェさまごめんなさい、余所者の戯言と思って勘弁してやってください。」

「私も謝るぜ。ベアトリーチェさまごめんなさい。………これで魔女さま、私たちを許してくれるかな？」

「…うー。わかんない。魔女は気まぐれだから、許してくれる時は許してくれるし、許さない時は許さない。うー！」

「それは困ったね…。真里亞ちゃん、戦人くんと朱志香ちゃんが、ベアトリーチェさまのお怒りに触れないようにする、いいおまじないとかないかな。何か魔除《まよ》けとかさ。」

　譲治兄貴は、魔女について一番詳しいと自負する真里亞に、その方法を尋ねることで自尊心《じそんしん》を蘇らせようとしていた。……本当に子供をあやすのがうまいと再び感心せざるを得なかった。

　真里亞は、俺と朱志香に魔女の怒りが及ばないようにするおまじないはないものかと、腕組みをして真剣に悩んでから、手帳のページを捲《めく》り始める。

　単なる落書き日記帳かと思っていたが、……何だか魔術書のようなページもたくさんある。その中の、魔法陣みたいなものを模写したようなページをいくつも真剣に見比べていた。………どうやら、黒魔術趣味を持つのは祖父さまだけではないらしいな。やがて調べ物を終えたのか、手帳をパチンと勢いよく閉じるとそれを手提げに放り込み、さらにその中身を漁り始める。

　どうもごちゃごちゃと色々なものがしまわれているようだった。しばらくの間、様々なガラクタ（真里亞にとっては重要なマジックアイテムなんだろう）を取り出しては、これは違う、あれは違うと出し入れを繰り返した。

　まるで、取り出す道具を間違えたドラ○もんみたいでちょっぴりユーモラスだ。

　やがて、お目当てのものをようやく発掘できたらしい。さっきまでのむずかった表情からは想像もつかないくらいに晴れ晴れしい顔で、ソレを俺と朱志香に突き出した。

「うー！」

受け取ってみると、それはいかにも安っぽそうなおまじないアイテムだった。

プラスチック製の軽い数珠《じゅず》で作ったブレスレット風のもので、サソリをモチーフにしたようなデザインのメダルが付いていた。ほら、よく十二星座に対応した安っぽいアクセサリーがあったりするじゃないか。ゲームセンターのクレーンゲームの景品にでもありそうな感じの。まさにそんなものに見えた。

それが二つ。俺と朱志香の分という意味だろう。

……しかし、変に二つあるせいで余計、量産品っぽい安っぽさがあり、とてもマジックアイテムとしてのありがたさが感じられない。

「これを私と戦人に？」

「うー！　このお守りならベアトリーチェも大丈夫！　サソリは魔除けの力があるから！」

「へー、そうなのか？　サソリにそんな力がねぇ。」

「うー、戦人が信じない！　うーうーうー！」

俺の余計な一言でもう一度真里亞に火をつけてしまった…。

真里亞は再び手帳を取り出すと、様々なページを開いては突きつけ、いかにサソリには神聖な力があって、古来から魔除けの魔法陣に描かれてきたかを延々《えんえん》と説くことになった。

「……あ、他の使用人の子から聞いたことがあります。サソリって、魔術では魔除けのシンボルとして描かれることもあるんだとか…。」

「へー、そうなのかぁ…！」

「うー！　サソリは悪い魔法や災厄から守ってくれる。そしてエメラルドは心に平和をもたらしてくれる。だから二重で効果がある！　うー！」

「本当だ。サソリがエメラルドを抱いて守ってるね。なるほど、これはご利益《りやく》がありそうだよ。」

あまりにも安っぽそうなお守りに、色々と減《へ》らず口《ぐち》でツッコミを入れたい気持ちもあったが、俺たちのためを思って用意してくれたお守りの効能を一生懸命語る真里亞を見ていると、たとえゲームセンターの景品のお守りであったとしても、ご利益があるように感じられた。

お守りは材質が問題じゃないよな。気持ちの強さの問題さ。そいつを小馬鹿にするほど、俺も落ちぶれちゃいないつもりだぜ。

「そっか、ありがとな。ベアトリーチェさまには謝ったけどよ、万が一、祟《たた》りがある時でも、真里亞のこのお守りのお陰で安心だぜ。なぁ、朱志香ぁ。」

「あぁ、そうだぜ！　ありがとうな、真里亞。」

「うー！　心に平穏が欲しい時は腕に付ける。お財布に入れるとお金が減らなくなる！　ドアノブに掛けておくと悪いモノが入ってこられなくなる！　便利なお守り！」

「それはすごい効能ですね。真里亞さまが自信を持って勧めるお守りなら、きっと頼もしいものと思います。」

紗音ちゃんが小さく手を叩くような仕草をしてくれると、真里亞はえっへんと胸を張るような仕草をする。もう完全に元気になっていた。こんなにも上機嫌になってくれるなら、もうしばらく話の主役を真里亞に譲ってもいいだろう。

思えば、黄金の隠し場所の話で盛り上がっていた時は付いていけず、少し退屈そうにしていたように思う。

俺と朱志香は熊沢さんの焼いてくれたクッキーを食べながら真里亞に黒魔術のあれこれを尋ねる。真里亞は嬉しそうにしながら、饒舌《じょうぜつ》に質問に答えてくれた。その度に譲治の兄貴と紗音ちゃんが驚いたり相槌《あいづち》を打ったりしてくれる。空の雲の色はますますに重たくなっていくが、いとこ同士の一年ぶりのコミュニケーションを存分に満喫するのだった…。

「……ん。今、額にぽたって来なかったかい？」

「え？　どうだろうな？」

譲治の兄貴が額を擦《さす》りながら空を見上げる。空の色や空気の湿っぽい臭いを思えば、いつ雨粒が降って来てもおかしくない。少しずつ風も強くなってきた気がする。

「うー？　真里亜、ぽたっと来ない。真里亜だけ来ない。うー！」

「安心しろ、俺にも来ねぇぜ。それに今夜になれば、誰にも等しく大雨が降るだろうよ。」

「そうだね。そろそろ引き上げた方がいいかな…？」

紗音ちゃんが時計を見るような仕草をする。もう夕方のいい時間かもしれない。

「もう仕事に戻る時間かよ？」

「はい。…皆様と一緒で楽しい時間を過ごさせていただきました。ありがとうございました。」

「熊沢さんにクッキーをご馳走様って伝えてね。さぁみんな、片付けを手伝おう。」

紗音ちゃんは、それは使用人の仕事だからと固辞《こじ》しようとするが、生憎《あいにく》、フォークを落としたらウェイトレスに拾われるより先に拾うのが俺の生き甲斐だからな。俺たちは敷物《しきもの》を畳み、ゴミを集めてお片付けを手伝った。

「うー！　ゴミが逃げるー！　うーうー!!」

「そいつぁ逃がさないぜ、真里亜より先にいただきだ！」

「うー!!　真里亜が拾う！　うーうーうー！」

「真里亜ー！　靴を濡らすなよ、怒られるぜー！」

ゴミが強い風に煽られて飛んでいくのを追いかけるのも、真里亜にとっては遊びの延長のようだった。

片付けが終わる頃には、だいぶ強い風が吹くようになっていた。引き上げるにはいい潮時《しおどき》だったようだ。

「皆様のお陰で助かりました。ありがとうございました。」

「…もう本当に時間がないみたいだね。先に戻っていいよ。」

紗音ちゃんの慌しそうな様子に、残り時間が大して残されていないことを譲治の兄貴が悟《さと》る。

「源次さん、時間には厳しい人だからなー。定時に持ち場に付いていないと厳しそうだぜ。」

「また後でね。お仕事がんばってね。」

「は、はい！　……それでは失礼させていただきます。」

最敬礼のお辞儀をしてから、紗音ちゃんはぱたぱたと薔薇庭園に駆けて行った。

「じゃ、俺たちもゲストハウスへ戻ろうぜ。テレビでも見てくつろがせてもらうさ。」

「うー！　テレビ見る！　テレビ見る、うー！」

「なら決まりだな。戻ってみんなで一緒にテレビでも見ようぜ。」

まだ遊び足らなそうな真里亞も、テレビを見るということで納得してくれた。俺たちは緩《ゆる》い階段を登って薔薇庭園に戻った。

■薔薇庭園

俺たちが屋敷の庭園に戻ってきた頃にはだいぶ風が強くなり、庭園のたくさんの薔薇たちが小波のように揺らめいていた。この美しい薔薇もこれが見納めかもしれない。今夜の台風がきっと目茶目茶にしてしまうだろう…。

「薔薇、今夜の風でやられちまうかもしれないな。」

「そうだな。薔薇たちもラッキーだったと思うぜ？　台風の前に戦人たちを歓迎できたんだからよ。」

「花はいつか必ず散る。でも、だからこそ咲き誇る今を愛でることができるんじゃないかな。」

「そうだな。…真里亞もよく目に焼き付けとけ。今この瞬間が、今年で一番の薔薇なんだぜ。」

「うー。目に焼き付ける。」

すると真里亞は急にぽんと手を打つ。何かを思い出した風だった。

「……真里亞の薔薇…。台風で飛ばされちゃう。……うー！」

「あ、譲治の兄貴に目印のリボンを付けてもらったあの元気のない薔薇か？」

真里亞は薔薇の場所を覚えてるらしい。一目散に駆け出していった。俺たちもその後を追う。

「………うー？　うー。」

「あれはどこだったたっけなぁ…？　確かこの辺だったと思ったぜ。」

周りをきょろきょろと探してみるが、何しろこれだけの薔薇の中の一輪だ。この辺りにあるとはわかっても、なかなか見つけられなかった。台風の尖兵《せんぺい》の風たちが、庭園いっぱいの薔薇をうねらせる。まるで、そうすることで真里亞の薔薇の在り処をわからなくさせようと、意地悪しているかのように見えた…。

「ここじゃなかったかな…。少し手分けをして探してみようか。」

「そうだな。人海《じんかい》戦術で行こうぜ。………ん？　何だよ真里亞。」

俺たちが手分けして探そうとすると、不機嫌そうな顔をした真里亞が俺の上着を引っ張る。……よそへ行くなという意思表示に感じられた。

「何だよ、どうした。」

「……うー。真里亞の薔薇はここなの。ここにあるの…！」

「でも現にないぜ…？　この花壇の裏側だったかもな。みんなで探せば早いぜ？」

「うー!!　ここなの！　真里亞の薔薇はここなの!!　探して！　さーがーしーてー!!　うーー!!」

真里亞は地団太《じだんだ》を踏む。……間違いなくそこにあったと言って指し示すのだが、現にそこにはない。かといって、他を探そうとすると真里亞は怒る。…俺たちは途方に暮れるしかなかった。しばらくの間、俺たちは真里亞に付き合い、薔薇の茂みの中を探すフリをしなければならなかった。

「……うー。うー…！　ない。……ない！　ない！

うーー!!」

　ここにあるはずなのにないとでも言うのだろうか。真里亞はどんどん不機嫌になっていく…。

「…参ったな。真里亞がすっかり癇癪を起こしちまったぞ。」

「真里亞はたまに、すごくどうでもいいことを気にし始めちゃうんだよ。それがどうにかなる時はいいんだけど…。」

「ない物は探せないしね…。困ったな…。」

　すっかり途方に暮れていると、真里亞が大きな声を上げた。

「ママー!!　うーうー!!」

　大きく手を振る向こうには、楼座叔母さんの姿が見えた。台風が来る前にもう一度薔薇を見ようと思ったのか、ゲストハウスに用事でもあったのか。屋敷の方から楼座叔母さんがやって来る。すぐに娘の声に気付いてやって来てくれた。

「あらあら、どうしたの、みんな。何か探し物なの？」

「探してー！　ママも真里亞の薔薇を探して！　うーうーうー!!」

「真里亞の薔薇って？」

「この辺に元気のない薔薇をひとつ見つけて、それに目印を付けたんです。」

「飴玉かなんかの包み紙でキュッと。…しかし真里亞、確か俺の記憶が正しけりゃ、すぐ手前の目立つところに生えてたはずだぜ？　足が生えてどこかに行っちまったんじゃなきゃ、他の場所だったと思うぜ。真里亞の記憶違いじゃないのか？」

「うー!!　ここなの!!　こーこーなーの!!　戦人が信じてくれない！　うーうー!!」

「そのうーうー言うのをやめなさいって何度言ったらわかるの！　ママも探してあげるから静かにしなさい!!」

　温和なところしか見たことがない楼座叔母さんが怒るので、少し驚く。楼座叔母さんも探し始めるので、俺たちも一応それに付き合うが、この辺りにないことはすでに充分確認済みだ。…だから楼座叔母さんも、すぐにここにはないと理解する。

「ここにはその薔薇はないわよ。他の場所の間違いじゃない？　これだけたくさんの薔薇があるんだから。」

「うー!!　うーーーッ！！！　違うの!!　ここにあるの!!　ママも信じてくれない！　うーうーうーーー！！！」

「ちゃんと信じて探してるでしょ!?　でもないじゃない！」

「うーうー!!　でもここなの!!　ここにあるのにないの!!　うーうーうー!!」

「じゃあ誰かが抜いちゃったんでしょ！　とにかくそのうーうー言うのをやめなさい!!」

「うーうーうー!!　真里亞の薔薇、抜いたの誰、抜いたの誰ッ!!　返して、返して!!　うーうー!!　うーうーうーうー！！！」

「そんなの知らないわよッ!!　やめなさい、そのうーうー言うのをやめなさい!!」

楼座叔母さんが平手で真里亞の左頬を打つ。その瞬間だけ、真里亞の騒ぎが沈黙した。もちろんそれは一瞬だけのこと。真里亞は自分の願いが叶えられず、拒絶されたことを知るとますますに大きな声で騒ぎ出す。

「うーうー!!　うーうーうー!!　真里亞の薔薇！　真里亞の薔薇!!　うーうーうーうーうーうーうーうーー！！！」

「その変な口癖をやめなさいって言ってるでしょ!!　だからクラスの子たちにも馬鹿にされるんでしょうが!!　いい加減にしなさいッ!!」

もう一度、平手が真里亞の頬を打つ。

今度は沈黙しなかった。堰《せき》を切ったように泣き出し、ますますに大声で泣き喚く…。楼座叔母さんは明らかにイラついていて、娘を黙らせようともう一度平手を振り上げる…。

「ろ、楼座叔母さん…。まぁまぁ…その、小さい子供のことですし、そんなマジになんなくっても…、いっひっひ。」

俺は苦笑いで揉み手しながら、とりあえず場に割って入ろうとするが、…マジな顔をした楼座叔母さんに凄《すご》まれ、余計なことはするもんじゃないと思い知らされる。

「ごめんね、戦人くんたちはちょっとお部屋に戻っててくれる？　叔母さんは真里亞とちょっと話があるの。」

「うーうーうー!!　誰も真里亞の薔薇を信じてくれない!!　ここにあったのに!!　うーうー!!　探して!!　さーがーしーてー!!　ここなの、ここにあったの!!　うーうーうーうー！！！」

「でもないじゃないッ!!　なら他の場所の勘違いでしょ!?」

「うーうーうーうー!!　ここなの!!　絶対にここなのッ!!　うーうーうー!!」

「じゃあなくなっちゃったのよ!!　諦《あきら》めなさいッ!!」

「どうして!?　どうして真里亞の薔薇がなくなっちゃうの？　どうしてどうして!?　ぅーぅーぅーー！！！」

「知らないわよ、そんなのッ!!　だからその、うーうー言うのをやめなさいッ!!」

楼座叔母さんが再び手を振り上げ、感情に任せて頬を打つ。それは力強く、真里亞を転ばせるだけの力があった。

「へっへー…、楼座叔母さん、いくら娘でも暴力はいけねぇっすよ…。」

転んだまま、ぅーぅーと泣き続ける真里亞を庇うように俺は間に入る。……親子の問題に部外者が余計なお世話なのはわかってる。だからって、俺はこういうのを黙って見学しろとは習わなかったからな…。

「戦人くんは変に思わないの？　あなたの学校に、うーうー唸ってる女の子なんている？」

「いや、まぁさすがに高校には…。でも小学生ならそういう、うーうー言うのも可愛いじゃないっすか…。」

「可愛い？　うーうー言うのが可愛い？　可愛いってッ⁉」

その無責任な言葉が楼座叔母さんの逆鱗《げきりん》に触れたらしい。叔母さんはすごい形相《ぎょうそう》で俺の胸倉を摑み上げる…。

「馬鹿言ってんじゃないわよ‼　真里亞がいくつか知ってる？　九歳よ⁉　小学四年生なのよッ⁉　幼稚園児《ちえんじ》じゃないのよッ⁉　それなのに、まだクラスでうーうー言ってるのよ　わかる⁉　この子、クラスで何て言っていじめられてるか知ってるの⁉　この変な口癖のせいで、未だに友達のひとりもいないのよ⁉　無責任に真里亞のことを可愛いとか言ってを、現実から目を逸らさないで‼　この子の将来のことを、もっともっと真剣に考えてッ！！！」

「うーうーうーうー！！！　うーうーうーうーうーうーうー！！！」

「だからそのうーうー言うのをやめなさいッ‼　やめろって言ってんでしょ‼」

うずくまりながら、ますますに不満の声を上げるその頭を楼座叔母さんは引っ叩く。俺は止めようとするが、叔母さんに突き飛ばされてしまう…。俺の背中が譲治の兄貴にぶつかると、譲治の兄貴が言った。

「……昔は楼座叔母さんも、真里亞ちゃんの幼児言葉のひとつだくらいにしか思わなかったんだけど…。小学校の中学年になっても、直らないのを最近はだいぶ気にしてて…。」

「別に、どういう言葉遣いをしようと関係ねぇだろ…。」

「そのまま社会人にはなれないよ。…だから、見ていて気持ちのいい光景ではないけれど、……これは叔母さんたち親子の問題なんだよ。」

「………ま、私も、この言葉遣いのせいでよくお袋に怒られるけどよ。」

朱志香もそう答える。そんな風に言われたら、この痛々しい光景も、部外者の俺が割り込むものではないのかもしれない…。

「戦人くんだって、小さい頃、悪い癖が治らなくて、怒られたことがあったんじゃないかい？」

「……まぁ、ひとつやふたつは。授業参観の日に、人前でずっと怒られてた時は恥ずかしくて堪らなかったぜ。」

「じゃあ、今の真里亞ちゃんたちの気持ちはわかるよね。……僕たちに、ここにいてほしいとは思わないんじゃないかな。……朱志香ちゃんにもわかるよね？」

「…………怒られてるところを、誰かに見られてぇとは思わないぜ。」

「行こう。ゲストハウスへ戻ろう。そして真里亞ちゃんが戻ってきたら、何事もなかったかのように迎えてあげようよ。…それが、一番じゃないかい？」

　譲治の兄貴の言い分は多分もっともだと思ったし、…そういうもっともらしい理由をつけて、この胸の痛くなる場から退散できるなら、俺たちはそれでよかったのかもしれない。

　俺と朱志香は、譲治兄貴に頷き、その場を後にする。

　真里亞に、俺たちはゲストハウスに行ってるからなと声を掛けるが、耳には届いていないようだったし、言っている俺たちもどこか後ろめたくて白々しかった…。

「それなら好きなだけひとりで探しなさい！　ママは知りませんッ!!」

「うー！！！　探す！　真里亞がひとりで探すー!!　ママが知らなくても探す！　うーうーうーうーうーうー！！！」

「勝手にしなさいッ!!」

　楼座はその言葉を最後にぶつけると、ぐるりと踵を返して屋敷へ足早に戻っていく。真里亞にとってそれは、とても冷たく傷つく仕草に見えただろう。

　だが、楼座にしてみればそういうつもりではなかった。…感情的に頬を叩いてしまった手が、まだじんじんしていたから。…このまま叫び続けていると、また感情に飲み込まれて、娘の頬を何度も打ってしまいそうだったから。

　楼座が立ち去った後の薔薇庭園には、真里亞がたったひとりで残される。

　風はますますに強くなり始め、時折、額に雨粒がぼたりと当たった。…でも、真里亞はその場所を立ち去ることができない。あの、可哀想な萎れた薔薇を見つけるまでは。間違いなくそれはここにあった。……なのに、ない。場所はわかっていて、しかもそれはそこなのに、ない。

　真里亞は恨めしそうに、あったはずの場所を睨み続けながら、必死に考える。見る角度がおかしいのではないか。見る高さがおかしいのではないか。

　……たった一点を凝視しながら、真里亞は何度も立ち位置を変えては睨み続ける。

　風はますますに強くなる……。でも真里亞はいつまでも花壇の前で、あの薔薇を探し続けているのだった…。

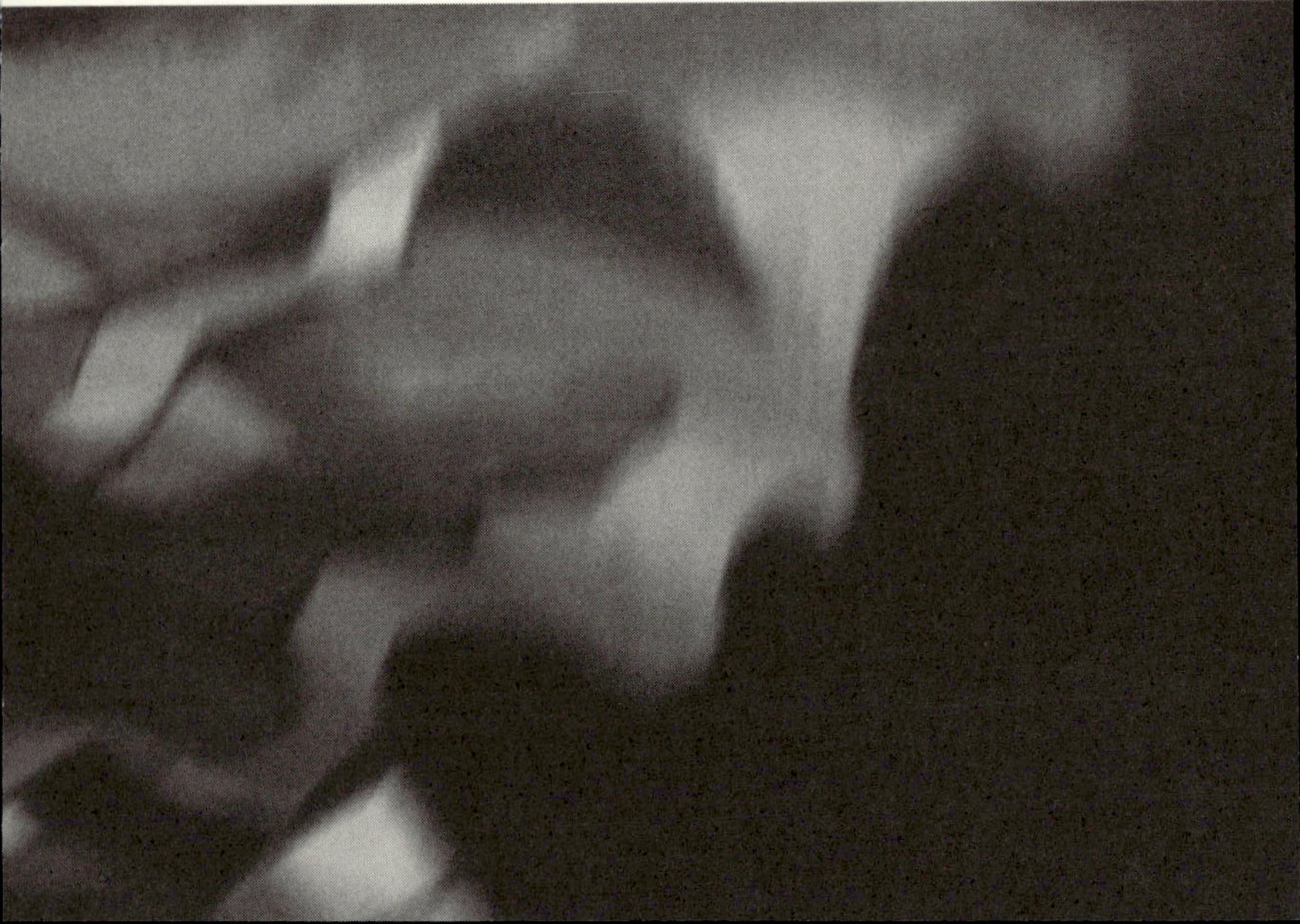

■金蔵の書斎

……金蔵は窓を叩く雨粒の音に気付く。とうとう降り出したらしい。

天気予報で予想していたよりは遅い降り出しであった。金蔵は雨音に誘われるように窓辺へ近付く。雨の音は静寂の音。その音はどんな静けさよりも静寂を感じさせ、人間など結局は生まれてから死ぬまで孤独でしかないことを思い出させてくれる。

「……遅かったではないか、ベアトリーチェ。」

その言葉は降雨の空に告げたもの…？　金蔵の眼差しの先に応える者の姿はない。

「……さぁ、始めようではないか。私とお前の、奇跡の宴《うたげ》を。……今こそこの島は現世より切り離された。もう誰も、私の儀式の邪魔をすることはできぬ。お前に相応しい生贄は充分にあるぞ。息子たちが四人。その伴侶が三人。孫たちが四人。私に客に使用人たち！　どれでも好きなだけ食らうがいい。運命

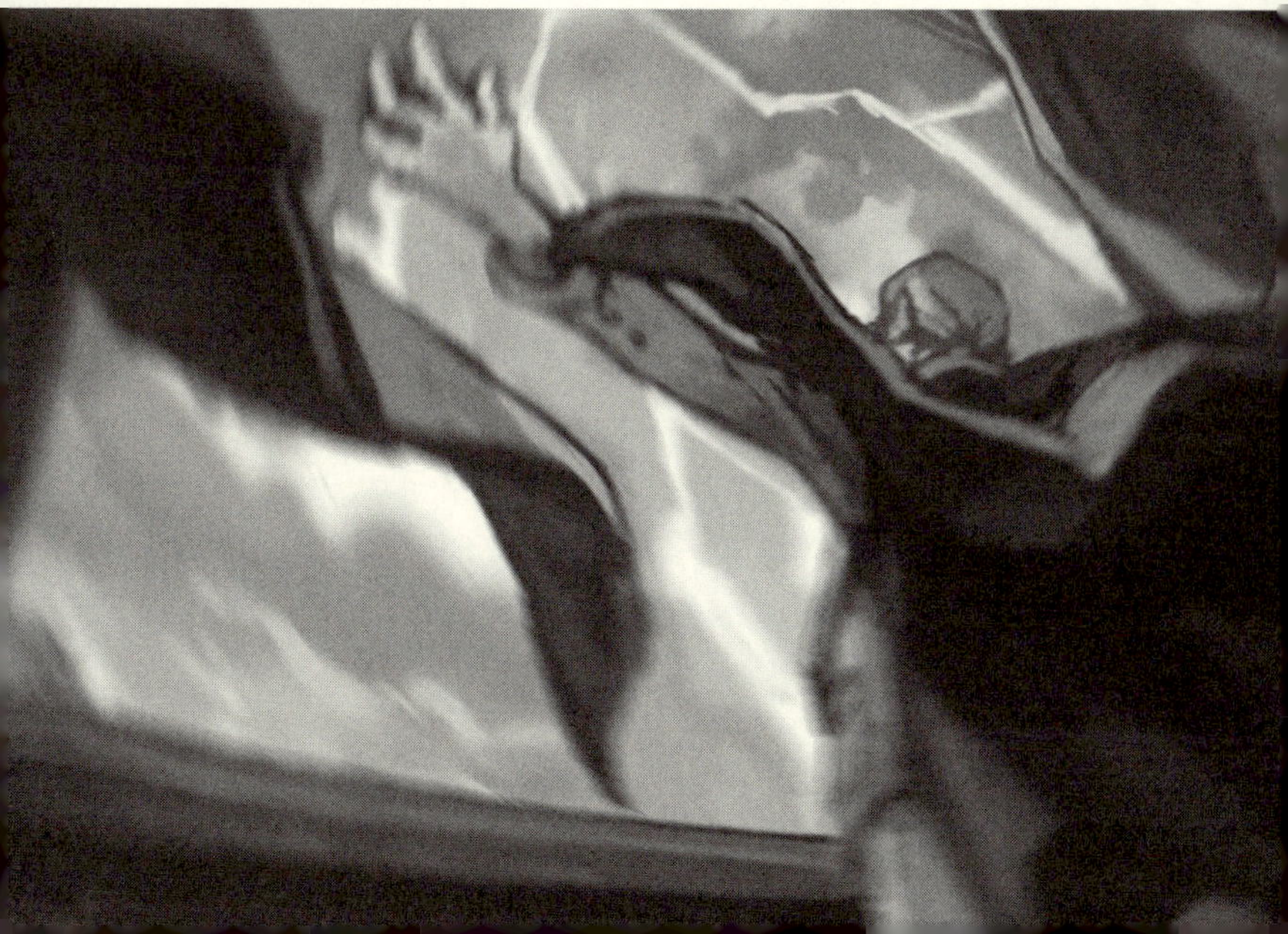

の鍵は、悪魔のルーレットに従い生贄を選ぶであろう。そのルーレットが私を選ぶならば、私すらもお前の生贄となろう。

……だが、だからこそなのだ…。それだけの狂気を賭けるからこそ、……私は必ずや偉大な奇跡を起こすだろう。…さぁ、好きなだけ食らうがいいッ…!! 私はそのルーレットに打ち勝つだろう。さぁ、全てを賭《と》すぞ。まずは右代宮家の家督を返そう。受け取るがいいッ!!」

金蔵は乱暴に窓を開けると、指にはめていた黄金の指輪をむしり取り、力強く投げ捨てる。…ゴロゴロゴロゴロ…。……その時、雷鳴が響き、まるで稲《いな》光《びかり》がそれを受け取ったかのような錯覚がした。

「そして………、お前が蘇った時、そこにいるのは私であるだろう。私が最後まで生き残り、お前の目覚めを見守るだろう。………さぁ、来たれベアトリーチェ…。ようこそ、我が宴へ…！ 私が生み出した全てと引き換えに、私にもう一度だけ奇跡を見せておくれ。……おおおぉ、…ベアトリーチェぇぇぇ…………。」

10月4日土

Sat. 4th October 1986

手紙と傘

番組の上の方に、ニュース速報のテロップが入る。

それは災害情報で、あちこちの自治体で大雨洪水警報や波浪警報が出されたことを告《つ》げ続けている。もちろんそんなテロップより、窓を激しく叩き始めた雨粒の方がずっと説得力を持って教えてくれていた。

「……すっげぇ降りだなぁ。でもこれだけ盛大だと、すぐに止みそうな気もするけどな。」

「そりゃ甘《あめ》ぇぜ。台風の速度が遅いそうだから、下手すりゃ明日も丸一日こんな調子らしいぜ？　ちょっとの天気でも、船は欠航するもんだしよ。」

「やっぱり、日曜日の内には引き上げられないか。

…念の為、月曜日に外部とのスケジュールを入れなくて正解だったよ。」

「ってことはぁ、いっひっひ、月曜の学校はサボれそうだなぁ？　島生活ってのも悪くないもんだぜ！

……そういや、朱志香は登校って、毎日、船で通ってるわけだろ？　船が欠航したら学校はどうなるんだ？　カメハメハ大王並みに、雨が降ったらお休みで風が吹いたら遅刻して、か？」

「船が出なきゃ休みになるぜ。もっとも、そう甘くはねーけどな。大抵、その代わりに自習が指示されて、後でかっちりと見られるからそうそう気楽でもねーさ。」

「例えば、梅雨《つゆ》なんかの長く天気が崩れる時期だと、数日間くらい登校できないこともあるんじゃねぇのか？」

「そういうこともあるぜ？　でも、毎日、きっちり担任から電話が掛かってきて、どう自習しろ、何を提出しろと口酸っぱく指導されるけどなー。」

「戦人くんが考えてるほど簡単にはサボれないよ。船で通う人たちのルールに従って、しっかり勉強をしているよ。」

「むしろ登校できた方が気楽だぜ？　自分の部屋じゃ気が散るし集中もできねぇしな。それでいて、問題集ばっかり数日もやらされてるとかなり精神的に堪えるもんがあるぜ？　……大学の時にはよ、寮《りょう》のあるところに入って、さっさとこんな不便な島はおさらばしたいもんだぜ。」

「へー…。じゃあよ、ちなみに、行きは天気が良くても帰りは悪くて欠航ってなったらどうすんだ？　学校に泊まるのか？」

「そういうのはよくあることだぜ。だから帰島できない人用の宿泊所があってよ。そこに寝泊りするんだよ。下手すりゃ数日間、家に帰れないこともあったりするぜ。」

「乗車率が二百パーセントを超えるような満員電車で毎日通勤通学しなければならない人から見てみると、船の通学なんて趣きがあって良さそうだな、なんて無責任に思っちゃうけど。やっぱり色々と苦労があるんだね。」

「よく、無神経な観光客がそういうこと言ってるぜ。私は島の生活なんてもうお腹いっぱいだね。早く高校を出て、こんな島とはおさらばしたいぜ。」

「高校にだって全寮制のところとかあったろうよ。何でわざわざ新島の学校を選んだんだよ。」

「私は最初っからそれを希望してたぜ!?　でもお袋がよ、当主跡継ぎとしての修業やらマナーやらが云々ってうるさくてよ。…結局、高校も地元になっちまったのさ。はー、こんな島はごめんだぜ。早く都会で生活したいよ。雨が降ろうが槍《やり》が降ろうが、ラフな格好でサンダルを履《は》けば、五分足らずでコンビニに行けるような都会に引っ越したいぜ…。」

「ははは。朱志香ちゃん、もう少しの辛抱《しんぼう》だよ。高校卒業まであとちょっとでしょ？」

「そのちょっとも我慢できねぇぜー。あ〜あ…。」

朱志香は大きく伸びをしながらソファーにもたれ込む。時間帯がぱっとしないせいか、面白い番組もやっておらず、俺たちは夕食に呼ばれるまでの時間を気だるそうに潰すしかなかった。

真里亞は結局、このいとこ部屋には帰ってこなかった。多分、楼座叔母さんに連れられ屋敷に行ったのだろう。大人たちが難しい話をしている中で、真里亞ひとりがぽつんとしていてもさぞ退屈だろう。

……なら、俺たちも屋敷に移るか、とも思ったが、さすがにこの天気だったし、夕食までの時間もそう長くはないだろうと思い、俺たちはここに留まっていた。

その時、慎ましやかなノックの音が聞こえた。朱志香が応える。

「はーい！」

「………お食事の準備が整いました。お屋敷へお越し下さい。」

嘉音くんの声だった。

この雨の中、わざわざ屋敷から俺たちを呼びに来てくれたのか？　内線電話でも掛ければ良かっただろうに。……まぁ、使用人の奉公というものは、時に合理化とは逆らうものなのだろう。

「何となくお腹が空いてきた頃だったしね。行こうか。」

譲治の兄貴がテレビを切って立ち上がる。

「俺はとっくにぺこぺこ～！　本家の晩餐《ばんさん》は毎回凝ってるしなぁ～！　それに郷田さん、仔牛のステーキとか言ってなかったっけぇ？　う～ん、たぁまらねぇぜ～!!」

「親族会議の日は特に豪華になるしな。私だって楽しみだぜ！　行こ行こ。」

部屋を出ると、嘉音くんがうやうやしく黙礼《もくれい》をしてくれた。

「じゃあ行こうぜ。外の降りはだいぶ酷いだろ？」

「……はい。お召し物を濡らさぬよう、充分ご注意ください。」

俺たち三人の姿を認めた上で、嘉音くんは空っぽの室内を覗き込む。

「………真里亞さまはいらっしゃいませんか…？」

「一緒じゃないぜ？　楼座叔母さんと一緒じゃないのかよ。」

■洋館・客間

　他に誰もいない客間のソファーに体を預けていた楼座は、いつの間にか寝入ってしまっていた。…子供たちには想像もつかないような負担が、彼女の身には掛かっていた。

　だから、少し気を緩めれば、その疲れはすぐにも楼座を眠りの世界へ誘ってしまうのだった。

　それに気付き、源次は毛布を持ってきた。それを掛けてあげようとしたところで楼座は電気に弾《はじ》かれたように目を覚ます。

「…………ぁッ、…………。……ありがとう、源次さんなのね。」

　自分の体に触れたものがただの毛布で、源次の厚《こう》意《い》によるものだったと理解し、ようやく安堵《あんど》の息を漏らす。

「……起こしてしまいましたか。失礼いたしました。」

「いえ、いいの。寝るつもりじゃなかったから。…今は何時なの？」

　時間を問われ、源次は懐から懐中時計を取り出して確認する。

「………六時を少し過ぎたところです。」

　ずいぶん、長く寝込んでいたような感覚だったのに、大して時間が経っていなかったことを知り、楼座は軽く頭を振る。…まったく休んだ気がしないのに、彼女を包み込んだまどろみはだいぶ深いようだった。

「ありがとう、毛布は結構よ…。変な時間に眠っちゃ駄目ね。すっかり時間の感覚が狂っちゃったわ。

………雨、とうとう降り出したのね。」

　楼座はようやく、自分をまどろみに深く誘った静寂の音の正体が、いよいよ降り始めた雨であることを知る。

「風もだいぶ出ているようね。…いよいよ台風なのかしら。」

「……そのように、テレビでは申しております。遅い台風だそうで、明日いっぱいはこんな調子だそうです。」

「そう…。………この素敵な薔薇庭園も、日中のあれが見納めだったのね。」

窓から見える薔薇庭園は、すっかり風雨の向こうに霞《かす》んでしまっていた。

「…真里亞…。……そうだ、真里亞は⁉」

「…………私はお見かけしておりませんが。ゲストハウスにお戻りではないでしょうか。」

楼座は我が子の性分をよく知っている。そしてぞっとする。

真里亞は馬鹿が七つ付くほどの正直だから、……ないものを探していなさいと命じたら、ずっとずっと探し続けている。……雨が降り出しても…‼

「……違うわ。いとこの子たちは先に行ってしまったから、あそこには真里亞ひとり…！　あの子は、誰かにもう止《や》めろと言われない限り、たとえ槍が降ってこようとあそこに居続けるわ！　傘もささずに‼　………あぁぁッ、私は感情に任せて何てことをッ‼」

その愚直さを母である自分が一番知っていながら、自分はまた一時の感情に任せて何てひどいことをッ…‼

「真里亞ぁあぁッ‼」

楼座は源次の肩を弾き飛ばしながら、廊下に駆け出していった。

■ゲストハウス・外

表は実に台風らしい、豪快な降りになっていた。地形的なものなのか、台風というほどの強風はなく、傘が風に奪われるほどのものではないようだ。もっとも、それでも充分に風雨と呼べるものだ。のんびりと雨に濡れる薔薇を愛でている余裕はないだろう。

「とりあえず今は真里亞が気になるぜ。………まさかあの後も、ずっとひとりでヘソ曲げて、あそこで薔薇探しをしてるなんてことはないよな。」

「…そうだね。さすがにこの雨じゃ、……と思いたいところだけど、真里亞ちゃんはたまにすごく頑固《がんこ》で、ものすごく愚直《ぐちょく》な時がある。」

楼座叔母さんが屋敷に連れて行ったんだろうと思い、深く気に留めなかった。

…だが、俺たちを呼びに、屋敷からやって来た嘉音くんが、こっちに真里亞がいると思っていたという点が気になる。

「………お屋敷ではお見掛けしませんでしたので、てっきりこちらにおられるとばかり。楼座さまは仮眠を取られておいでてしたので…。」

「ここに来る途中に、見掛けなかったのかよ?」

「………申し訳ございません。傘をさし、急ぎ駆け抜けたもので、そこまでの注意を払いませんでした。」

お屋敷とゲストハウスを最短距離で結んで薔薇庭園を突っ切ると、そこは真里亞が薔薇を探していた場所とは少しずれる。ましてやこの雨だ。嘉音くんが気付かなかった可能性は充分にある。

「ここで議論するより、直接確かめる方が早《はえ》ぇさ。……兄貴、ちょいと駆けっこと行こうじゃねぇかよ。」

「六年成長したから、僕に勝てるつもりかい? よし、決着をつけようじゃないか。………行こう‼」

俺と譲治の兄貴は雨の中へ飛び出していく。その後を、朱志香と嘉音くんも追った。

「真里亞ぁーッ‼ いるなら返事をしなさい‼ 真里亞ぁーー‼」

「楼座叔母さんだ。叔母さん‼」

譲治の兄貴が返事をすると、楼座叔母さんがまるで取っ組みかかるかのように飛びついてくる。

「真里亞はどこ⁉ 譲治くんたちと一緒じゃないの⁉」

「いえ、僕たちはあの後、真里亞ちゃんには出会ってません。」

「真里亞ぁああぁぁ！！！」

………六年前の真里亞は三歳だった。言われたことは何でもかんでも鵜呑みにする無垢な可愛いヤツだった。

…しかしあれから六年経ってるんだぞ！　九歳にもなりゃ、良いことも悪いことも経験して普通はスレる。……なのにお前ってヤツはまだ純粋無垢なままでいやがるってのか…⁉

「真里亞ぁあああぁぁああぁ！！！」

薔薇の花壇を回りこむと、ひょこりと白いそれが振り返った。……白い傘だった。真里亞は白い傘をさしながら、しゃがみこんで、まだ薔薇を探していたのだ…。

「…………うー。」

泣き腫《は》らして真っ赤になった顔は、雨と泥粒《どろつぶ》で汚れ、本当に痛々しいものだった。


「お前、……まだ探してたのか⁉」

「……うー……。見付からない…。真里亞の薔薇、……見付からない……。…うー……。」

真里亞は雨が降り出してからずっとここにいたのだろう。すっかり肩は冷えてしまっていた。疲れ切ってはいるようだったが、幸いにも傘を持っていたため、全身ズブ濡れというわけではなかった。

…多分、真里亞がいつも持ち歩いている手提げの中に傘があったのだろう。………よかった。本当によかった。

「戦人くん！　よかった、見つけたんだね！」

「真里亞ぁあぁあぁ‼　ごめんなさい、本当にごめんなさい…‼」

楼座叔母さんが、傘を投げ出して真里亞に抱きつく。

「……うー………。ない。…真里亞の薔薇がない…。……うー……。」

「あとでママも一緒に探してあげるから…。ね？

だから今日はお預けにしなさい。……ね？」

「………うー…。今日はお預け………。」

真里亜はまだ納得が行っていなかったようだが、冷え切った体は、それを拒む元気など残してはいなかった。朱志香と嘉音くんたちも追いついてくる。

「真里亜……。ずっとここにいたのか……。」

「……すぐにお屋敷でタオルの用意をさせましょう。」

「ごめんね……。本当に悪いママでごめんね………。」

「……楼座叔母さん、とりあえずお屋敷に行きましょう。このままじゃ真里亜ちゃん、風邪を引いちゃう。」

「………そうね…。真里亜、行きましょう。ちゃんと綺麗にしないと、お祖父さまに怒られちゃうわよ。」

「うー…。お腹空《なか》いた。」

「もう食事の時間だぜ。真里亜はよく頑張ったよ。天気がよくなったら、私たちも一緒に探してやるから。」

いつまでもこの雨の中にはいられない。俺たちは真里亜を連れて屋敷へ向かった。

真里亜は思っていたほど衰弱《すいじゃく》していたわけではないようだった。夕食が仔牛のステーキであったことを思い出すと、お腹空いた、うーうー！　と連呼し、いつもの元気さを取り戻すのだった。

……楼座叔母さんは、真里亜のうーうーを咎《とが》めはしなかった。

「そっか。傘を持っていたのか。さすが真里亜は用意がいいぜ。」

「……うー。真里亜、傘なんか持ってない。うー。」

「何だよ、じゃあその手に持ってる白い傘はどうしたんだよ？」

「うー！　貸してもらった！」

どうやら、親切な人が傘を持ってきてくれたらしい。普通の子なら、雨が降れば雨宿りを考えるだろうが、頑固な真里亞はそれくらいのことでは挫《くじ》けない。

…だからその人物も雨宿りを勧めることを諦め、せめて傘を持ってきてくれたのだろう。

「そう。その人にお礼を言わないとね。誰？」

「うー！　ベアトリーチェー！」

真里亞がとても嬉しそうに口にした名前は、この島の魔女の名だった。楼座は一呼吸置いてから、上機嫌な真里亞の機嫌を損ねないように聞きなおす。

「そう、良かったわね。それで、誰なの…？　傘を持ってきてくれた人は。」

「うー。ベアト、リーチェー！　うーうー！」

母が自分の言葉を信用してくれなかったことをすぐに感じ取った真里亞は、再び不機嫌そうな声を上げる。なので楼座はそれ以上を追及するのを止めた。真里亞に聞くより、夕食の席で貸してくれた人を聞いた方が早そうだ…。

■金蔵の書斎

「お父さん。せめて晩餐にだけは出席してください。これでは親族会議になりません。」

ドンドンと扉が叩かれながら、懇願《こんがん》する蔵臼の声が聞こえてくる。

だが、その声には、どうせ耳には届くまいという諦めが感じられた。

「………金蔵さん。せめて夕食くらいは出んかね。あんたの顔を見ようと、息子さんたちが集まってきてるんじゃないか。」

金蔵のチェスの相手をしていた南條が、なだめるように言う。

「黙れ南條。…………ビショップが利かぬか。…………一手足りぬ……。」

金蔵は、南條と長く続けてきたチェスの最後の攻防で頭がいっぱいなようだった。眉間《みけん》にシワを寄せ、老眼鏡越しに盤面を睨み続ける金蔵の耳には、蔵臼の声は届いていない。

「………金蔵さん。私も腹が減った。下に降りて食事をせんか。」

「ならばお前だけで行くといい。私はもうしばらく、この一手を吟味《ぎんみ》させてもらうぞ。…今夜で決着をつけてやる。………さもなくば、お前との決着は金輪際《こんりんざい》つけられそうにないからな。」

南條は自ら席を立ち、金蔵にも同じように席を立つよう促したつもりだったが、それでも金蔵の目がチェス盤から離れることはなかった。

金蔵がチェスに対し、いつも盲目的な集中力を見せることは常々知っていたが、それでも今夜の集中力はこれまでとは比べ物にならないものだった。

…それはまるで、彼が言うように、今夜で決着をつけなければ二度とこの勝負を進める機会はない、とでも言うかのよう…。これ以上、しつこく声を掛けても心に届くことはないだろう。

南條は諦め、蔵臼が叩き続ける扉へ向かう…。

■書斎の外の廊下

書斎の扉が開く。

…まさか本当に金蔵が出てきたのかと思い、蔵臼は後退《あとずさ》った。しかしその姿が南條のものだったので、安堵の息を漏らす…。

「……南條先生。親父殿は。」

「…………お役に立てなくて申し訳ございませんな…。…今や金蔵さんの世界はこの部屋だけです。」

南條は諦めきった表情で首を横に振る。蔵臼はもう一度拳を振り上げ、扉を叩きながら怒鳴った。

「……お父さん、聞こえますか！　私たちは下へ降りますが、気が向かれたらいつでもおいでください。息子兄弟一同、ずっとお待ちしておりますよ…！」

これだけ大声を出し、騒々しく扉を叩いているのだ。金蔵の耳にまったく届かないはずはない。

………届いてはいるのだ。

しかし、届いていて無視をしているのだ。

しかし、昼に呼ばれた時のように激昂はしない。

……今の金蔵はただひたすらに心穏やかで、…それはまるで、運命に身を任せるかのような達観《たっかん》すら感じられた。

「……晩餐にも、息子たちの顔にも興味はない。

……私がここを出るのは、ベアトリーチェが蘇る時か、私が鍵の生贄に選ばれた時だけだ…。もう悪魔のルーレットは回っている。今さら晩餐に何の意味があろう……。」

耳障りな扉を叩く音などまるで耳に入らぬかのように。…金蔵は達観の境《きょう》地《ち》でチェスの一手に黙考《もっこう》するのだった…。

■食堂

食堂には相変わらず、金蔵の姿だけがなかった。

蔵臼が苦笑いを浮かべながら、南條と戻ってくる。

「親父殿は相変わらずご気分が優《すぐ》れられないそうだ。年に一度の、親族が集まるこの機会に同席できないことを、非常に残念がられておられた。」

絵羽と留弗夫が失笑する。金蔵の性分からして、残念がるわけもないし、…そして、この席に現れないことを残念がる親類もいなかったからだ。

「ではディナーを始めようじゃないか。郷田、始めたまえ。」

「かしこまりました。それでは始めさせていただきます。」

郷田は、年間を通しての見せ場のひとつである親族会議の晩餐の開始をようやく告げられ、満面の笑みで頷いた。

「……えっと、真里亞に傘を貸してくれた人は誰かしら？」

静寂の食堂で楼座がおずおずと切り出すと、食堂の人間たちは一斉に注目した。

「…傘ぁ？　何の話？」

絵羽が訝しげな声を上げる。

「その……。さっき、真里亞が薔薇庭園にいた時に雨が降り出して…。誰かに白い傘を借りたみたいなんだけど、お礼が言いたくて…。」

「俺たちじゃねぇぜ。楼座が出てった後は、部屋を移してずっと〝仲良く〟おしゃべりをしてたからなぁ。」

「はは、…そうやで。あの後も兄弟で仲良くおしゃべりをしとったのや。」

秀吉の仲良くという言葉にはかなりの違和感があり、その場に居合わせなかった人間でも、さぞや不愉快な会話だったのだろうと察しがついた。

「少なくとも、私と絵羽と留弗夫と、あと秀吉さんと霧江さんでないことも確かだがね。」

「私たちは、夏妃姉さんと楼座さんが出て行った後もずっと一緒だったわ。食事の時間までずっとね。」

「兄さんは源次さんと一緒にお父様を呼びに上の書斎へ。私たちはそのまま食堂へ直行したもの。だから私たちではないわね。…傘を貸すなんて親切、使用人の誰かじゃないのぉ?」

「じゃあ、郷田さん?」

楼座は郷田に問いかける。

「……私はずっと厨房《ちゅうぼう》で準備をしておりましたもので。申し訳ございません…。」

その人物が自分だったなら格好良かったのに、と郷田は少しだけ残念そうだった。そこへ、オードブルを載せた配膳台車を押して、熊沢と紗音が現れる。

「じゃあ、熊沢さんか紗音ちゃんかしら?」

「…はい? なっ、何か粗相《そそう》がございましたでしょうか…。」

紗音は話の途中からやって来たため、何かのミスの犯人探しをされているのではないかと誤解し、萎縮する。そこで譲治が優しい顔で説明した。

「違うよ。真里亞ちゃんが薔薇庭園にひとりでいたときに雨が降って来てね。誰かが傘を貸してくれたんだよ。楼座叔母さんがその人にお礼を言いたいって言うのさ。」

「……うー。……ベアトリーチェ…。」

真里亞は口を尖《とが》らせながら、小声で魔女の名を口にする。楼座叔母さんが状況をもう一度説明してくれた。すると熊沢さんはからからと笑う。

「ほっほっほ。私たちでもございませんよ。私も紗音さんも一緒にお部屋の準備をしておりましたから、お外には出ておりません。」

「…はい。……気が利かなくてすみません……。」

「部屋の準備？　…とは、何のことかね？」

蔵臼が問うと、夏妃が答えた。

「…………この雨ですから、客人の皆さんがゲストハウスにお帰りになられるのも大変かと思って、使用人たちに屋敷内の客室の準備をするように命じたのです。」

「…あぁら、気が利くじゃない？　そうねぇ、この雨の中、表に追い出すのは失礼だものねぇ？」

「絵羽、もう、よさんか…。」

夏妃の説明を受けて紗音と熊沢が言った。

「はい。奥様からそのようにご指示を受けまして、私と熊沢さんと嘉音くんの三人で準備をしておりました。…そして御夕食の時間になり、源次さまからゲストハウスのお子様方をお呼びするようご指示をいただいた為、嘉音くんが行ってくれたのです。」

「えぇ。ですから、嘉音さんがゲストハウスに行かれる時に真里亞さんを見つけて、傘をお渡ししたのではありませんか？」

「……うー。ちーがーうーー!!」

傘を受け取った当の本人がそれを否定する。

楼座は困ってしまう。傘を貸してくれた人に一言お礼を言いたいだけなのに、その人物が見付からない。こうしてみんなが集まる晩餐の席で聞けばすぐわかると思ったのに…。

「…じゃあ、夏妃姉さん？」

「ごめんなさい。私は皆さんとの〝仲良く〟の語らいの後、頭痛が酷かったので、自分の部屋で休んでいました。ですから表へは出ていません。」

「……なら誰なの？　譲治くんたち？　……のわけないわよね。」

「いえ、僕たちじゃありません。僕たちはずっとゲストハウスでテレビを見てました。」

「むしろ私たちは、真里亞は叔母さんと一緒に屋敷に行ったとばかり…。」

「そこへ嘉音くんが来て、真里亞は一緒じゃないのかと聞いたんで、初めて屋敷にはいないのかってわかったんだよ。第一、俺だったら傘を貸すより先に、手ぇ引っ張って屋根の下に連れて行くぜ。」

楼座はすっかり困惑してしまう。

親類も使用人たちも次々に自分ではないと言い張る。…決して隠すようなことじゃないのに。となると、消去法で残る人間はわずかしかいない。

「もちろん、私でもありませんな。雨が降り始めてすぐの頃、金蔵さんの部屋を訪ねて、ついさっきまで一緒にチェスをしておりました。」

南條の言葉に霧江が続けて言った。

「……ということは、お祖父さまでもないようね。」

「何だ何だ…。妙な話になってきたぜぇ？　あと残るのは誰だぁ？」

「じゃあ、…誰。…源次さん？　え？　あの、ちょっと待って、勘違いしないでくれる？　別に私は何かの犯人探しをしてるんじゃないのよ。雨の中の真里亞に傘を差し伸べてくれた人に、母としてお礼が言いたいだけなの……！」

…雨の中にたたずむ少女に傘を与えたなら、それは誇るべきことで隠すことじゃない。…にもかかわらず、誰も挙手しない。……どうして？　誰もが、何とも妙な話になったとヒソヒソ話をしていた…。

留弗夫がやれやれという調子で楼座に声をかける。

「……落ち着けよ楼座。傘を借りた本人に聞けばいいじゃねぇか。」

誰もが思うもっともな話だ。傘を借りた真里亞からどうしてそれを聞けないのか、小首《こくび》を傾げていた。

だが楼座は下唇を噛む仕草をする。真里亞に聞けば、何と答えるかもう知っているからだ。

「道理《どうり》や！　留弗夫くんの言う通りやないか。真里亞ちゃん、おじさんに教えてぇな！　真里亞ちゃんに傘を貸してくれたのは誰や。」

「ベアトリーチェ！」

その答えに、一瞬だけ食堂は沈黙に包まれると、すぐにそれは弾けて笑いに包まれた。

「はっはっはっは。なるほど、森の魔女ベアトリーチェが不憫《ふびん》に思って傘を貸してくれたか。いい話じゃないかね。楼座、そういうことだ。」

「……ん、………………ん。」

楼座は納得が行かないようだった。…ちょっと傘のお礼をしたいだけなのに、なぜこんなにも煙に巻かれなくてはならないのか…。

「うー！　蔵臼伯父さんの言う通り。ベアトリーチェが貸してくれたの！　うーうー！」

「はっはっはっは…。それは良かった。無垢だというのは実に羨ましいことではないか。なぁ諸君。はっはっはっは…。」

蔵臼は明らかに馬鹿にした表情で笑うが、真里亞は自分の主張を信じてくれたように感じたらしく、非常に満足げに喜ぶのだった。

「……一体どうなってんだ？　まさか本当に魔女が現れて傘を貸したってのかよ？」

朱志香が俺の正面の真里亞には聞こえないように小声で問い掛けてくる。

「真里亞って、冗談が言えるタイプだっけ？」

同じ話をウチのクソ親父辺りが言い出したなら、ユーモアのひとつだろうと受け取ることもできる。

……だが、真里亞が口にすると、それは何とも説明のし難《がた》い、不思議な違和感を伴う…。

「いや。昔から愚直なぐらい正直で真面目だよ。普通なら聞いただけで嘘とわかるような冗談すら鵜呑みにするタイプだぜ？　真里亞から冗談を言い出すなんて聞いたこともない。」

それを一番良く理解しているのは楼座叔母さんだろう。妙な按配《あんばい》にすっかりわけがわからなくなってしまったようだった。

「じゃあ、真里亞がベアトリーチェに傘を借りたと言ったなら、それは間違いなくベアトリーチェなのか？」

「………真里亞に関してだけは、何かの比喩《ひゆ》とか冗談とか、そういうことは考えられねぇぜ。…額面通りの意味だと思うべきだろうよ。」

「じゃあ何だよ。源次さん辺りが、あの肖像画のゴツいドレスを着て真里亞に傘を持って行ってやったって言うのかぁ？」

「…そんなことは知らねぇぜ…。私が聞きたいくらいさ。」

朱志香はおどけるように肩をすくめるが、表情まではおどけ切ってはいなかった。


オードブルの配膳が終わり、郷田が自慢のウンチクを垂れた後、食事が始まる。ささやかな談笑が時折聞かれたが、それらはどこかよそよそしく、雨の音が食堂に忍び込んでくることを忘れさせない静かな晩餐だった。

■廊下

配膳台車を押して厨房に戻る途中の熊沢たちは、源次と嘉音に出会う。

「…源次さんか、嘉音さんですか、真里亞さまに傘を貸されたのは。」

「………傘？　何のことだ。」

「はい。……雨が降り出した時に、真里亞さまはひとりで薔薇庭園におられたそうで。…そこで、どなたかに傘をお借りになったそうなのですが、それがどなたかわからないのです。」

「……僕じゃないよ。真里亞さまはゲストハウスにいると思ってたくらいだからね。戦人さまが最初に見つけられた時には、もう白い傘をお持ちだった。」

「申し訳ないが、それは私でもない…。」

「………じゃあ、まさか、……お館様、でしょうか？」

食堂に集った面々と、この場に集った面々の全員が、自分ではないと明言した。…となれば、残るのは金蔵だけとなるが…。

「何かの御用で廊下を歩かれている時、偶然、薔薇庭園に傘もささない真里亞さまが見えたとか…。」

「…………お館様は真里亞さまのことをあまりお好きではない。」

源次の言葉に嘉音が続ける。

「同感だね。………お館様が真里亞さまのためにじきじきに階下までお越しになって、傘をお持ち下さるとは考えられないよ。」

「あら、……困りましたわね。では、真里亞さまに傘をお貸しになられたのは、本当にベアトリーチェさまってことに？　ほっほっほっほ…。」

食堂の親族たちが笑い捨てたのと同じように、熊沢も笑う。

……それ以外に、この煙に巻かれた状況を打ち破る方法が思いつかなかった。そこへパンパンと、手を叩く乾いた音が響いた。一同が振り返ると、食堂から出てきた郷田だった。

「さぁさぁ皆さん。ディナーは配膳のタイミングも大事です。すぐにスープの配膳に取り掛かってくださいさい。源次さん、彼女らは大切なお仕事中ですのでお引き止めにならないで下さい。」

「………………。」

嘉音は、尊敬する源次に対し見下したような言葉遣いをする郷田に敵意の眼差しを見せる。

それに源次が気付き、表情に出ていることを咎めるかのように肩を一度、ポンと叩いた。嘉音は渋々としながらも顔を背け、表情を戻す。

「……嘉音、郷田の指示に従いなさい。今は晩餐の配膳を急ぐように。」

「ほらほら、時間がありません。たらたらしない！　急ぎますよ…！」

郷田は紗音から配膳台車を奪うと、ぐんぐん押して先に厨房へと向かっていった。

「…では私どもも厨房に戻らせていただきます。…郷田さんも気の短い方ですからねぇ、…ほっほっほ。」

「わ、私もこれで失礼いたします…。」

熊沢と紗音はその場を立ち去る。後には源次と嘉音が残った。

窓からは時折雷鳴《らいめい》の轟く風雨の闇夜が見える。

「………源次さま。ベアトリーチェさまが本当に、……お戻りになられたのでしょうか。」

「…………わからん。」

「……お館様にお知らせしますか。」

「せずとも良い。……本当にお戻りになられたなら、やがて自《おの》ずとお館様の前へ現れよう。……それに、あれは気まぐれなお方。お館様にご報告申し上げたところで、お姿を現されないことには、何の意味もない…。」

「……………お館様の儀式は、すでに始まっているということでしょうか。」

「…おそらく。だがそれは、我ら家具には何の関わりもないこと。……お館様に受けたご恩を、最期の瞬間までお返しするのみだ。」

「……はい。…それが僕たち家具の、…………務めです。」

窓の外で雷鳴がもう一度轟く。

その稲光に照らし出される瞬間以外は、窓の外は全て夜の闇が支配している。

日の当たる時間帯が人の支配する時間帯なら、日の当たらぬ時間帯は、人ならぬ者が支配する時間帯。今や六軒島と屋敷を包み込む夜の闇は、右代宮家でない、もうひとりの支配者が支配していた。

その支配者は、薔薇庭園でひとり雨に打たれていた真里亞を不憫に思い、傘を貸したのだろうか…。

嘉音は窓の向こうにぼんやり見える薔薇庭園の外灯を見る。

それはぼんやりと光るだけで、周りを照らすには至っていない。

その光を見ることが、まるで魔女と目を合わせているように感じられて、嘉音は無理に目を逸らすのだった。…さもないと、その光に、目を吸い込まれてしまいそうな気がして……。

■食堂

天気のせいもあるのだろうか。気圧などは人間の体調や機嫌にも影響を与えると聞いたことがある。

先ほどから、この陰鬱《いんうつ》な空気を晴らそうと度々みんなが挑戦するのだが、どんな話題も一時的なものにしかならず、結局は雨の音で食堂を埋めるほかなかった。

デザートは何とかショコラケーキに梨《なし》のシャーベットを添えた物。郷田さんが、トドメとばかりにレシピについて熱弁を奮《ふる》ってくれたが、細かい部分は記憶に残らなかった。

主賓である祖父さまを欠き、天気も最悪で、真里亞に傘を貸した人物も謎のまま。何ともすっきりしない気分のまま、晩餐は終わりを迎えてしまった。

…今さらだが、食事ってのは味だけでなく、全体の雰囲気も大事なのだなと痛感する。

晩餐という名の演奏の指揮者でもある郷田さんは、場を盛り上げようと、色々と小洒落《こじゃれ》たスピーチなどで頑張ってくれたが、ひとつ及ばなかったようだ。

食後はコーヒー、紅茶、オレンジジュースのどれがいいかと全員の注文を聞くと、厨房に下がっていった。その姿が見えなくなってから、蔵臼伯父さんが言う。

「……やれやれ。せっかく郷田が腕を揮《ふる》ってくれた晩餐も、こうも沈み込んでしまっては実に味気ないというものだ。」

「………ええ、まったくね。今日は何を食べても美味しく感じられない、そういう気分よ。」

「ほぅ。絵羽、どうしてそういう気分なのか聞きたいね。心が晴れ晴れできるよう、兄として後で協力させてもらうよ。」

絵羽伯母さんは表情をちょっぴりだけ歪ませる。

…絵羽伯母さんが蔵臼伯父さんと仲が悪いことはすでに聞いていたが、それをはっきりと感じさせるものだった。

見れば、表情を歪めているのは親父も、楼座叔母さんもだった。どうやら、一同の気が晴れないのは、天気以外にも理由があるらしい…。

「……絵羽叔母さんもウチの親父も、…ずいぶん機嫌が悪そうっすね。」

「そう？　私はそうは思いませんよ。」

右隣の夏妃伯母さんに尋ねるが、…どうやら伯母さんも機嫌が悪いらしい。興味もないという風な感じで、ぴしゃりと言い切られてしまった。

「まぁ、ちょいと大人の話で込み入っててなぁ。戦人くんたち子供は気にせんでええ話や！　はははは、なぁ、夏妃さん、霧江さん。」

秀吉伯父さんが笑いながら言ってくれるが、いつもの伯父さんらしい朗《ほが》らかさがなく、大人の話とやらがどれほど込み入ったものか、おぼろげに想像させてくれた。

しかもその上、伯父さんが話を振った夏妃伯母さんも霧江さんも、まるで耳に入らなかったかのように無視をしている。

…子供抜きでどういう話をしているのかはわからないが、なるほど、親父が屋敷に挨拶に行く時、胃が痛い…みたいなことを言っていたことを思い出させられる。

親族会議というものは、子供にとっては再会を喜び合う行事だが、大人にとっては必ずしもそういうものではない、ということだ…。

秀吉伯父さんが大人たちに無視され、何だか重苦しい沈黙が訪れた時、霧江さんが答えてくれた。

「……子供たちの進路はどうなるのかしらとか、そういう話よ。戦人くんは将来はどうするの？　ぼんやりと大学進学？　そんなのじゃ長い人生レースのスタートラインとしては心細いわよ？」

「あいたたた…、霧江さん、メシの最中にそんな話されちまったら、消化不良で下痢になっちまうぜぇ⁇」

「わっはっはっは…！　そうやそうや、戦人くんや朱志香ちゃんの進路の話をしとったんや！　将来のことは真剣に考えんとあかんで！　わっはっはっは…。」

秀吉伯父さんは、さもそういう話だったという風に相槌を打つが、多分違う。霧江さんは、明らかに話をはぐらかしたのだ。

でも、霧江さんがそうするのが最善だと判断したなら、多分、この場はそういうことなのだろう。

それを理解し、俺はこれ以上、絵羽伯母さんや親父の不機嫌の理由について疑問を持つのをやめる…。

やがてコーヒーや紅茶を積んだ配膳台車が戻ってくる。それを熊沢さんと紗音ちゃんが配膳した。

そして、これで今夜の晩餐は終わりであることを郷田さんが説明する。

もっと晴れ晴れとした気分で食えたなら、人生で最高のディナーだったろう。最高のディナーに、最高のコンディションで臨めなかったことだけが残念だった。

「うー！　譲治お兄ちゃん、これでご飯は終わり？終わり？」

「うん。これでおしまいだよ。」

「はしたないわよ、真里亞。ちゃんとお席について、落ち着いてジュースを飲みなさい。」

「…うー。」

真里亜は、時折轟く雷鳴が面白くて仕方がないらしい。早く食事を終えて窓辺に駆けて行きたいのだろう。さっきからそわそわと食事の終わりを待っているようだった。

……雷って怖がるヤツと面白がるヤツの二種類がいるが、どうやら真里亜は後者らしいなぁ。だから、譲治の兄貴に食事はこれでおしまいだと教えてもらえて、満面の笑みを浮かべた。

そして真里亜は席を立つと、椅子《いす》の下に置き、食事の時間にも側から離さなかった手提げを取り出しその中を漁る。

その仕草に、特別な関心を払う者はいなかった…。

「………何だい、それは。どこから持ってきたの?」

最初に気付いたのは譲治だった。その言葉で戦人も気付く。

見れば、いつの間にか真里亜の手には綺麗な洋形封筒《ふうとう》が握られていた。その封筒の表面には、右代宮家の家紋である片翼の鷲をイメージしたものが箔《はく》押しされていた。さらに赤黒い蠟《ろう》で封までされていて、真里亜がいたずらに持っていていいものではない、格を感じさせた。

「……真里亜ちゃん、それは何?」

夏妃も、真里亜が持つその封筒の異様さに気付いたらしい。小さな子に諭《さと》すにしては厳しすぎるその口調で、周りの親類たちもようやく気が付いた。

「どうしたよ、夏妃姉さん。」

「…………それ、…何?」

「真里亜…、あなた、それをどこで拾ったの…。」

「その封筒は、……金蔵さんの……。」

南條さんがつぶやいたその一言で、子供の戦人たちにもなぜ場が凍りついたのか理解できた。

真里亜が持つ封筒は、右代宮家当主、つまり金蔵がプライベート用に作らせた特注の封筒だった。

……つまり、意味するところはひとつしかない。

この封筒は、金蔵からのメッセージが収められているのだ。

蔵臼や留弗夫も興味深そうに封筒に注目して、口々に言う。

「ほぅ………。…どうしてそんな封筒がここにあるんだね…？」

「……こ、……こいつぁ面白いもんが飛び出してくるぜ。」

「………ちょ、ちょぃとわしに見せてみぃ…！」

「うー!!　駄目ぇ、真里亞が読むの！　真里亞がみんなに読んで聞かせなさいって言われたの!!」

秀吉伯父さんが真里亞の手から封筒を引ったくろうとするが、真里亞は抱き締めるようにしてかばい、それを拒む。

「秀吉兄さん、子ども相手に力尽《ず》くなんていけませんよ。………真里亞ちゃん、その封筒はどうしたの？」

「うー！　傘を貸してくれた時にベアトリーチェにもらった。ご飯が終わったら、真里亞がみんなに読んで聞かせろって言われた！　真里亞は魔女のめ、め…、〝めっせんじゃ〟なの！　うー！」

「メッセンジャー…？　ひっひっひ、この島の魔女さまはずいぶんと洒落てるじゃねぇかよ。」

　戦人がおどけて見せるが、つられて笑ってくる者は誰一人いなかった。

「…………そ、それで中には何て書いてあるのかしらぁ、真里亞ちゃん…？」

「うー。読む！　うー！」

　真里亞は封筒を無造作に開ける。…蠟で封をされていただけなので、ぽろりと封蠟が取れてそれは開かれた。…その封蠟がテーブルの上に転がる。それを素早く秀吉が拾い上げてまじまじと見た。

　そしてそれをテーブルの中央に置くと、夏妃、霧江、南條が睨むように注目する。封蠟には、右代宮家の家紋であり、金蔵の紋章でもある片翼の鷲が刻

印されていた。

「…………これは、当主様の紋章…。」

「…………私は金蔵さんに手紙をもらったことがあるからわかる。これは間違いなく、金蔵さんの封蠟だ。」

だが、霧江がその可能性に疑問を投げかける。

「でも、このお屋敷には、それと同じ紋章がいくつもあるのでは？　例えば、封蠟用のハンコのようなものがあれば、金蔵さんでなくても封蠟はできるのでは？」

「いや、金蔵さんは封蠟には必ず、自分が指にしている〝右代宮家当主の証〟の指輪で刻印をする。この形や複雑な意匠は…、間違いなく金蔵さんの封蠟だ…。」

南條がそう語ると、蔵臼がそれを否定するように口を挟んだ。

「そうとは限らんよ。親族であれば一度くらいは親父の手紙を受け取ったことはあるはずだ。その封蠟を元に、偽《にせ》の紋章を作り親父殿を騙《かた》って刻印した可能性は否めない。」

「兄貴に同感だ。封蠟に刻印されている紋章が、どれだけ親父の物に酷似《こくじ》していたとしても、間違いなく親父の物であるとは証明不能だぜ。だからその封筒が親父の物であるという証拠にはならない。」

「私もまったく同じよ。封蠟の刻印だけで、お父様の手紙だなんて決め付けることには同意できないわ。南條先生、曖昧《あいまい》な言葉は慎んでいただけるかしら…⁉」

「…………これは失礼…。出過ぎた口でしたな…。」

蔵臼以下の兄弟たちが次々と、真里亞の持つ封筒は金蔵のものであるとは限らないと、南條の発言を否定する。彼らは恐れていた。その中に、金蔵の意思が書かれていて、遺産に関して何か決定的に不利な発表をするのではないかと心底恐れていた。

「…真里亞…。その封筒は、傘を貸してくれた人が、くれたのね…？」

「うー！」

「うーじゃわからないでしょ！　そうなの!?」

「うー…。……うん。うー。」

「つまり、…魔女、ベアトリーチェが、傘と一緒に真里亞ちゃんにその封筒を…？」

「うー！」

真里亞が力強く頷く。

「…しゅ、主人に私も同感です。得体の知れない何者かが手渡した怪文書です。読むにも値しません。」

「せめて読むくらいいいじゃねぇかよ、なぁ？」

戦人は悪ぶりながら、小声で朱志香に言ったつもりだったが、ばっちり夏妃に聞かれていて、ものすごい目で凄まれる。

「そ、それで真里亞は、その、…ベアトリーチェに、食事が終わったら読めって言われたんだな？」

「うー！」

「………いいじゃないの、皆さん。これはお祖父さまの封筒ではなく、ベアトリーチェの封筒。誰が書いたのかはともかく、中身を開いてからの判断でもいいんじゃないかしら？」

「そ、…そうやな。お父さんが書いたとは限らんが、中身が気になるんは事実や。……真里亞ちゃん、さっきは無理やり取ろうとしてすまんかった！　謝るから、みんなの前でそれ、読み上げてくれんか。」

「…………真里亞。読みなさい。」

「うー。」

真里亞は親族全員に凄まじい目で凝視される中、手紙をかさかさと広げる…。

「……本当に親父の手紙だと思うか。」

「ありえんね。親父殿が私たちに何かを発表する時は、直接でなければいつだって源次を通してじゃないか。……このような小洒落た方法でするとは思えんね。」

「そうよぅ。真里亞をメッセンジャーに？　それこそお父様の趣味じゃないわよぅ…。楼座、これは真里亞ちゃんが私たちを驚かそうという何かの隠し芸なんでしょ…？」

「…………ま、真里亞はそんな気の利いたことができる子じゃない。」

「読む。うー。」

真里亞の口から出る言葉なのに、なぜかいつもと違う声のような気がして、一同はシンと黙り込む…。

「六軒島へようこそ、右代宮家の皆様方。私は、金蔵さまにお仕えしております、当家顧問《こもん》錬金術師のベアトリーチェと申します。」

「……そんなアホな…！」

「黙って！」

秀吉や絵羽の声に構わず真里亞は続けた。

「長年に亘りご契約に従いお仕えしてまいりましたが、本日、金蔵さまより、その契約の終了を宣告されました。よって、本日を以ちまして、当家顧問錬金術師のお役目を終了させていただきますことを、どうかご了承くださいませ。」

「……下らん、戯言だ…！」

「き、聞くに堪えません…！」

蔵臼と夏妃が憤慨した声を上げるが、真里亞はそのまま続ける。

「さて、ここで皆様に契約の一部をご説明しなければなりません。私、ベアトリーチェは金蔵さまにある条件と共に莫大な黄金の貸与《たいよ》をいたしました。その条件とは、契約終了時に黄金の全てを返還すること。そして利息《りそく》として、右代宮家の全てを頂戴できるというものです。」

「む、無茶苦茶や!!」

「…は、初めっから無茶苦茶だぜ…。」

「要するにあれだろ？　よくある悪魔の契約みたいなヤツなんだろ？　んで、契約がおしまいってことになるから、利子を回収に来たってわけだ。いんや、長年の退職金のつもりかなぁ？　ちゃっかりした魔女だぜ。」

「戦人くん、今は茶化さない方がいい…。」

戦人はここで茶化さなくてどこで茶化すんだという顔をする。それくらいに大人たちの顔は、ある者は蒼白《そうはく》で、ある者は呆然《ぼうぜん》としていた。

「これだけをお聞きならば、皆様は金蔵さまのことを何と無慈悲なのかとお嘆《なげ》きにもなられるでしょう。しかし金蔵さまは、皆様に富と名誉を残す機会を設けるため、特別な条項を追加されました。その条項が満たされた時に限り、私は黄金と利子《りし》を回収する権利を永遠に失います。」

「……特別な条項…？」

「そ、それは何よ…⁉」

「特別条項。契約終了時に、ベアトリーチェは黄金と利子を回収する権利を持つ。ただし、隠された契約の黄金を暴いた者が現れた時、ベアトリーチェはこの権利を全て永遠に放棄しなければならない。……利子の回収はこれより行ないますが、もし皆様の内の誰か一人でも特別条項を満たせたなら、すでに回収した分も含めて全てお返しいたします。なお、回収の手始めとしてすでに、右代宮本家の家督を受け継いだことを示す〝右代宮家当主の指輪〟をお預かりさせていただきました。封印の蠟燭にてそれを、どうかご確認くださいませ。」

「………これがそうだと言うのか…⁉　親父が指輪を手放すなどありえん…！」

先ほどの封蠟を蔵臼は穴が開くほど睨みつける。

肩越しに絵羽と留弗夫も同じように睨みつける！

「た、確かに、チェスの時、金蔵さんの指に何か足りんような違和感は感じとりました………。」

「南條先生！　おぼろげな記憶でいい加減なことを言わないように！」

「その真贋《しんがん》をここでは測れないわ。本当に指輪をお祖父さまは誰かに手渡したのか、この手紙が本当の話かどうかは、お祖父さまに直接確認すればいいだけの話じゃない。」

「そ、そうね。霧江さんの言う通りだわ…。」

「………果たして。…金蔵さんがそれを答えてくれますかな…。あの人のお考えは、時に人の世の常識では測りかねますからな…。」

「どの道、戯言の域を出んね…！　第一、黄金幻想自体が親父殿のまやかしだ。ありもしない黄金の話を始めるのはお前たちだけで充分だ！」

「でも、魔女様は仰ってるわよぅ、兄さん？　黄金を見つけたものに、家督と全ての財産を引き渡す、ってね？　つまりベアトリーチェさまは、お父様の顧問弁護士もしくは金庫番でもあられるってことじゃないのかしらぁ…？」

「こ、このような怪しげな文章を子供に託すような怪人物を信用することなどできません！」

手紙の存在を拒絶する夏妃を制して、留弗夫が長兄を問い詰める。

「兄貴…、腹を割ってもらうぜ。兄貴の知らない人物が親父の財産管理をしてるようなことはありえるのか！」

「い、いや、それはない！　私は当主代行として親父殿の全ての財産を把握している！　私に知られずにそれらを自由にできる人間はいないはずだ！」

「じゃあつまり、蔵臼兄さんの把握していない財産ってことじゃないの？」

「馬鹿な、そんなものあるわけがないッ！」

「……………あるわよぅ。兄さんが把握していないお父様の資産。」

「そんなものあるわけがありませんッ!!」

「いや、あるで。……………それがお父さんの、いや、ベアトリーチェの隠し黄金や!!」

「話を整頓《せいとん》しよう。つまり、親父には兄貴も知らない腹心《ふくしん》がいた。そしてそいつはずっと黄金の番と運用を任されてきたわけだ。あるいは悪魔の契約紛いのルールで融資した好事家《こうずか》の大富豪か。」

「………その腹心のベアトリーチェさんは、自分の黄金を融資する相手として、息子兄弟の誰が相応しいか試したい、ということなのかしら?」

その霧江の一言は、兄弟たちの誰もがはっきりさせたい一言だった。

思えば今日まで、ホールの魔女の肖像画の下に、あれほどの怪しげな碑文が掲載され、それを暴いた者に全てが与えられるのではと囁かれながらも、……誰も、そうだとはっきり言明しなかった。

きっとそうに違いないと夢を見てきただけなのだ。

それが、今この場で、ベアトリーチェの手紙によって、はっきりと示される！ 隠し黄金を見つけ出した者に、右代宮家の全てが与えられると、はっきり明示したのだ。


「黄金の隠し場所については、すでに金蔵さまが私の肖像画の下に碑文にて公示されております。条件は碑文を読むことができる者すべてに公平に。黄金を暴けたなら、私は全てをお返しするでしょう。

それではどうか今宵を、金蔵さまとの知恵比べにて存分にお楽しみくださいませ。今宵が知的かつ優雅な夜になるよう、心よりお祈りいたしております。

——黄金のベアトリーチェ」

■金蔵の書斎

「……お父さん、聞こえているはずです！ 返事をしてください！」

金蔵の書斎の扉が、打楽器のように激しく激しく何度も叩かれている。その向こうから聞こえる叫びは、蔵臼や留弗夫、時に絵羽の声。怪しげな手紙の真相を問い質《ただ》そうと押しかけた兄弟たちだった。

金蔵は食事を取っていた。机の上には上品なテーブルクロスが敷かれ、下の食堂で食卓を彩《いろど》った素晴らしき晩餐を再現している。黙々と食事を進める金蔵。

…空いた皿を下げる紗音は、叩かれ続ける扉と金蔵の顔を、不安げに見比べる。

「…………皆さんがお呼びですが、…いかがいたしますか…？」

「…捨て置け。神と我が晩餐は沈黙を尊《とうと》ぶ。」

「…………黙らせますか？」

「必要ない、源次。我が耳には届いておらぬ。」

金蔵は涼しげに食事を嗜む。源次は静かに頭を下げると一歩下がる。…すると、源次の斜め後ろに影のように控えていた嘉音が口を開く。

「……………真里亞さまがベアトリーチェさまより手紙を受け取られたとのことで、その真偽《しんぎ》を確かめたいのでしょう。」

「…はっはっはっは…。………あやつめ、さっそく始めおったか。…………さぁ、ベアトリーチェ。賭けるコインに不足はあるまい。存分に今宵を楽しもうではないか。……負ける気はないぞ。お前の微笑みは永遠に私のものだ。もう一度見られるなら、富も名誉も、我が命すらも惜しくはない。

………さて、ルーレットは回り始めた。ボールはどのポケットに落ちるのか？　黒《ノワール》か、赤《ルージュ》か。それとも親の総取りか。さぁ始めるがいい、ベアトリーチェ。私が再びお前に奇跡の力というものを見せてやる…！」

10月4日土

Sat. 4th October 1986

黄金伝説

■客間

魔女が真里亞に託した不思議な手紙は、俺たち全員の頭から、どんな晩飯が並んだのかという記憶さえ吹き飛ばしてしまった。

真里亞は、楼座叔母さんや他の親族たちにさんざん質問責めにされ、いくら話しても信じてくれないと完全に機嫌を悪くしてしまった。俺たちが声を掛けても無視する有様だった。


親たちは、黄金の話に色めきたったり、財産分与がどうのこうのと、俺たち子供がいることも忘れて盛んな議論をしていた。

…そういう話を陰でしてるんだろうなぁとは思っていても、こんなに露骨だとは思わず、少なからず俺たち子供にショックを与えるのだった。

…漏れ聞く限り、親たちは全員、とにかくカネが少しでも多く、少しでも早く欲しいらしい。祖父さまの遺産がどうのこうの。黄金を見つけた場合の配分はどうのこうの。前払いだの現金だの。

……その浅ましさには、実の息子であっても眼を背けたくなってしまう。

…それはどうやら朱志香も同じらしかった。俺たちは誰に頼まれずとも席を外し、大人たちのいないところでたむろしているのだった…。

「………なるほどな。祖父さまがメシの席にも顔を出したくない理由が、よーくわかったよ。うちの親たちにはすっかり幻滅《げんめつ》だぜ！　カネだの遺産だの！よくもまぁ、あそこまで大っぴらに！」

「俺の場合は、クソ親父に幻滅しきってるからよ。これ以上、評価の下がりようがないぜ。いっひっひ！」

「そ、そんなの私だって同じだぜ！　しかし……、今夜のには呆れたぜ。心底呆れたぜ…。」

朱志香はイラつきながら俯く。…普段は親のことを悪ぶって言っているが、実際は心の底からそうというわけでもないのかもしれない。朱志香のショックの深さからそれがうかがえた。

「……未成年の君たちはご両親に養育してもらってるからわからないだろうけど。……お金を得るというのは、単純な綺麗事じゃないよ。未成年である今にそれを理解しろとは言わない。……でも、ご両親なりに何かの努力をしていることだけは認めてあげてほしいな。」

「………やれやれ。譲治の兄貴は人間ができてるぜ。」

「譲治兄さんは、社会人になってバリバリ働いてるけどよ。……カネとか財産とか、そういう話になったら、ウチの親父たちみたいに強欲《ごうよく》むき出しのハゲタカになれるってのかよ…？」

「……………………自分だけの話だったら、そんなことはしたくないよ。でも、家族や社員、部下やその家族の生活を背負ったら、…戦わなければならない時もあるかもしれない。」

「………私はそんな戦い、嫌だぜ。祖父さまの遺産がどうのこうのなんて話、ヘドが出るぜ。」

朱志香は唾《つば》を吐き捨てるような乱暴な仕草をする。

…そのトゲトゲした様子から最大限の傷心が感じられた。

「…もうこの話はやめようぜー？　祖父さまの隠し黄金がどうのこうの、財産だ遺産だって話は親たちの問題で俺たちの問題じゃないさ。」

「僕も同感だよ。……せめて気を利かせて、親たちの話し合いを邪魔しないのが子どもの務めだと思うね。」

「……ちぇ。…何だか面白くねぇぜ…。」

大人は汚い、なんて定型文は誰だって知ってるが、…それをもろに見ちまったわけだから、俺たちお子様には少なからずショックがあったのは事実だ。

譲治の兄貴はすっかり大人だったし、俺はそもそも親父には幻滅してたしということもあって、ショックはそう大きくなかったが、……朱志香にはそうではなかったらしい。

朱志香のショックは、どうやら俺が想像しているよりずっと深いものらしかった。……こいつって、悪ぶった口の利き方はしているが、中身は昔からまったく変わっていないのだろう。

…今でも相変わらず、人を疑うことを知らない、心の綺麗でデリケートなヤツなんだ。親のことだって、多分、人並みには尊敬していたに違いない。

……それが、他の親兄弟たちと、子どもたちの目の前で堂々と、カネカネ遺産遺産、俺のカネだなんだかんだと騒ぎ出したのだから、さぞかしショックは大きかったろう…。

「…朱志香ちゃん。どうかお父さんとお母さんのことを嫌いにならないで。……理解しろとまでは言わないから、せめてどうか嫌いにならないであげて。」

「わかってるよ、少し放っておいてくれよ…!!」

六年前のお子様な俺だったら、消沈《しょうちん》している朱志香に追い打ちするようにからかうのだが、……さすがに俺も六年分程度は成長した。今の朱志香はそっとしておいた方がいいのがわかる…。

朱志香はぷいっと向こうを向くと、客間を出て行く。…ひとりにしてほしいということなんだろう。俺は、らしからぬその背中を無言で見送るしかなかった…。

「……そう言えば真里亞ちゃんはどこに行ったんだろ。」

「多分、まだ肖像画の前でいじけてるんだろうぜ。」

魔女を自分の憧れの存在と位置付ける真里亞にとっては、ベアトリーチェとの接触と、その証拠である手紙をもらったことは、みんなに驚き、そして喜んで欲しい出来事だったに違いない。

だが、大人たちはその真偽を疑い、真里亞の話を鵜呑みにせず、徹底的に質問攻めにした。

…それがどれほど真里亞を傷つけたのか、いくら俺でも想像に難しくない。

真里亞にも、そして朱志香にも、俺たちは声をかけられない。…結局、譲治の兄貴と一緒に、闇夜に降り続ける雨音に身を委《ゆだ》ねているしかなかった…。

「台風はどんな感じなんだろうね。……ニュースをやってないかな。」

譲治の兄貴は、客間の隅に置かれたテレビの方へ歩いていく。俺まで来いとは呼ばれなかったし、別に台風が今どこの洋上にいようとどうでもいいことだ。だから俺はテレビには行かず、窓辺でぼんやりしていた。

「……そんなに風は出てなさそうだけど、海の上はひどいのかしらね。天気予報では暴風警報も聞いてたんだけど。」

「霧江さんか。…大人たちの積もる話はどんな感じなんすかー？」

嫌味の意味は通じているらしい。霧江さんは肩をすくめる。

「…この胃の痛くなる話は徹夜で続くのかしら。嫌になるわ。」

「まぁ、せいぜいよろしく、祖父さまの財産分配について、ハゲタカごっこをお楽しみ下さいってんだ。…最低の気分だぜ。」

「それに関しては同感よ。戦人くんみたいに席が外せるなら、私もそうしたいわ。…でも、そうも行かない。たとえ発言権がなくてもね。パートナーも大変よ？」

霧江さんは苦笑いをしながら溜め息をつく。そりゃあそうだ。嫁いできた霧江さんには発言権はないだろう。

でも、親父のパートナーとして側にいて支え続けなくてはならない。

……心的負担は、矢面《やおもて》にいる以上、俺よりずっと上に違いない。謝ろうとは思わないが、口を悪くし過ぎたと思い、俺はそれ以上の嫌味をやめる…。

「どんな感じなんすか。相変わらず、謎の魔女ベアトリーチェの話題で持ちきりですか？」

「……まぁね。あの人たちは、お祖父さまが亡くなった時の遺産分配について、兄弟四人で話をまとめようとずっと密約を重ねてきた。…そこへ未知の五人目が現れて、話をややこしくしようって言うんだから、穏便《おんびん》な話のわけもないわ。互いを罵りあったり、かと思えば共闘しようってことになったり。……夏妃姉さんでなくても頭痛がしてくるところよ。」

他の兄弟よりも多く取り分がほしいという意味においては、彼らはライバル同士らしいが、兄弟以外に一円も掠め取られたくないという意味においては、仲間同士でもあった。

詳しくは話してもらえなかったが、兄弟は休戦協定と抜け駆け防止のルール、様々な状況下での取り分の防衛、最悪の場合の法的対応などを延々と協議しているらしい。

……ここまで来ると、呆れを通り越して逞《たくま》しさを感じちまう…。

「ってことは、さしずめ。ベアトリーチェは祖父さまからの刺客《しかく》ってとこですかねぇ。…自分抜きで遺産の分配なんて話を勝手に進めてた息子たちに一泡吹かせたかったんだろうぜ。いっひっひ！」

「何者かしらね、ベアトリーチェって。自称してることが全て本当なら、今日まで誰にも知られずにいた謎の人物で、しかもお祖父さまの隠し黄金の存在を知っていて。その上、当主の指輪まで委ねられている。…相当に信頼された人物ね。」

「さすがに箒にまたがった魔女だとは思わないっすけど。……でも、魔女と呼ぶに値する怪人物であることは間違いないっすね。」

「真里亞ちゃんがその辺りのことを詳しく話してくれればいいのだけど。……みんな、小さい子にがっつき過ぎだわ。すっかり怯えてしまって、聞けるものも聞けなくなってしまった。あの人たち、『北風と太陽』とか読んだことないのかしら。」

「確かなのは、真里亞がベアトリーチェと名乗る人物から手紙を受け取ったこと。……自分で現れて直接話せばいいものを、手紙を託して今もどこかに身を潜《ひそ》めているっていう、シャイな怪人物ですけどね。はははは…。」

「……ねぇ、戦人くん。ベアトリーチェなんて人物が、本当にいると思う？」

「さぁ。あくまでも偽名《ぎめい》じゃないすかね。祖父さまの代理人として、その妄想の中の魔女の名を名乗ることを許された、とか。」

「ううん、そうじゃなくて。今、この六軒島には全部で十八人いるの。……十九人目が存在すると思う？」

この島には今、十八人もいたのか。そう思い、指を折って数えてみると、確かに十八になった。

「十九人目が存在すると思う、って。……どういう意味っすか？」

「言葉通りの意味よ。……真里亞ちゃんに傘を貸した人物は私たち十八人の中にはいないらしい。なら、十九人目がいて、その人物が真里亞ちゃんに傘を貸したと思うのが妥当じゃない？」

「………まぁ、……そうなりますね。」

「なら、その人物は今どこにいるの？　少なくとも雨が降り出した瞬間には島にいた。そしてその後はどんどん天気は悪化して、とても船なんか出せない状態。となればその人物はまだ島の中にいて、どこかで雨宿りをしていなくてはならない。……私たちの誰の目にも触れずね？」

「………確かに、俺たちは屋敷やゲストハウスの中を勝手にうろつき回ってましたが、誰も十九人目なんかには会ってないわけですよね。…でもまぁ、これだけの広さのある島ですし。屋敷やゲストハウス以外に雨宿りできるところだってあるのかも。」

この頃には、霧江さんが何を疑っているのか、何となく話の方向性から気付いていた。

霧江さんは、十九人目を否定しているのだ。……ベアトリーチェは、十八人の中。…つまり、俺たちがよく知る人物の誰かが騙っていると考えているのだ。

「ベアトリーチェが自称する通りなら、その人物は間違いなく最高の賓客よ。お祖父さまが信頼する最高の腹心。…そんな人物を、お祖父さまが歓待《かんたい》しないわけがない。お屋敷に迎え入れないわけはないのよ。でも私たちは誰も見ていない。」

「待ってくださいよ、それはちょいと性急な推理じゃないっすか？　確かに誰の目にも触れてはいないけれど、だからって十九人目を否定することにはならないんじゃないすか？　何かの理由があって、こっそり上陸して、ずっと隠れているのかも。……悪魔の証明ってヤツっすよ。いることを証明するのは容易《たやす》い。ベアトリーチェってやつが、俺たちの前に現れて挨拶すりゃあ解決する。でも、十九人目がいないことを証明するのは不可能っすよ。」

「……うん。戦人くんの推理の仕方は悪くないわ。現在の状況では、十九人目の存在を認めるにも否定するにも情報が足りない。……でもね、チェス盤をひっくり返して考えると、ほぼ十九人目はありえないって断言できちゃうのよ。」

チェス盤をひっくり返す、というのは霧江さんの口癖だ。

…俺もこの言葉に感化され、たまに使ったりする。チェスや将棋は、手に詰まった時、盤面をひっくり返すと、相手側から全体を見ることで打開策が見えることが少なくないという。

転じて、敵の立場に立って物を考えるという意味なのだ。

「……いい？　仮に十九人目の人物としてベアトリーチェが実在したとして。その人物は、誰にも知られることなくこっそりとこの島に上陸し、ずっと隠れていた。何かの理由があってね？　なら、どうしてわざわざ姿を現して真里亞ちゃんに手紙を渡したの？」

確かにそれは矛盾する。姿を隠したい理由があって、ずっと姿を隠していたはずなのに、真里亞の前には堂々と姿を現している。

「それは……、…ほら、真里亞も言ってた。メッセンジャーにされたって言ってたじゃないすか。真里亞が一番、年下で素直そうだったからじゃ…。」

「メッセンジャーなんて必要なの？　手紙を親族会議の席上に送りたかったら、郵送すればいいだけの話よ。四人の兄弟全員に郵送すれば黙殺することもできない。手紙を持参して、こっそり手渡す理由がないのよ。」

「…………確かに、………何だかおかしな話っすね。」

「そもそも、ベアトリーチェが存在していて、その存在をアピールしたいならみんなの前に堂々と姿を現せばいいだけの話。なのに現れず、真里亞ちゃんという小さな子を通しておぼろげな輪郭《りんかく》だけでその存在を主張しようとする曖昧さ。矛盾。もっと考えて？　…………真里亞ちゃんの前に姿を現し、十九人目の存在を印象付けるという点と、にもかかわらず、今この瞬間も私たちの前に姿を現さず隠れ続けている点。これらの矛盾。……これを念頭に置いた上でチェス盤をひっくり返すの。つまり、十九人目の人物としてベアトリーチェがいる、と印象付けたい人物の目論見は何か、よ。」

「……姿を隠したい人物なら、その存在をアピールするわけがない。そして、姿を現したい人物なら、手紙を託すなんて遠回しをするわけがない。……ってことは…？」

「簡単よ。ベアトリーチェは十八人の中にいるのよ。だからこそ、十八人以外の人物が存在するような幻想を作り出しているのよ。…これ見よがしな十九人目のアピール。それで得をするのは、姿を潜めた十九人目じゃない。すでにいる十八人の方なのよ。……もちろん、この推理は穴だらけ。いくつかの前提がひっくり返るだけですぐに崩れるもろいものだけど。私はほぼ間違いないと見てるわ。」

…急に気味の悪い話になる。

真里亞に傘を貸して手紙を渡したのは誰か。十八人の全員が違うということになった。

にもかかわらず、ベアトリーチェは十八人の中に潜むというのだ。その人物は、自分の正体を隠し、ベアトリーチェを騙ることで何を企んでいるのか…。

「真里亞ちゃんの自作自演も疑ったんだけど、文章の内容が非常に手が込んでて、真里亞ちゃんが自前で用意したとは考え難い。……でも、真里亞ちゃんが何者かと共謀している可能性も否定できないわ。」

「お、おいおい…、真里亞は九歳のお子様だぜ⁉ 誰と、何を共謀するってんだよ！　しかも愚直で真面目で素直なあの性分だぜ⁉」

「えぇ、私も真里亞ちゃんの性分はよく理解しているわ。……でも、だからこそありえると思うの。魔女に憧れ、その存在を妄信《もうしん》している夢見がちな少女。そこに、ベアトリーチェと名乗る人物が現れて魔女だと名乗ったら、彼女はそれを大喜びで鵜呑みにして信じるんじゃないかしら。」

「………つまり、あの肖像画のゴツいドレスを着て変装すれば、真里亞を騙すことは難しくないと？」

「その論法になっちゃうと、私たち女性陣はみんな疑われちゃうことになるんだけどね。……とにかく、真里亞ちゃんが何者に出会ったのか。それの詳細を聞くことが、この謎を解く一番にしてもっとも身近な鍵なのよ。…しかしその鍵は、少女の心の奥に頑《かたく》なに閉ざされてしまったわ。みんなが頭ごなしに魔女の存在を否定し、一体その人物は誰なのかと問い詰めすぎた。……真里亞ちゃんは当分、大人には心を開かないでしょうね。」

■肖像画前

薄暗いホールの、ベアトリーチェの肖像画の前で、……真里亞は泣きじゃくっていた。

「……うー…。うー。…誰もね、真里亞がベアトリーチェに会ったことを信じてくれない！　……うー……、うー……。ベアトリーチェのくれた手紙も見せたのに、それでも信じてくれないの…！　………うー……うっ、…うっ、……えっく…、ひっく！」

■客間

霧江さんは続けて言った。

「とにかく、鍵は真里亞ちゃんが握ってるわ。ベアトリーチェが十八人の中にいるのか、十九人目なのか、それを知る鍵をね。」

「…真里亞は頑固だぜ？　あいつ、ヘソを曲げるとなかなか機嫌を直さないからな。」

「大人の私より、子供の戦人くんの方が機嫌を直せる確率は高そうよ。…彼女の機嫌が直ったら聞いてみて。……遺産分配がどうのこうのって話には関心ないけど、こんな王道洋館ミステリーみたいなシチュエーションにはわくわくしちゃわない？　真里亞ちゃんに手紙を渡した人物は一体誰なのか。……知的好奇心が疼《うず》くわ。」

「うんざりするようなカネの話に付き合わされても、わくわくとは、実にタフなことだぜ…。大人はすげぇや。」

俺は呆れて肩をすくめる。

…でも気付いていた。俺が親たちの不穏な話を漏れ聞いてしまったため、消沈しているのに気付いて、気分転換をさせてくれたのだろう。…少なくとも悪態をつけるくらいには気分も回復した。

……本当のお袋じゃねぇし、霧江さんをお袋と呼ぶ気もずっとねぇが。…大人な人だな、と思った。

「おうガキども、ここにいたのか。霧江も長ぇ化《け》粧《しょう》直しじゃねぇか。俺も次からは化粧をしてくることにするぜ。」

「ごめんなさい。女の化粧は長いのよ。…………どう？　兄弟水入らずの話し合いは。」

「へっへっへ、さぞや和気《わき》あいあいとしてるだろうよ。」

霧江さんに、肘で脇の下の急所を小突かれる。

「…一度頭を冷やそうってことで小休止さ。こりゃあ夜通しになりそうだぜ。泣けてくらぁ。」

クソ親父の減らず口は相変わらずだが、疲れは隠し切れないようだった。…同情するつもりはないが、普段の元気な親父と比べると少し痛々しい姿だった。

「しっかし酷《ひで》ぇ雨だな。ゲストハウスに戻るのも嫌になるぜ。夏妃姉さんが、屋敷で泊まれるよう準備してくれたらしい。どうする？」

「……散会になった時に考えてもいいんじゃない？部屋に戻る体力もなくなってたら、その時はお世話になりましょうよ。」

「そうだな。その時に考えりゃいいか。……戦人はどうする。」

「俺がいちゃあお邪魔だろうからよ。気ぃ遣って向こうに戻るぜ。」

「………そうか。すぐ戻るのか？」

「さぁな。ひとりで戻ったって寂しいしよ。子供全員で揃って帰ることにするぜ。」

「そうだな。そうするといい。…………それで戦人。お前、今夜はそう簡単には寝ないだろ？」

「多分、いとこたちとおしゃべりしてるだろうからな。夜更《よふ》かししそうな気配《けはい》はあるぜ？　それがどうかしたのかよ。」

「……そうか。もし、大人たちの会議が終わってお前がまだ起きてたら、ちょいと家族でしたい話があるんだ。」

「…何だよ？　ガラにもねぇな。」

同じことは霧江さんも感じたらしい。何の話？と親父に小声で聞く。…どうやら、霧江さんも親父が何の話をしているのかわかりかねているようだった。

「……霧江にも聞いてもらいたい話だ。……後で話すから、今は聞くな。頼む。」

「……………？」

うちのクソ親父ほど「家族」ってものを顧みないヤツはいなかったと思う。…その親父が家族で話があると言い出す。……俺も霧江さんも、目を丸くするしかなかった。

「そうビビッた顔すんなよ。ビビりてぇのは俺の方なんだ。………何しろ、……。」

そこで一回言葉を飲み込む。…もったいぶるのは親父の性分ではないはずなのだが。

「…気持ち悪ぃぜ、親父。今、家族は全員揃ってるじゃねぇかよ。もったいぶらずに言えよ。」

「…………俺は多分。………今夜、殺されるだろうな。」

大きな雷鳴が轟く。かなり近くに落ちたようだった。その稲光で白く照らし出された親父のその表情は、俺の目に焼きつく。

……いつも自信満々で人を小馬鹿にした表情を崩したことのなかった親父が、……何とも説明のし難い、弱々しい表情を。

………それは、親父に似た顔をした別人かと思うほどやつれたものに見えた。

「は、はぁ…⁉ …何言ってんだよ、ガラでもねぇ！」

「くす。同感よ。どうしたの、急に弱気ね。あなたらしくもない。」

「……俺も化粧直しに行ってくる。ついてくんなよ。」

親父は弱々しく背を向ける。…後には、目を丸くしたままの俺と霧江さんだけが残されていた。

「何だってんだ……。今夜、殺されるゥ？ まさか、あの妙な手紙のせいで親父、ビビッちまったのかぁ？ 連続殺人ものの映画の見過ぎだぜぇ？」

「…………うーん。」

霧江さんは俺の軽口には答えず、去っていく親父の背中をじっと見つめ続けていた…。

「……戦人くんは留弗夫さんに、今話せと言ったら、話さず立ち去った。みんなに話すことがあると言い出しながら答えなかった。どうして？　……チェス盤をひっくり返す。………するとと？」

「話すと言っておきながら話せない矛盾。…何すかね、親父側から見ると何か見えてきますか。」

「……くす。ええ見えるわよ。話したいことがある。でも、自分から言い出す勇気がない。〝だから、追ってきて俺に話しかけて聞き出してくれ〟が正解ね。ついてくるなも、逆の意味よ。ついてきて俺を問い詰めてくれ、が正解。……まったく、甘えん坊さんなんだから。」

「えぇー!?　そういう推理でいいんすかぁ!?　そ、そんな滅茶苦茶な。」

「ふふふ、名探偵や名刑事が男女の気持ちや心を推理できる？　できないでしょ？　異性の気持ちを探るのは、難事件のトリックを暴くよりはるかに高度な技術なのよ。私に言わせれば、名作推理小説より恋愛小説の方がよっぽど難解なミステリーなんだから。」

「は、…はぁ。そういうもんすかね……。」

「私はあの甘えん坊さんと一緒にいるわ。……普段は虚勢を張ってるけど、今夜はかなりの激論で疲れきってる。誰かに寄りかかりたい気持ちなんでしょうね。それに応えるのがパートナーの役目よ。」

「はー。そりゃあお熱いことで。じゃあうちのクソ親父の世話をよろしく頼みますよ。」

「ええ、任せておいて。」

霧江さんが立ち去るその背中に、俺は声を掛ける。

「……え？　何？」

「いや、ありがとよって。お陰で陰鬱《いんうつ》な気分がだいぶ晴れたぜ。」

「ならよかった。コミュニケーションは大事ね。」

霧江さんはウィンクで応えた後、去った親父を追っていった…。

■屋敷内の一角・暗い廊下

灯りの満たされない薄暗闇の廊下に夏妃の姿があった。

時折、雷鳴が轟くが、それによって夏妃が表情を変えることはない。……疲れきった表情だった。

夏妃の脳裏に、ついさっきまでの食堂での親族たちとのやり取りが蘇る…。

ベアトリーチェは、黄金だけでなく、右代宮家の家督と全財産についてまでも、謎を解いた者に与えると宣言してきた。…つまり、長男である蔵臼が家督を継げるという絶対の保証を揺るがしてきたつもりなのだ。弟と妹たちは本来ならば家督を継げるチャンスはまったくない。

そんな彼らにとって、このベアトリーチェの「提案」はこの上なく魅力的なのだ。彼らが、ベアトリーチェの提案を呑もうと言い出すのは当然のことだった。…下手くそな推理ごっこをするまでもなく、ベアトリーチェなどという十九人目の存在がいるわけがないのはわかる。

これは、ベアトリーチェという架空の存在を使者にした、金蔵直筆のメッセージも同然なのだ。

その証拠に、金蔵はあの手紙の真偽について、頑なに不介入を貫き続けている。

……当主の指輪を預かっているという、金蔵が捨て置けるわけもない暴言を放置している。

…………つまり、金蔵は無言で、あの手紙を自分のメッセージだと認めているのだ。

おそらく、真里亞に手紙を渡したのは使用人の誰かだろう。金蔵が凝った計画を編《あ》み出し、あの肖像画のドレスを用意し、……多分、紗音辺りにでも着せて傘と手紙を渡させたのだろう。

それで、肖像画の中の魔女を実在するかのように仕立て上げたかったのだ。…いやむしろ、それゆえに金蔵が黒幕に違いないと断定できると言うべきか。

となれば、……兄弟四人の密談に、金蔵が割り込んで来たも同じこと。そして金蔵は、自分の作った謎を解いた人間に、全てを引き渡すと宣言することで、蔵臼の絶対有利を揺るがしてきたのだ。

……もう間違いない。金蔵は、日中の客間での兄弟会議を盗み聞いていたのだ。そして、蔵臼が他の三人の攻撃を凌《しの》いでしまったことを知り、再び戦いの天秤に均衡《きんこう》を取り戻させるため、三人が有利になる怪文書を送りつけてきたのだ。

絵羽と留弗夫は、兄弟の中では年齢的に劣り立場の弱い楼座を抱き込み、三対一で再び蔵臼を圧倒して、滅茶苦茶《めちゃくちゃ》な理論を押し通そうとしている。

……そして、一度は大勢《たいせい》の決《けっ》した戦いを仕切りなおし、多額の現金を支払わそうと何度も畳み掛けてきている…。絶対に家督を引き継げるというセーフティーを兄弟全員が保証することを条件に、一度は拒否された前払い金の話を蒸《む》し返しているのだ。

確かに、隠し黄金の話を抜きにしても、右代宮家の財産は莫大だ。その財産だけでも充分な価値がある。

隠し黄金が金蔵の死と共に永遠の闇に葬《ほうむ》られたとしても、充分に納得できるだけの価値がある。

だからこそ、隠し黄金云々に関心はなくとも、万一それを誰かに発見された時、その人物に家督を譲らなければならないという怯えは一生付いて回る。

それにこのようなアキレス腱は、いつか必ずや何者かに利用されるのだ。

このアキレス腱は、当主跡継ぎである蔵臼だけのもの。……兄弟たちは蔵臼だけが失うものを見つけ、…いや、金蔵によって知らされ、そこに徹底的に付け込んでくる。

…夏妃は苦しい立場の蔵臼の唯一の味方として、妻として、共に戦っているつもりだった。隠し黄金など存在自体がまやかしだと繰り返し、蔵臼に譲歩する必要などないと説き続けた。

蔵臼はいつも夏妃に言ってきた。兄弟全員に言ってきた。隠し黄金など、金蔵の生み出した幻想に過ぎないと、いつもいつも言ってきた。だからそれを夏妃は妻として信じ、それを拠《よ》り所に夫を支えてきた。

しかし、蔵臼には夏妃の言葉が届かない。…夏妃がこれほどまでに戦い、力を貸しているのに、ひとりで戦いを進め、兄弟三人に妥協《だきょう》をしようとしている…。

夏妃はなぜ自分が力になれないのか、悲しみ、不甲斐なく思い、そして憤った。頭を冷やすために一度小休止を取ろうということになった時、夏妃は蔵臼に食って掛かった。なぜ自分はあなたの力になれないのかと憤った。

……すると蔵臼は、話したいことがあると言って、夏妃を普段は立ち入らせない私室のひとつへ招いた。

その部屋には重そうな南京錠《なんきんじょう》が掛けられており、それを見ただけで何か不穏《ふおん》な気持ちはしていた…。

■廊下

夏妃は、蔵臼に呼び出された部屋の前で、夫に向かって言った。

「他の三人の言うことも、ベアトリーチェを名乗る不審人物の言うことも何も気にかけることはありません!! 黄金など所詮《しょせん》はお父様が生み出したまやかし。それを見つけられることなどあるわけがない! あなたが跡継ぎであることは盤石《ばんじゃく》です。何を恐れることがあるのです⁉」

蔵臼が扉の南京錠を外す。そして夏妃に先に入るように促した。

「入りたまえ。」

「な、……何ですか。」

「見せたい物がある。……君に初めて見せるものだ。」

夏妃は怪訝な表情を浮かべながら扉を恐る恐る開ける…。

その部屋内は真っ暗だった。

灯りを点けようとスイッチを探るが、初めて入る部屋だったのでよくわからなかった。その背中を押すようにして蔵臼も入ってくると、灯りを点ける前に扉を閉めたため、二人は真っ暗闇に包み込まれてしまった。蔵臼が施錠する音だけが暗闇に響いていた。

「こ、これは何事ですか…。あ、灯りを…。」

「今点ける。待ちたまえ。」

その言葉通り、蔵臼が壁のスイッチを押すと、頼りない灯りが点き、部屋を照らし出した。

「…………………そ、それは……?」

夏妃は息を呑む。その部屋は窓のない、一目見ると空っぽの部屋のように見えた。

その部屋の中央には、小さな丸机が置かれ、灯りはその机だけを、まるで舞台の上の主役であるかのように照らし出していた。

その机の上には、埃の積もった凝った意匠の赤いテーブルクロスが敷かれ、……そこには成人の腕くらいの大きさのソレが置かれていた。

……夏妃はソレを見て息を呑んだのだ。

蔵臼は重々しい声で妻に説明する。

「凄まじい純度を持つ黄金のインゴットだよ。こいつがなければ、誰も黄金伝説を信じはしなかった。」

それは、大きな純金のインゴットだった。おぼろげな灯りにもかかわらず、高貴で重厚な黄金色の輝きを放っている…。

「こいつはまともなインゴットじゃない。このインゴットを鋳造したのが、国内なのか国外なのか、それすらも私にはわからないんだ。」

最高純度の純金インゴットを作るには高度な技術力がいる。そしてその純度の証明として、鋳造元や保証する銀行名などを刻印するのが通例だ。

…しかし、このインゴットにはその刻印はない。

………鋳造元不明の謎の金塊。

「ここを見たまえ。………怯えることはない。こいつはただの金塊だ。」

夏妃は蔵臼に勧められ、恐る恐るインゴットに近付く……。

「そこだ。」

インゴットの表面を指し示す蔵臼。…夏妃はその示す部分に目を凝らす…。

そこには薄っすらと、片翼の鷲の紋章が刻印されている！　夏妃はもう一度息を呑んだ。

「………………!!」

「そうだよ。これこそが、親父がベアトリーチェに与えられたと言い、保証人のマルソーの会長に任意でひとつを抜き取らせて持ち帰らせ、財界のフィクサーたちを信用させたという、伝説のインゴットなのだよ。方々に手を尽くして私が見つけた。……他の兄弟たちより早くね。」

「………そんな………。……じゃあ、………お父様の黄金伝説は………、」

「実在する。……右代宮金蔵が授けられたベアトリーチェの黄金は実在するのだよ。」

「そんな…………！　ほ、……本当にあるなんて……………。」

夏妃は呆然とする……。金蔵の黄金などでっちあげだとずっと蔵臼は言ってきた。だから妻としてそれを信じてきた。

しかし、事実は違った。はっきりとした証拠を持ち、他の兄弟たちの誰よりも黄金伝説が間違いないという確信を持っていたのだ。

だからこそ、蔵臼は、見つけられぬ黄金を自分以外の誰かが見つけた時、全てを失うかもしれないリスクを心底恐れていた。

……しかし、夏妃にとってこの事実は心を引き裂いて余りあるものだった。蔵臼の妻として、もっとも身近な理解者として献身的に支えてきたつもりだった。

…にもかかわらず、その自分に今日までこの事実は伏せられてきた。………なぜ？

「………そ、………そこまでに、…………私はあなたの信頼に足りないというのですか…………。」

「………そういうつもりはない。話す必要がなかっただけだ。」

「あ、……あなたにとっては、…………妻は！　その程度のものなのですか…………！」

「落ち着きたまえ…。激情にすぐ駆られるのは君の悪い癖だ。」

「あなたがそうさせてるんじゃないですかッ！！！　私は右代宮家に嫁ぎ、今日まであなたの妻として仕えてきました…！　あなたのために生まれた家を捨て、身も心も捧げてお仕えしてきました…!!　その報《むく》いが、………これなんですか………!!　そんな……、…………そんなことって…………!!」


蔵臼はうんざりした顔で表情を歪める…。夏妃のこういう部分が嫌いなのだと、露骨に口にしているも同然な表情だった…。

「……私は………、もうあなたの力になれそうもありません…………。」

「ふむ、それでいい。………兄弟のトラブルを私が自分の力で解決する。君の力は借りんよ。」

「違います!!　これは右代宮家のトラブルです！　確かに私にはこの身に家紋を刻むことが許されていません！　でも、あなたの妻です!!　なのに、……私には力添えする資格もないのですか…⁉　あなた………ッ！！！」

「…………君を思えばこそ、あえて関わらせなかったのだ。これ以上は頭痛に障るだろう。君は今夜はこれで休みたまえ。兄弟の話は兄弟でつける。君は関係ない。それだけだ。」

■廊下

鈍い頭痛が夏妃を苛む…。どんな薬や、どんな香《こう》を焚《た》こうとも癒されることはない。

……むしろこうしてひとりで薄暗い廊下にたたずみ、雨音で頭を満たしている方が痛みを和らげてくれるような気がした…。

………私は、夏妃ではあっても、…右代宮夏妃ではなかったのだ。借り腹と蔑《さげす》まれ、…それすら出来ぬと罵倒され、……それでもなお妻の役割を全《まっと》うしようとして、……夫にまで拒絶される。

娘の養育だけが自分に残された仕事なのかとがんばった。…しかし、やり場のない怒りや悲しみは、無意識の内にそれらを歪ませてしまった…。

過剰に厳しくした教育のせいで、朱志香にはすっかり嫌われてしまった。学校の成績にしか興味がないと蔑まれている。

……私にはもう、………右代宮家で出来ることは、ない………。

うぅん、……駄目だ。それでも夫の力となり、他の欲深な兄弟たちの目論見を退《しりぞ》けなければならない。当主様だってもう長くない。やがて当主は蔵臼が引き継ぐ。そして次の跡継ぎは朱志香なのだ。……… 厳密には、朱志香が連れ帰る入り婿が当主になるのだが、大筋は同じことだ。

……朱志香を、右代宮家を継ぐに値し、誰からも認められる立派な跡継ぎにしなくては。

あの貪欲な右代宮絵羽は、これから将来においても、何かと本家に難癖《なんくせ》をつけ、あわよくば朱志香を跡継ぎから引き摺り下ろし、譲治をその座につけようと暗躍し続けるだろう。

……悔しいが、譲治は男子で、その上、人間として円熟《えんじゅく》している。…反抗期真っ只中で成績も並み以下の朱志香と比べれば、どちらが当主跡継ぎに相応しいかは一目でわかる。

だから、そんなものに揺るがされないように、朱志香には立派になってもらわなくては。

　そして、………立派になった朱志香には、そんな朱志香に相応しい立派な男性と結婚してもらいたい。……朱志香のことを真に受け止め、生涯の苦楽を共にしてくれる素晴らしき男性と。

　それは、…………自分の人生に対する何かを、娘に託そうとしているのか。夏妃は逃れえぬ運命によって、右代宮家に嫁がなければならなかった日々を思い返してしまう…。

　それは自ら禁じた記憶のはず。………彼女はそれを意識して忘れ、右代宮夏妃として与えられた人生に、積極的に臨もうとしたのだ…。そして積み重ねた新しい人生。

　………でも、…その全てが、……さっき、呆気《あっけ》なく否定された気がする。

「……………………。何を考えて生きていけばいいのか、………………わからない。」

　夏妃は力なく窓ガラスに頭をもたれ掛ける…。

　雨粒によって冷やされたガラスは、なぜか心地よく、無慈悲なはずなのに、…今は夏妃を唯一理解してくれる存在に感じられた…。

　そこに、誰かが現れたとしても、今の夏妃は気にも留める気はなかった。

　………でも、気に留める。

　………そこにいたのは、愛娘《まなむすめ》だったからだ。

「………か、……母さんか。何だよこんなところに。幽霊《ゆうれい》かと思ったぜ…。」

　いつも通りの、女の子らしくない悪い言葉遣い。…反射的に、叱り付ける言葉が喉を突く。

　………だが、その喉を突く力が弱かったお陰でそれを口に出すのを止まることができた。

「……………………朱志香。ごめんね、母さんは頭痛が酷いの。そっとしておいてくれる。」

「………………そう……。」

　朱志香は初めて見る母の弱々しさに、少なからず狼狽《ろうばい》する。

ついさっきまで、母を含め、親たちを軽蔑《けいべつ》する感情でいっぱいに満たされていた。

…でも、そんな気持ちはもうわずかほども残っていなかった。

……全て、母のその疲れきった表情のせいで、抜け切ってしまった。代わりに蘇るのは、譲治に言われた言葉。親は親なりに努力している。…そして、家族を背負うからこそ、綺麗事では済ませず、戦わなければならない重責。

……それを誰も理解しようとしなかったからこそ、母はこんな薄暗い廊下で、ひとりでたたずんでいるのではないのか…。

朱志香は、母のことなど嫌いだった。……だから、少し弱々しそうな様子なだけで、やさしい言葉を掛けるつもりなどない…。

だから、それでもなおやさしい言葉を掛けようとするには、両拳を握り締め、胸の奥から言葉をひねり出さなければならなかった。


「ず、………ずいぶん立て込んだ話をしてるようじゃん…。」

「…………………お前には関係ありません。よそへ行っていなさい。」

「………頭痛ひどい？　わ、私、薬もらって来ようか…？」

「…………………構わないで結構です。…お願いだから、一人きりにして。」

夏妃は冷たくしているのではない。…自分の短気をぶつけてしまわないよう、今の自分から遠ざけたいだけなのだ。……でも、その気持ちが伝わるわけもない。

「…………………う、……うん。」

朱志香が悲しそうに俯く。…その表情を見て夏妃は、朱志香が母に振り絞ったやさしさを感じ取る。

軽く頭を振り、邪険にしてしまいそうになる気持ちを追い払う…。

「じゃあ私、……行くよ。……大人の邪魔にならないように、いとこたちと一緒にいるから。…………じゃ…。」

「………お待ちなさい。」

寂しそうに立ち去ろうとする朱志香を呼び止める。

「……何…？」

「…………気遣いをありがとう。………お前を残して寝込むわけには行きません。」

「よ、よせよ、縁起《えんぎ》でもないぜ…。」

「…心配を掛けました。もう大丈夫です。………私は行きます。」

これ以上、ここで弱々しい表情を見せればかえって娘を不安にさせる。…夏妃はそう思い、感謝の言葉を残して立ち去ろうとする。

……その背中に、今度は朱志香が声を掛けた。夏妃は立ち止まって振り返り、何の用か聞く。

でも朱志香は、どうして自分が呼び止めてしまったのか自分でもわからなくて、…しばらくの間、苦笑い気味に呻《うめ》きながら、何を口にすればいいか悩んだ。

そしてポケットをまさぐっていると、何かが手に触れ、それを取り出した。

「あ、あのさ、母さん！　私さ、今日、お守りもらったんだよ。何だっけな、魔除けだったっけ？　えっとえっと……、確かその、ドアノブにぶら下げてるといいんだっけ？　あははは…、忘れちまったぜ…。私が持ってても仕方ないし……。母さんにあげるよ。」

それは、昼間、海岸で真里亞にもらったサソリのお守りだった。真里亞に効能を色々聞いたはずなのに、この瞬間の朱志香は頭が真っ白で、そんなことを言うのがやっとだった。

朱志香は、どうせ受け取ってもらえないだろうと思い、お守りを握って突き出した手を、すぐに引っ込めてしまった。

……だから、夏妃がこちらへ戻ってきて、その手を取った時には、とても驚いた…。

「…………………これは？　何かの景品…？」

「ま、まぁその、私も多分そうだろうと思ってるけどよ…。こんな玩具《おもちゃ》みたいなお守りじゃ、…ご利益は期待できねぇよな……。」

しかし母は、その手に握られた、サソリのお守りを受け取る。

「ありがとう。大切にします。…………朱志香には今度、私が子どもの頃、大切にしていたお守りを代わりにあげましょう。」

夏妃はわずかに微笑を浮かべて言った。朱志香は照れ隠しにふてくされたような口調で答える。

「…べ、別にそんなつもりで渡すんじゃないぜ。……でも、まぁ、……どうしてもって言うんなら…。」

「では、私はもう休みます。頭痛が酷いので。……朱志香もあまり夜更かしをし過ぎないように。」

「うん…。」

夏妃はお守りをポケットに収め、背中を向ける。

……そして、暗い廊下の向こうへ消えていくのだった…。

■客間

「…やっぱり、明日も丸一日こんな天気みたいだね。」

「やれやれ、今日の日中が嘘のようだぜ。」

客間のテレビ前で、俺と譲治の兄貴はぼんやりと過ごしていた。

そこへ朱志香が戻ってくる。彼女も相変わらずぼんやりした表情をしていたが、先ほどに比べれば少しは落ち着いたようだった。

「……真里亞はまだ、ベアトリーチェの肖像画の前？」

「いや。さっき戻ってきて、今はそっちのソファーで寝てるぜ。真里亞にはもう遅い時間だもんな。」

時計を見れば、午後十時を過ぎている。…夜更かしするにしても、そろそろ部屋に戻るべき時間だった。

「一応、うちのお袋が屋敷にも部屋を用意してくれたんだけどよ。……どうする？」

「僕はゲストハウスに戻りたいかな。……親たちの様子を見る限り、僕たちはお屋敷にいない方がいいと思う。」

「俺も同感だぜ。子供は邪魔せず引っ込んでろって感じみてぇだからなぁ。大人しくそうするさ。」

そんな話をしていると、客間に楼座叔母さんが入ってきた。きょろきょろとしている仕草は、多分、真里亞を探しているものに違いない。

「楼座叔母さん、真里亞ならそこのソファーっすよ。」

「ありがとう。すっかり眠っちゃってるわね。……ベッドに移さないと。」

「よかったら、僕がベッドまで背負って行きましょうか。」

「ありがとう、助かるわ。………譲治くんたちは、ゲストハウスに戻るの？　それとも夏妃姉さんが用意してくれた部屋に泊まるのかしら？」

「今、話し合ってました。ゲストハウスへ戻ろうかって話になったところです。」

「そう。なら真里亞も一緒にしてあげてもいいかしら。…いとこのみんなと一緒の方が、きっと安心できると思うしね。」

その言葉の陰には、自分も含め大人たちが真里亞の心を深く傷つけてしまったに違いないことへの後悔が含まれているようだった…。

「任してくださいよ叔母さん。何しろこっちにゃ、真里亞をあやすことに関してはエキスパートがいるっすからねぇ！」

「そ、それは僕のことかい？　僕だけじゃ無理だよ。みんなでだよ。」

「そうだぜ。戦人だって、あんなにも真里亞と意気投合してふざけ合ってたじゃねぇかよ。」

そんなやり取りをしていると、楼座叔母さんは本当に嬉しそうな顔で微笑むのだった。

「みんな、ありがとう。……私たちの話し合いはだいぶ遅くまで掛かりそう。だから申し訳ないけど、真里亞をみんなにお願いするわ。」

「おーい真里亞ぁ、熟睡《じゅくすい》かぁ…？　ゲストハウスに戻るぞ〜。」

真里亞はむにゃむにゃと何か答えたかのように口籠《ごも》るが、寝返りをうつと再び寝込んでしまった。

……眠りは深いようだった。

「すっかり寝込んじゃったようだぜ。起こすのは悪いな。」

「うん、僕が背負うよ。」

真里亞の体は見た目よりずっと軽い。担ぎ上げ、譲治兄貴の背中に背負わせる。

表は大雨だが、背負っている兄貴は自分で傘をさせない。それをフォローするため、楼座叔母さんもゲストハウスまで来てくれるようだった。

だが、蔵臼伯父さんの呼ぶ声が聞こえたため、戻らざるを得なくなってしまった。

「……困ったわね。もう戻らないと。」

「………皆さん、ゲストハウスまでお戻りですか？」

ホールに出てから玄関に行こうとすると、使用人室が開き、紗音ちゃんが出てきた。

「だいぶ暗くなっておりますので、私がご案内させていただきます。」

「ちょうどよかったわ、紗音ちゃん。譲治くんが真里亞を負ぶって行ってくれるの。傘をさしてあげてくれないかしら。」

「はい、かしこまりました。」

紗音ちゃんは俺たちの分の傘と、案内用の懐中電灯を持ってきた。

玄関の扉を開けると、実に素敵な大雨が降っていた。

夜の薔薇を愛《め》でながらのんびり散歩して戻る、なんて余裕をかましてる暇はなさそうだな…。

「兄貴、重くねぇか？　俺が背負うぜ？」

「大丈夫だよ。真里亞ちゃんくらい背負えるよ。」

「……本当にありがとうね。真里亞をよろしくお願い。」

「うん、わかりました。じゃ、お休みなさい、叔母さん。」

「それではお送りしてまいります。」

「えぇ、よろしく…。」

楼座叔母さんは俺たちの背中を見送ってくれた。

「………真里亞。……いつもごめんね…。」

楼座が呟くその声は、当人にも、そして子供たちの誰にも届かず、雨音に掻き消えるのだった…。

■ゲストハウス

大雨の薔薇庭園をさっさと通り抜け、俺たちはゲストハウスに到着する。

「かー、俺が真里亞を背負うって立候補すりゃあよかったぜ～！　そうすりゃ、傘をさしてくれる紗音ちゃんのでっけぇお乳を二の腕でたっぷり堪能できたってのによぅ！」

「そそそ、そんなつもりじゃないよ、誤解だよ…！」

「そっ、そうしないと譲治さまが濡れてしまうと思いまして………。」

「ほーら、戦人も譲治兄さんも馬鹿なこと言ってないで入るぜー！」

朱志香に小突かれながら傘を畳み、ゲストハウスに入った。

「お召し物を濡らしてしまった方はいらっしゃいませんか？　タオルを用意いたしますが…。」

「そこまで気を遣わなくていいぜぇ？　ありがとよ紗音ちゃん。」

「そうだ。僕たちはこれからトランプでもして少し遊ばないかって話なんだけど、よかったら少し一緒しないいかい？」

「あれ？　今日のシフト、深夜勤は誰になってんだ？」

「親族会議中は特別シフトになってたと思いました。少し変更も出てるみたいなので、ちょっと確認してきます……。」

「あぁ、わざわざ屋敷に戻らないとわからないんなら無理に、」

「あ、大丈夫です。ゲストハウスの使用人室でわかりますので。……ちょっと失礼しますね。」

紗音ちゃんはぺこりと頭を下げると、ゲストハウスの使用人室に入っていった。

俺たちはいとこ部屋に向かい、とりあえず、真里亞をベッドの中に入れてあげることにする。

真里亞はすっかり熟睡で、まったく目を覚ます様子はなかった…。取りあえず、部屋の冷蔵庫からジュースを取り出して、それを飲みながらトランプでもして遊ぶことになった…。

■使用人室

「……あれ？　嘉音くん？　源次さままでこちらに。…今夜のシフトはどうなっているのでしょうか…？」

「…………蔵臼さまの命令があってね。シフトの大掛かりな変更があったんだよ。」

「……うむ。郷田さんがお屋敷の深夜勤に変更になった。紗音と嘉音はゲストハウスの深夜勤。私と熊沢さんはゲストハウスに泊まるようにとのご命令だ…。お前も、今夜はこのままこちらに留まるよう、たった今、電話があった。」

「えぇ…？　ず、ずいぶん大掛かりな変更ですね…。お屋敷とゲストハウスのお当番が、丸っきり逆になってるじゃないですか…。」

本来は、紗音と嘉音がお屋敷の深夜勤になり、親族たち賓客が宿泊するゲストハウスの深夜勤が接待経験の豊富な郷田になるはずだった。

そして、熊沢がゲストハウスに宿泊、源次はお屋敷に宿泊となっていた。

だが、突然に蔵臼からシフトを変更するように命令があったらしい。……お屋敷とゲストハウスのシフトを丸ごと交換し、源次はゲストハウスに泊まるようにと。

「…………多分、ベアトリーチェさまの手紙のせいだろうね。」

嘉音の呟きに、紗音が問いかける。

「多分って、……どうして？」

「…………あんな怪しげな手紙が現れたら、蔵臼さまが僕たちを疑うのは当然だからね。……お館様直属の僕たちを、極力、親族会議の席から遠ざけたかったんだろうよ。」

源次、紗音、嘉音の三人は、右代宮家の紋章である「片翼の鷲」を身に着けることを許された、金蔵直属の使用人だ。

もちろん、右代宮家に仕えているため、誰の命令にも従うが、唯一の主は金蔵だけだ。人事権も金蔵のみが握っているため、たとえ蔵臼と言えど、彼らを勝手に解雇することはできない。

その為、蔵臼たちには時に、金蔵の手先と見られて疎《うと》まれることも少なくなかった。

実際、金蔵は彼ら以外の人物を書斎に入れることは滅多《めった》にない。この突然のシフト交換は、まさにそんな不信感の表れと言えただろう。

金蔵の余命を思えば、これが遺産問題直前の最後の親族会議となるに違いない。

しかも、ベアトリーチェを名乗る奇怪な手紙が舞い込んで寝耳に水。そんなデリケートかつ重要な会議の席から、金蔵の忠臣たちを締め出したかったに違いない…。

「……ではすまんが、私は向こうでくつろがせてもらう。…もし何かあったらすぐに呼ぶように。今夜のお客様は、特別だ。」

「[はい、かしこまりました、源次さま。]」

紗音と嘉音は声を揃えて答え、源次はそれに頷き返すと、衝立《ついたて》の向こうに行き、上着を脱いでようやく一日の緊張を解すのだった…。

「………姉さん、今お戻りになられたのは、お子様方…？」

「うん。親族の方々はお屋敷で会議を。だいぶ長引きそうな雰囲気だったかな…。」

「……なら気楽だね。これ以上の深夜になって、しかもこの天気。多分、親族の皆さんはお屋敷の方のお部屋にお泊りさ。」

「多分ね…。源次さまがいないから言うけど、……ゲストハウス行きになって、ちょっと嬉しかった……かな…。」

「ふーん…？　どうしてだい？　意地悪な奥様や絵羽さまから離れられたから？　…それとも、別の理由があるのかい？」

「べ、……別の理由なんか…、…あ、ありません…！」

「………そっか。なら、二人で深夜勤をがんばろう。よろしく、姉さん。」

「あ、……えっと………。私、ついさっき、お子様方に、お部屋で遊ばないかとお呼ばれしてて…。」

紗音は申し訳なさそうに俯きながら、…ちらちらと嘉音の目を覗き見る。

嘉音は目を合わせようともせず、溜め息混じりに素っ気《そけ》無く言う。「姉」を甘やかすつもりはないらしい。

「…………駄目だよ。深夜勤を仰せつかってる。…それに、僕たち家具には遊びのお誘いは必要ない。

…わかるね？」

「そ、…そんなことわかってます。…………………ん。」

紗音は小さく肩を落とす。…規律を重んじる嘉音が、多分そう言うだろうことは予想がついていたが、それでも少しは気落ちしたようだった。

嘉音は日誌をめくりながら、紗音の方を向きもせずに言う。

「…………なら、お子様方をお待たせしてしまってるね。深夜勤に当たってしまったからご一緒できないと謝ってこなきゃ。……行ってきなよ。」

「え、………ぁ、うん！　私、謝ってくるね…。」

紗音は、弟の機嫌が変わってしまう前にそそくさと席を立つと、ぺこりと頭を下げて使用人室を飛び出していった…。

その背中を見送りながら、嘉音は深い溜め息をひとつ漏らす…。衝立の向こうから源次の声がした。

「……嘉音。……私がここにいるから、お前も行くといい。」

「源次さま…。……誘われたのは紗音だけです。僕は別に誘われては…、」

「その場にいなかったからお声を掛けられなかっただけだ。いればお前も誘われている。……たまには子供らしく遊んでくるといい。」

「…………………………。……いえ、僕には必要ない行為です。……人の子には遊びも必要でしょうが。……僕らは、……家具ですから。」

「…………………そうか。」

「…………姉さんだって、…家具です。………人のふりをしたって、…後で苦しむだけなのに。…僕はそれがわかっているから、人に近付きたくないだけなんです。」

源次はそれ以上、何も言わなかった。

……しばらくすると源次は立ち上がり、ポットのお湯で粉末のココアを作ると、それを嘉音にも振舞うのだった。

■ゲストハウス・いとこ部屋

「そりゃ本当かよッ⁉⁉　そりゃあ知らなかったぜ…‼」

「馬鹿、声が大きいぜ！　真里亞が起きちゃうだろー！」

戦人は素《す》っ頓狂《とんきょう》な声を上げて、手持ちのトランプを散らしながら派手に驚いていた。

その声に、真里亞は一度寝返りをうって見せたが、すぐにすやすやと深い眠りに戻る…。

朱志香に小突かれ、声が大きすぎるとたしなめられるのだった。

「いや、しかし…、言われてみれば確かにそれっぽい雰囲気はあったんだよなぁ…。……はぁ、なるほどなぁ、譲治の兄貴がなぁ…。」

部屋に譲治と紗音の姿はない。

さっき、紗音が部屋にやって来た時、急に屋敷に忘れ物をしたから取りに戻ると言い出したのだ。紗音は来た時同様、ご案内しますと言い、譲治と二人で退出していった。

「……いや、昔からそれっぽい気配《けはい》はあったんだぜ？　好きな物を聞いてきたり、趣味を聞いてきたりさ。単に関心を持つだけにしてはどうも…、なんて思ってたらよぅ！」

「そういや、昔っから譲治の兄貴は紗音ちゃんにやたらとやさしかった気がするぜ……。なぁるほどなぁ…。」

■雨天の薔薇庭園

譲治と紗音は、薔薇庭園の一角、雨宿りのできる東屋《あずまや》にいた。

「天気予報によると、今夜が一番ひどいみたい。明日いっぱいも止まないらしいけど、もう少しマシになるそうだよ。」

「…そうですか。では、明後日までは、船は来られないかもしれませんね……。…譲治さまの月曜日のお勤めに差し支えが出ないか心配です…。」

「ははは、台風が来ていることは知っていたからね。万一に備えて月曜日には予定を入れなかったから大丈夫さ。…こう見えても、スケジュールは先読みできるタイプなんだ。」

譲治は胸を張って誇るような仕草をする。

それは、いとこたちの中で最年長である譲治の普段の落ち着きある様子から比べると、少し子供っぽくて微笑ましかった。紗音はそのギャップをくすりと笑う。

「さすが、やがては会社を興される方はしっかりしていますね。」

「…やっぱり会社を興すというのは大変だね。お金とかそういうのだけじゃないものがとても大事だって、父さんのところで勉強していてわかるよ。会社を興すということは、城を持ち、部下を率いるということ。うちの父さんは秀吉って名前だけあって、戦国武将のエピソードがとても好きでね。会社経営の哲学をよくそこから語るんだ。…知ってるかい？戦国最強の騎馬軍団と恐れられた武田信玄《たけだしんげん》も、最初は部下たちの結束がバラバラで、統率力をまるで発揮できなかったんだそうだよ。」

「そうなんですか？　何だか意外ですね。」

「信玄は部下たちを結束させるため、数々のリーダーシップを発揮してるんだよ。例えば、戦場で武功を立てた部下に対し、すぐその場で褒賞《ほうしょう》を与えたり。普通、こういうのは戦《いくさ》が終わってからまとめてやるものだからね。それを、戦場の本陣の中にいながらマメにやり続け、部下の武功を素早く評価しやる気につなげたというのは非常に大きいことだよ。それから部下が病気で伏せった時には誰よりも早く駆けつけお見舞いをした、とかね。…武田信玄は戦国最強の騎馬軍団を率いただけじゃない。戦国一の部下思いの人だったんだよ。」

「……そんな方だから、部下の皆さんも付いてきてくれたんですね。」

実は、この話は何年か前にすでに紗音は聞かされている。

…でも、父の話と絡めこういう話をする時の譲治はいつもとても輝いていて、楽しそうだった。だから紗音は口を挟まず笑顔でその先を促すのだ。

「確かに資本主義の世界では、お金は力で石垣の高さでもある。でもね、戦も城も自分ひとりじゃ成り立たない。大勢の部下に支えられ、その力を借りて初めて成立するものなんだよ。……それを理解してから父さんの背中を見ると、自分がいかに未熟で、父さんがどれほどの切磋《せっさ》琢磨《たくま》をして今日を築き上げてきたかがよくわかるんだ。」

「譲治さまは、お父様のことをとても尊敬されているんですね…。羨ましいです。」

「あ、あぁ、ごめん…、別にそういう意味で言ったんじゃないいんだよ。」

「す、すみません…、私も別にそういう意味で言ったつもりは……。」

二人して気まずそうに俯きあう。

紗音に両親はいない。彼女は金蔵が持つ、福音《ふくいん》の家という名の孤児院で育った。孤児院は名誉院長である金蔵の下《もと》へ、優秀な院生を奉仕活動に送っていた。

そこで認められれば、孤児院を出て右代宮家で使用人として仕えることができる。…これが、院生の最大の名誉だとされていた。

福音の家出身の使用人は、奉仕活動中は「音」の文字を持つ名前を名乗ることになる。だから「紗音」という名前も本名ではない。それは「嘉音」も同様だ。福音の家の院生たちはみんな孤児。さもなければ特殊な事情により両親に離縁されている者ばかり。

……なので、院生たちは互いが唯一の家族であると教えられていた。だから嘉音が、紗音のことを姉と呼ぶのは、彼らにとってとても自然なことなのだ。

そして、今日は紗音と嘉音が屋敷に詰めているが、他にも眞音《マノン》や恋音《レノン》といった、音の文字を持つ使用人が数人いて、ローテーションを変わることもある。

…もっとも、右代宮家で使用人を長く続けられる者はそう多くはない。多くは三年程度で辞めていくのが通例だった。

なので、紗音の十年にも及ぶ勤続年数は例外中の例外だったと言えるだろう。

右代宮家で使用人として仕えるのは非常に負担の大きいことだが、給金は決して悪くない。三年も働けば社会に出る充分な準備金になる。

だから院生たちは右代宮家で働くことがとても辛いことであることを理解していたが、それでもなお希望するのだった。

紗音の場合は、他の使用人たちより根性があったから十年を続けられたと見るべきではないかもしれない。

辞職を言い出せない気の弱さが勤めさせた十年だったのかもしれない。

それら福音の家から送られる〝優秀な〟使用人は、もはや血縁すら信用できない金蔵にとっては唯一信頼できる存在であった。

そのためある時、金蔵は彼らを直属の使用人として家紋をまとうことを許し、自分の身近に仕えさせたのである…。

「……えっと、……その、もう勤めて十年近くになるんだっけ？　だいぶお金もたまったんじゃないかい？」

「どうでしょう…。別に私、買いたい物も特にありませんし…。ほんの数百万かあったって、それで残りの人生を過ごせるわけもありませんし…。」

「目標の額があってお勤めを続けてるわけじゃないのかい？」

「………そ、…そうですね。……私はこのお屋敷以外に行く当てもありませんし。……お嬢様とも、他の使用人の子たちとも仲良くやれてますし…。……奥様には時折お叱りを受けますけど、……薔薇の世話やお屋敷のお掃除も楽しいですし…。」

「でも、それは紗音ちゃんの、……うぅん、紗代《さよ》ちゃんの人生じゃない。」

「………えっと…。」

紗音は本名を出されて俯く…。譲治が何を言おうとしているかわかり口ごもった。

「僕は成人し、社会人になってからも勉強してわかったことがある。……子どもの頃、僕らが思っていたほど、人生は単調で短くないんだ。」

学生の頃、誰もが抱き恐れる妄想。……自分の人生の残り全てが、退屈で単調な午後の眠い授業のように、永遠にのんびりと怠惰に何も起こらずに終わってしまうのではないか…。しかし、それは未成年の学生である内だけの話だ。

人の人生において学生時代など卵の殻を割るまでの未熟かつ瞬《まばた》きする間の日々でしかない。殻の内側は温かくも窒息しそうで退屈な世界かもしれないが、殻の外には無限の可能性に満ちた広大な世界が広がっているのだ。

「君の人生は、まだ紗音という殻の中でしかないんだ。君は自分の人生が、この生活のままずっと続いていくと勘違いしてるんじゃないかな。」

「それは……、…。…………………。」

紗音はその言葉を否定できない。…自分の人生に明確な疑問を抱くこともできないし、それをどう変えたいという願望や目標もないから、今の生活を怠惰に続けている。

…それに、自分の人生がこれですでに満たされているのかと言われれば、…それはそれで頷けるものでもなく……。

彼女にとって、それはわざと目を背けていたことなのかもしれない。

…それを譲治に諭されない限り、彼女は気付かないふりをし続け、自分の本当の人生を少しずつ蔑《ないがし》ろにしていく…。

「……譲治さま。…………私は、……このままでいては、…いけないのでしょうか。」

「いけないいよ。あ、それから今、ルール違反がひとつあったね？」

譲治は厳しそうに即答すると、すぐに悪戯っぽい顔で笑う。

紗音はすぐに何を注意されたのか理解したが、…それが恥ずかしいらしく、再び俯いた。

「僕たちしかいない時は、〝さま〟はなしの約束だよ…？」

「…………や、……約束では聞けません。…………ですが、ご命令でしたら聞かないわけにはいきません…。私は、…………家具ですから。」

「じゃあ、命令だよ。」

「えっと、………………はい。……かしこまりました、…譲治さん。」

紗音は俯き赤くなりながら、譲治をさん付けで呼び直す…。

「うん、それでいいよ、紗代ちゃん。」

譲治は紗音の、いや、紗代のわずかの勇気を褒める笑顔を浮かべる。

そのやり取りを見る限り、彼らの交際がすでに短くないことをうかがわせた…。

二人はしばらくの間、荒れる天気などまったく意にも介さぬかのように、誰にも内緒の交際で築いてきた様々な思い出を語り合うのだった。時に稲光が水を差そうとするが、薔薇も頬を染めるような時間を汚《けが》すことなどできなかった…。

「…………そ、…そうだ。…君に、見せたい物があって。」

「……な、……何でしょうか。」

雄弁に語る譲治が、急に口ごもり出す。その様子に紗音も何かを悟った。

譲治はおずおずと自分のポケットを探る。それはポケットの縁《ふち》などに引っかかり、口ごもる譲治同様に少々間の抜けた様子で取り出された。

それは、小さな箱。濃い青色のベルベット生地《きじ》の小箱。…その特徴的な形だけで、中に何が納められているかを想像させた。

紗音は、きっとそうに違いないとわずかの心の準備はしていた。だがそれでも、それを直視すると再び顔が紅潮《こうちょう》するのを拒めない…。

譲治はその小箱を開け、それを摘《つま》み取り…、紗音に受け取るように差し出す。

「これを君に受け取って欲しいんだ。」

「こ、………このような高価な物は、その、お、お受け取りできません…！」

「……受け取れない…？」

「い、…いえ、その…、………こんなもの、……私には、………す、過ぎていて………。」

「紗代。これはお願いじゃない。……命令だよ？この指輪を受け取って。…ね？」

「は、……ぅ…。め、……命令では、……従わなくてはなりません…。」

「うん、そうだね。…いい子だよ。」

紗音は、真っ赤な顔を見られたくなくて、俯いたまま、おずおずと譲治の手から指輪を受け取る…。

それは単なるアクセサリーとしての指輪ではない。

……古来より、特別な意味を持って特別な女性に捧げられてきた高潔なものだ。

…だからこそ譲治は、受け取ることを命じることはできても、それ以上を命令することはできない。

それ以上は命令でなく、紗音の、いや、紗代が自分の意思でしなければならないのだ。

「だから、ここからはもう命令じゃない。………紗代。明日までに、言葉でない形で返事がもらいたい。…………わかるね？」

「…えっと、………ど、…どうすれば………。」

「もうこれ以上は命令じゃないから、僕は君に命令はしない。……でも、指輪は指にするものだからね。……気に入ってくれたなら、好きな指に付けてくれればいい。」

　紗音は無知を装っただけだ。どうすればいいのか、全てわかってはいた。

　…でもそれは、彼女の人生にとっての大きな岐路《きろ》となる…。

「……もうこんな時間だね。今夜はこれくらいにしよう。」

　譲治はほんの少しだけ素っ気無くしながら、紗音に背を向ける。

「君に、左手に付けて欲しいと命令することもできるかもしれない。君も、命令されればそれに従えるという臆病《おくびょう》な甘えがあるかもしれない。……でも、最後のここだけは、君の、……紗代の意思でしてもらいたいんだ。…わかるね？」

「………は、………はい。」

「だから、…それが命令。………今夜よく考えて、明日その返事を見せて欲しい。」

「…………………。」

　紗音は頷き返す。

　……これまでの交際の日々の積み重ねがあり、今日がある。

　…紗音にとって今日のこの瞬間は、決して不意打ちなものではない…。

「………そろそろゲストハウスに戻ろうか。これ以上遅いと、みんなを心配させちゃうよ。」

「……あ、……えっと…、…すみません、私！　その、お屋敷に用を思い出しまして、…その、……お屋敷へ行かねばなりません…。」

「こんな時間に？　……本当かな？」

　譲治は悪戯っぽく笑いながら紗音の顔を覗き込む。

　それが紗音の嘘に違いないことを見抜いていた。

　……しかしその気持ちを察すれば、恥ずかしくなりひとりになりたいと言い出す気持ちもわからなくはなかった。

　だから譲治は、紗音の嘘を裏側まで理解した上で、それを認めてやるのだった。

■屋敷の使用人室

紗音は、ふらついた足取りで屋敷の玄関を入る。時計は既に十一時を指していた。

高揚感と不安感の入り混じった一言では言い表せない気持ちで胸が膨らみ、はち切れそうだった。

使用人室の前で一度だけ深呼吸をし、心を落ち着かせてから扉を開いた。

中には、今夜のお屋敷の深夜勤を言い付けられた郷田がいて、くたびれたクロスワードパズルの雑誌に没頭《ぼっとう》していた。

郷田は、親族の誰かが来たのかと、一瞬だけ顔を向けるが、使用人仲間だとわかり何事もなかったかのように顔を戻す。

「……あの、…源次さまより、郷田さんのお手伝いに就くように言われてまいりました。」

「あぁ、そうですか…。それは助かります。そろそろ戸締りの見回りに行きたかったのですが、ここを空けてもいいものか困っていたのです。何しろ、旦那様方の会合はまだだいぶ続きそうですからね。いつ何時《なんどき》、お茶のご用命があるかもわかりませんし。」

「そうですよね…。では、どうしましょうか…、私が留守番を、」

「では紗音さん、申し訳ありませんがお屋敷内の見回りをお願いします。私はここで、親族の皆さんのご用命の待機をしておりますので。」

「は、……はい…。」

…紗音はちょっぴり呆れる。

自分は厚意でここに手伝いに来ているのに、本来の当番の本来の仕事を当然のように押し付けるなんて。しかも、それを一方的に押し付けると、郷田は再び雑誌に没頭して、クロスワードパズルに浸りこむ。

一応、年長者に対する礼儀として頭を下げてから、紗音は見回りのため退出する。

ちょっとカチンと来たお陰で、さっきまでのふわふわした感覚が、少し治まることができたのだった。それに、こんな顔を源次や嘉音には見せられない。心が落ち着きを取り戻すまで、少し時間がほしかったから、見回りもそう悪いものではなかったかもしれない…。

食堂からは、親族たちが侃々諤々《かんかんがくがく》と議論する声が聞こえてくる。

誰かが冗長に語っては、それを誰かが否定し、それを長々と語ると、また別の誰かが否定する。そんなことの繰り返し。

声にも不機嫌さが滲み出ているようだった。自分はゲストハウスに行けと言われているのだから、蔵臼に見付かるとまずい。紗音はそう思い、食堂の前を足早に抜ける。

そして、暗闇に支配された屋敷の中を、決められたルートに従いながら戸締りの確認をしていく。廊下を歩き、その窓ひとつひとつの戸締りを確認した。

六軒島には右代宮家以外の人間はいないのだから、本来、戸締りにはそれほど重要な意味があるわけではない。

夏妃がそれを無用心だと叱るまで、右代宮本家には戸締りの習慣はなかったのである。

冷え切った窓の金具は冷たく、それらの確認をひとつずつ進めていく度に、心の火照《ほて》りが冷まされていく気がした。

「…………………？」

その時、廊下の向こうに何かが瞬いたのを見た気がした。

まるで、金色の蝶が舞うように。

……瞬き？

そんなものが廊下の闇の向こうに見えるわけがない…。

紗音は何かの勘違いかと思ったが、しばらくの間だけ息を殺し、カーテンの束を抱きながら、恐る恐る廊下の奥を凝視する……。

しかし、時折轟く雷鳴が廊下を照らし出す以外には、二度とあの瞬きを見ることはできなかった。

……やっぱり気のせいだろう。心が落ち着かないので、ありもしないものを見てしまったのかもしれない。

紗音は再び戸締りの確認を再開する…。しかし、その脳裏には、ある薄気味悪い想像が蘇っていた。

…それは、右代宮本家に仕える使用人たちの間で語り継がれる、あの怪談。

屋敷には昼と夜とで違う主が。…その夜の主、ベアトリーチェが時に、輝く蝶の姿で屋敷を飛びまわるという、怪談。

……そう言えば、嘉音くんが前に見たことがあるなんて言ってたっけ……？

私は何かの見間違いだろうと信じてあげなくて、ふて腐《くさ》れていたけど…。

………まさか、…本当に…………？

轟く雷鳴は、それに答えてはくれなかった…。


屋敷の外では相変わらず嵐が続いていた。

庭園の薔薇は、激しい雨と風に揺れている。

しかし、屋敷のホールに掲げられたベアトリーチェの肖像画は変わりない。

やがて、午前零時を告げる鐘が鳴り響き、六軒島の一九八六年十月四日は終わった……。

〈うみねこのなく頃に
～Episode1～　下巻に続く〉

本書は、2007年発表の同人ゲーム『うみねこのなく頃に　Episode1』のシナリオをもとに著者である竜騎士07氏自らが全面改稿し、小説化したものです。

ILLUSTRATION　ともひ
BOX&BOOK DESIGN　Veia
FONT DIRECTION　紺野慎一(Toppan Printing Co.,Ltd)

本文使用書体
本文:FOT-筑紫明朝 Pro L　凸版明朝V2 Pro W7
見出し:FOT-筑紫ゴシック Pro D

著者紹介

竜《りゅう》騎《き》士《し》07《ぜろなな》

1973年生まれ。同人ゲーム作家、小説家。2002年夏、コミックマーケットで同人ゲーム『ひぐらしのなく頃に 鬼隠し編』を発表。以来、夏と冬に1作ずつ『ひぐらしのなく頃に』シリーズ新作を精力的に発表し続け、まんが、アニメ、コンシューマー・ゲームなど、様々な他メディアを席捲《せっけん》する一大ムーブメントを作り出す。2007年8月、最新シリーズの『うみねこのなく頃に』を満を持して送り出す。

Illustration

ともひ

1983年生まれ。まんが家、イラストレーター。魅力的なキャラクターのみならず、奥行きのある妖《あや》しくも美しい背景を描く。竜騎士07たっての強い希望で、新人ながら、『ひぐらしのなく頃に』シリーズのイラストを担当することになる。ウェブサイト「古街《ふるまち》」(http://furumati.com/)を運営。

講談社BOX

KODANSHA BOX

うみねこのなく頃《ころ》に Episode《エピソード》1(上《じょう》)

定価はケースに表示してあります

2009年7月1日 第1刷発行

著者 — 竜《りゅう》騎《き》士《し》07《ぜろなな》

発行者 — 鈴木 哲

発行所 — 株式会社講談社

東京都文京区音羽2-12-21 郵便番号 112-8001

編集部 03-5395-4114

販売部 03-5395-5817

業務部 03-5395-3615

本文データ制作 — KODANSHA BOX DTP Team

印刷所 — 凸版印刷株式会社

製本所 — 株式会社若林製本工場

製函所 — 株式会社ナルシマ

ISBN978-4-06-283719-4 N.D.C.913 274p 19cm

KODANSHA
BOX

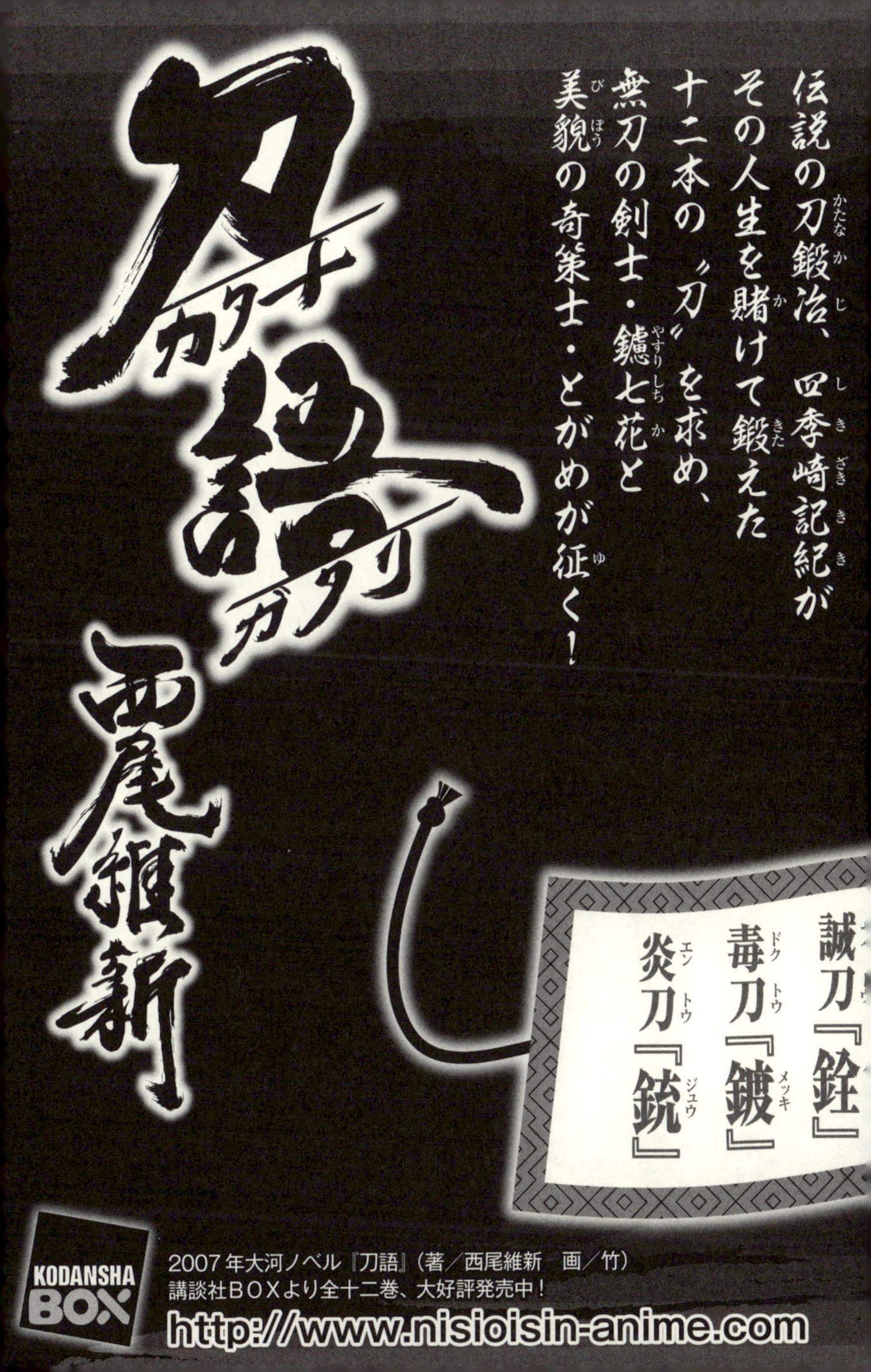
伝説の刀鍛治《かたなかじ》、四季崎記紀《しきざききき》が
その人生を賭《か》けて鍛《きた》えた
十二本の〝刀〟を求め、
無刀の剣士・鑢七花《やすりしちか》と
美貌《びぼう》の奇策士・とがめが征《ゆ》く！
刀語《カタナガタリ》
西尾維新
誠刀『銓』
毒刀《ドクトウ》『鍍《メッキ》』
炎刀《エントウ》『銃《ジュウ》』
KODANSHA BOX
2007年大河ノベル『刀語』（著／西尾維新　画／竹）
講談社ＢＯＸより全十二巻、大好評発売中！
http://www.nisioisin-anime.com

SCAN
LEVEL : 22
Inference : 960
Resolution : 480
Imagination : 500
Analysis : 300
Research : 650
Wisdom : 999
Mental : 20
Name : Takafumi Ninomiya
Age : 19
Sex : M
Blood-type : O
Nationality : JPN
Eye : Black
00:00
SCAN
——探偵日本一になれ？ 無理です、姉さん。
編集部激賞！ ド派手なテレビ企画《“D1グランプリ”》の裏側で、殺人劇の幕が上がる!!
ファイナリスト/M
天原聖海 Kiyomi Amahara
Illustration: 西村キヌ
絶賛発売中！
定価／1890円
発行／講談社

428
～封鎖された渋谷で～
LINK! project
Chunsoft=KODANSHABOX
著者／北島行徳　イラストレーター／N村
秋、小説版発売決定！

200X年 4月28日 AM 10:00
東京都 渋谷──。
この街にひそむ
あらゆる人々の運命が
LINKし、
滅亡から世界を救う。
日本ゲーム大賞2008 フューチャー部門受賞
週刊ファミ通 新作ゲームクロスレビュー プラチナ殿堂入り(40点満点)
各界から空前の賞賛を受けた奇跡のサウンドノベル
『428 ～封鎖された渋谷で～』(Chunsoft)が、
講談社BOXより大幅加筆修正ののち、
オリジナルストーリーを加え小説化決定。
LINK! project 第一弾 Chunsoft=KODANSHA BOX
未来のエンターテイメントが、はじまる。
講談社BOXより2009

KODANSHA BOX最新刊

六軒島大量殺人事件、開幕!

竜騎士07　Illustration ともひ
うみねこのなく頃に　Episode 1（上）

1986年10月、伊豆諸島に浮かぶ小さな孤島〝六軒島《ろっけんじま》〟。年に一度の親族会議のために集まった大富豪〝右代宮家《うしろみやけ》〟の人々。議題は、余命あとわずかと宣告された当主・金蔵《きんぞう》の遺産問題。互いに腹を探り合う大人たちと、無邪気に再会を喜ぶ子供たち……。だが、台風が近づき不吉な暗雲に六軒島が包まれた時、〝ベアトリーチェ〟を名乗る者から届いた一通の手紙が、魔女と黄金の〝伝説〟を蘇《よみがえ》らせ、血も凍る惨劇の幕を開ける――。

■■■■■■■■■■■■■■■■■■■■■■■

人類史上最後の秘話が、いまここに紐《ひも》解《と》かれる。

文・小仙波貴幸《こせんばたかゆき》　画・一橋真《いちはしまこと》
鬼灰買《おにはいか》いの佐平治《さへいじ》
数《かぞ》えで十七《じゅうしち》、水《みず》の衣《ころも》を織《お》り成《な》して
千歳《ちとせ》の綾《あや》を解《と》きほぐす

妙なうわさを聞いた。
「至恩《しおん》のはた」を纏《まと》うひとたちが、鬼に化けるというのだ。
その布はとてもとてもうつくしくて、まるで……。
――鬼面の紋を背負う者、見るべからず、触れるべからず。
これは鬼灰買《おにはいか》いの佐平治《さへいじ》が、ひとりの人を救う物語であり。
女子高生、野々村小箱《ののむらこばこ》が、ひとりの友を助《たす》く物語であり。
悪鬼改方《あくきあらためかた》の長谷川鉄虎《はせがわてつこ》が、ひとりの鬼を討《う》つ物語であるという。
――鬼面の紋を背負う者、見るべからず、触れるべからず。
……まあひらいてみるとしようか。
彼岸《ひがん》にまでとどいてくる話だ、何かあるに違いねえ。
――極彩色泡沫夢幻《ごくさいしきほうまつむげん》の鬼物語、灰になるまでお愉《たの》しみあれ。

■■■■■■■■■■■■■■■■■■■■■■■

売り切れの際には、お近くの書店にてご注文ください。

講談社BOXは、毎月〝月初〟に発売！

お住まいの地域等によって発売日が変わることがございます。あらかじめご了承ください。